ACESSE AQUI A ÓRBITA DESTE LIVRO.

OLHO NO CÉU

PHILIP K. DICK

TRADUÇÃO
Simone Campos

Aleph

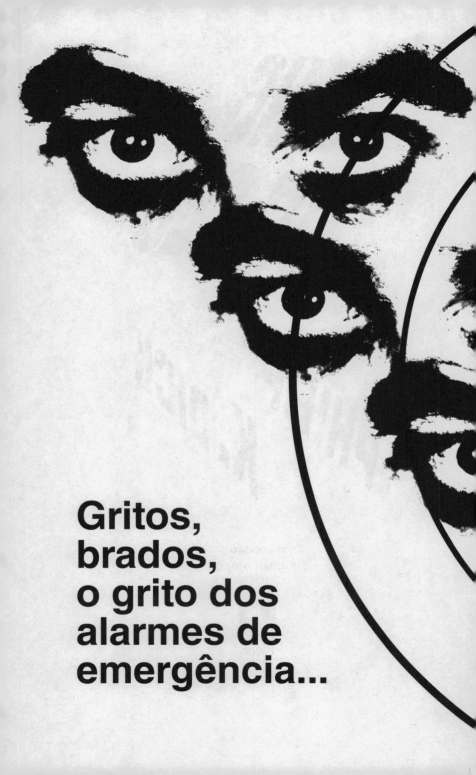

O rumor agressivo do mundo real.

A tentativa desastrada de primeiros socorros prestados pela equipe médica nervosa.

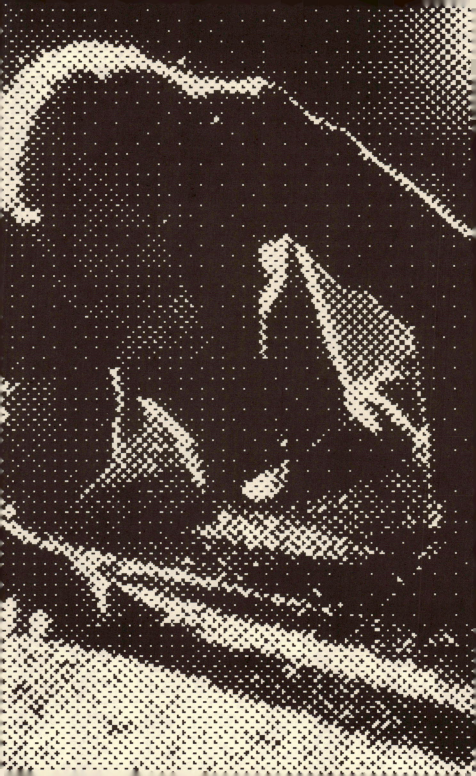

— Nós voltamos. Está me ouvindo?

OLHO NO CÉU

1

O defletor de raios prótons do Bevatron de Belmont traiu seus inventores às quatro da tarde de 2 de outubro de 1959. O que aconteceu a seguir se deu no mesmo instante. Como não estava mais adequadamente defletido — e, portanto, fora do controle —, o raio de seis bilhões de volts atingiu o teto do recinto, incinerando no trajeto uma plataforma com vista para o ímã em forma de anel.

Naquele momento, havia oito pessoas sobre a plataforma: um grupo de visitantes e o guia. Sem acesso à plataforma, as oito pessoas foram parar no chão da câmara do Bevatron, onde permaneceram, feridas e em choque, até o campo magnético ter sido drenado e a radiação intensa parcialmente neutralizada.

Destas oito, quatro precisaram ser hospitalizadas. Outras duas, com queimaduras não tão graves, permaneceram sob observação por tempo indeterminado. As duas restantes foram examinadas, tratadas e depois liberadas. Jornais de São Francisco e Oakland noticiaram o incidente. Advogados das vítimas entraram com processos. Vários funcionários ligados ao Bevatron foram parar no olho da rua, junto com o Sistema Defletor Wilcox-Jones e seus entusiasmados inventores. Operários foram chamados e deram início ao conserto das avarias físicas.

O incidente durara poucos instantes. Às quatro da tarde começara o problema na deflexão e, dois minutos depois, oito pessoas já haviam despencado dezoito metros, passando pelo raio de prótons intensamente carregado que irradiava da câmara interna circular do ímã. O guia, um rapaz negro, foi o primeiro a cair e a atingir o piso da câmara. O último a sofrer a queda foi um jovem técnico da fábrica de mísseis teleguiados que ficava nas redondezas. Quando o grupo fora conduzido à plataforma, ele se separara dos outros, voltando ao vestíbulo para procurar os cigarros.

Se não tivesse pulado lá dentro para salvar a esposa, provavelmente não teria caído junto com os demais. Esta era a última lembrança nítida que tinha: largar os cigarros e tentar, em vão, agarrar a manga do casaco de Marsha, que lhe escapava, tremulando, pelo ar...

Hamilton passou a manhã toda sentado no laboratório de pesquisa de mísseis, sem fazer nada além de apontar alguns lápis e suar de nervoso. Ao redor, a equipe dele continuava com o trabalho; a corporação não podia parar. Ao meio-dia apareceu Marsha, linda, radiante, tão elegante em sua roupa quanto as bem-tratadas aves aquáticas do Golden Gate Park. Por um momento, ele foi despertado da própria letargia tristonha pelo doce aroma daquela criatura preciosa que conseguira para si, um bem mais valioso que sua aparelhagem de áudio hi-fi e sua coleção de uísques refinados.

— O que houve? — perguntou Marsha, juntando as mãos enluvadas e apoiando-se de leve na ponta da escrivaninha de metal cinza dele, enquanto as pernas esbeltas se mexiam, inquietas. — Vamos almoçar logo e ir para lá. É o primeiro dia de funcionamento daquele defletor, daquela peça que você queria ver. Esqueceu? Já está pronto?

— Estou pronto para a câmara de gás. E ela para me receber — disse Hamilton, brusco.

Os olhos castanhos de Marsha se arregalaram; o jeito animado dela ficou dramático, sério:

— Que foi? Mais assuntos confidenciais que não pode me contar? Querido, você não me disse que tinha algo de importante hoje. No café da manhã, estava todo brincalhão, empolgado, parecia até um cachorrinho.

— Eu ainda não sabia disso durante o café da manhã. — Examinando o relógio de pulso, Hamilton se levantou pesarosamente. — Vamos almoçar bem; essa pode ser a minha última refeição. E essa pode ser a última excursão que vou fazer na vida.

Mas ele nem chegou à rampa de saída do California Maintenance Labs, muito menos ao restaurante que ficava depois da bem policiada área dos prédios e das instalações. Um mensageiro uniformizado o deteve, estendendo-lhe em seguida um papel branco muito bem dobrado:

— Sr. Hamilton, é para você. O coronel T. E. Edwards me pediu para entregar ao senhor.

Trêmulo, Hamilton desdobrou o papel.

— Bem — disse ele baixinho para a esposa —, é isso. Espere na recepção. Se eu não tiver saído em mais ou menos uma hora, vá para casa e almoce comida pronta mesmo.

— Mas... — Ela fez um gesto impotente. — Que jeito mais... *catastrófico* de falar. Você sabe o que querem com você?

Ele sabia o que queriam. Inclinando-se, ele a beijou rapidamente nos lábios vermelhos, úmidos e um tanto assustados. Então, seguiu a passos rápidos pelo corredor atrás do mensageiro para o conjunto de escritórios do coronel Edwards, as salas de conferência luxuosas onde a alta patente da corporação o aguardava, reunida em uma sessão solene.

Quando tomou seu lugar, sentiu a presença carregada e opaca dos executivos de meia-idade como uma nuvem — uma mistura de fumaça de charuto, desodorante e graxa de sapato preto. Um burburinho incessante gravitava em volta da longa mesa metálica. Em uma das pontas estava o velho T. E. em pessoa, atrás de uma fortaleza de formulários e relatórios. Em diferentes níveis, cada executivo tinha sua própria pilha protetora de papéis, maleta aberta, cinzeiro e copo de água morna. Do lado oposto ao coronel Edwards estava a figura atarracada e uniformizada de Charley McFeyffe, capitão dos seguranças que faziam a ronda na fábrica de mísseis, em busca de agentes russos infiltrados.

— Aí está você — murmurou o coronel T. E. Edwards, lançando um olhar severo por cima dos óculos para Hamilton. — Isso não vai demorar muito, Jack. Há um único item na ordem do dia; não precisaremos mais da sua presença depois disso.

Hamilton ficou calado. Rígido, ele aguardou com uma expressão tensa.

— A questão diz respeito à sua esposa — começou Edwards, lambendo a ponta do dedão e folheando um relatório. — Pelo que estou vendo aqui, desde que Sutherland pediu demissão, você esteve chefiando o laboratório de pesquisa. Correto?

Hamilton assentiu. Sobre a mesa, era visível como suas mãos haviam descorado até a lividez. Como se já estivesse morto, pensou ele com escárnio. Era como se já estivesse pendurado pelo pescoço, drenado de toda vida e de qualquer ânimo. Pendurado como um presunto, na santidade sombria de um abatedouro.

— A sua esposa foi classificada como um risco à segurança da fábrica — continuou Edwards, mostrando os pulsos salpicados de manchas de idade ao virar página após página. — Tenho aqui comigo o relatório. — Ele indicou com a cabeça o capitão da segurança da fábrica. — McFeyffe que trouxe para mim. E devo dizer: trouxe *com relutância.*

— Com extrema relutância — acrescentou McFeyffe, diretamente a Hamilton. Seus olhos, cinza e duros, buscavam por perdão. Com frieza, Hamilton o ignorou.

— Você, é claro, conhece bem o esquema de segurança que temos aqui. Somos uma empresa privada, mas nosso cliente é o governo. Ninguém compra mísseis além do Tio Sam. Então precisamos andar na linha. Se estou trazendo essa questão à tona é para que você mesmo dê um jeito nela. Isso é, antes de mais nada, um problema seu. Só é importante para nós na medida em que você é o chefe do nosso laboratório de pesquisa. Portanto, também é da nossa conta.

Ele encarou Hamilton como se nunca o tivesse visto antes — apesar de ter sido ele mesmo quem o contratara, em 1949, há bons dez anos, quando Hamilton era um jovem inteligente e empolgado, um engenheiro eletrônico que acabara de se graduar pelo MIT.

— Então isso quer dizer que Marsha está barrada da fábrica? — perguntou Hamilton, roufenho, observando as mãos apertarem convulsivamente o nada.

— Não. Quer dizer que *você* ficará sem acesso a material confidencial até que a situação mude — respondeu Edwards.

— Mas eu... — Hamilton ouviu a própria voz morrer no meio da frase, atônito. — Eu só trabalho com material confidencial.

Ninguém respondeu. A sala repleta de executivos permaneceu sentada atrás de suas maletas e pilhas de circulares. Em um dos cantos, o ar-condicionado engasgava, com um ruído metálico.

— Mas que inferno! — disse Hamilton de repente, alto e claro. Alguns formulários estremeceram de surpresa. Edwards o olhou de soslaio, com curiosidade. Charley McFeyffe acendeu um charuto e, nervoso, passou a mão pelo cabelo cada vez mais ralo. Ele parecia um guarda rodoviário barrigudo naquele uniforme cáqui sem graça.

— Leia as acusações. Dê a ele uma chance de se defender, T. E. *Alguns* direitos ele tem — disse McFeyffe.

O coronel Edwards se atrapalhou por um momento com a pilha de dados do relatório de segurança. E então, irritado, empurrou toda a papelada na direção de McFeyffe.

— Foi seu departamento que elaborou isso. Leia você — resmungou, lavando as mãos em relação ao assunto.

— Você está dizendo que vai ler isso aqui? Na frente de trinta pessoas? Na presença de todos os executivos da empresa? — protestou Hamilton.

— Todo mundo já leu o relatório. Foi feito há mais ou menos um mês e vem circulando desde então. Afinal, meu rapaz, você é um homem importante por aqui. Não podemos tratar uma questão dessas de forma imprudente — disse Edwards, gentil.

— Primeiramente, esse informe foi recebido do FBI. Foi passado a nós por eles — disse McFeyffe, visivelmente constrangido.

— Você que solicitou? Ou simplesmente aconteceu de ele ficar circulando pra lá e pra cá pelo país? — perguntou Hamilton, ácido.

McFeyffe corou.

— Bem, nós meio que solicitamos. Como investigação de rotina. Meu Deus, Jack, eles têm um arquivo sobre *mim*. Têm um até sobre o presidente Nixon.

— Não precisa ler essa porcaria. Marsha entrou para o Partido Progressista em 1948, quando era caloura na faculdade. Ela doou dinheiro para o Comitê de Apelos em Prol dos Refugiados Espanhóis. Ela assinou a revista *In Fact*. Eu já estava ciente de tudo isso — disse Hamilton com a voz trêmula.

— Leia o material recente — instruiu Edwards.

Lendo o relatório cuidadosamente, McFeyffe encontrou o trecho:

— A sra. Hamilton se desligou do Partido Progressista em 1950. A *In Fact* não está mais em circulação. Em 1952, ela compareceu a reuniões da California Arts, Sciences, and Professions, uma organização de fachada com tendências pró-comunistas. Ela assinou a Proposta de Paz de Estocolmo. Entrou para a União pelas Liberdades Civis, que alguns descrevem como pró-esquerda.

— O que significa *pró-esquerda*? — perguntou Hamilton.

— Significa simpático a grupos ou pessoas que simpatizam com o comunismo — prosseguiu McFeyffe com diligência. — Em 8 de maio de 1953, a sra. Hamilton escreveu uma carta ao jornal *San Francisco Chronicle* protestando contra o exílio de Charles Chaplin dos Estados Unidos, ele mesmo um notório simpatizante comunista. Ela assinou o Apelo Salve os Rosenberg, condenados como traidores da pátria. Em 1954, ela discursou na Liga das Eleitoras de Alameda a favor de que a China comunista fosse admitida na ONU. Em 1955, ingressou na filial de Oakland da Organização Internacional Coexistência ou Morte, que tem filiais em países que fazem parte da Cortina de Ferro. E, em 1956, ela doou dinheiro para a Sociedade para o Avanço dos Negros: 48 dólares e 55 centavos.

A sala permaneceu em completo silêncio.

— É isso? — indagou Hamilton.

— É. Esse é o material relevante.

— Será que também menciona — perguntou Hamilton, tentando manter a voz firme — que Marsha assina o *Chicago Tribune*? Que fez campanha para o Adlai Stevenson, em 1952? Que em 1958 ela doou dinheiro para a Sociedade Humanitária pelo bem-estar de cães e gatos? — perguntou Hamilton, tentando manter a voz firme.

— Não vejo que relevância isso teria — disse Edwards, impaciente.

— Isso forma o contexto! Sim, Marsha assinava a *In Fact*, mas ela também assinava a *New Yorker*. Ela saiu do Partido Progressista quando Wallace saiu; ela entrou para a ala jovem dos Democratas. O relatório diz isso? Sim, ela tinha curiosidade sobre o comunismo; isso faz dela uma comunista? Tudo o que vocês estão dizendo é que a Marsha lê jornais de esquerda e ouve discursos de esquerda. Não prova que ela apoia o comunismo, nem que segue a linha do Partido, nem que defende derrubar o governo, nem...

— Não estamos dizendo que sua esposa é comunista. Estamos dizendo que ela é um risco à segurança. Que *existe* a possibilidade de Marsha ser comunista — disse McFeyffe.

— Deus do céu. E então cabe a mim provar que ela *não é*? É isso? — perguntou Hamilton.

— A possibilidade existe — repetiu Edwards. — Jack, tente ser racional; não perca a cabeça nem saia gritando com a gente. Talvez

Marsha esteja com os vermelhos, talvez não. A questão não é essa. O que temos aqui é um material que indica que sua esposa se interessa por política; pior, política radical. E isso não é bom.

— Marsha se interessa por tudo. Ela é uma pessoa inteligente e estudada. Ela tem o dia todo para pesquisar sobre o que quiser. Por acaso ela deveria ficar em casa apenas... — Hamilton buscou as palavras — ... espanando móveis? Fazendo o jantar, costurando, cozinhando?

— Existe um padrão aqui. Admito que nenhum desses fatos, por si só, é indicativo de nada. Mas, quando você os toma em conjunto, quando se compara com a média estatística... é coisa demais, Jack. Sua esposa está envolvida em excesso com movimentos de esquerda — disse McFeyffe.

— Culpa por associação. Ela é curiosa, é interessada. Só por ela ter estado presente prova que ela *concorda* com o que estão dizendo?

— Não temos como saber o que se passa na cabeça dela. E nem *você*. Só podemos julgar as ações dela: os grupos que frequenta, as petições que assina, as doações que faz. Esses são os indícios que temos, então *precisamos* nos ater a eles. Você diz que ela frequenta essas assembleias, mas que não concorda com as preferências expressas nelas. Bem, vamos supor que a polícia acabe com um show explícito em uma boate e prenda as meninas e a gerência, mas o público acabe se safando da encrenca dizendo que não gostaram do show. — McFeyffe abriu as mãos. — Será que estariam lá se não gostassem do espetáculo? Talvez uma vez. Por curiosidade. Mas não estariam indo repetidas vezes, durante esse tempo todo.

"Sua esposa vem se envolvendo com grupos de esquerda há uma década, desde que tinha dezoito anos. Ela já teve tempo suficiente para decidir o que acha do comunismo. Mas continua frequentando esses lugares; ela ainda dá as caras quando os comunas organizam protestos contra algum linchamento no Sul ou para choramingar por causa da verba para armamentos. Para mim, Marsha também ler o *Chicago Tribune* tem tanta relevância quanto o homem que vai a um show explícito também frequentar a igreja. Isso prova que ele tem muitas facetas, algumas até contraditórias, mas o fato de que uma dessas facetas consiste no gosto pela obscenidade permanece. Ele não é preso porque gosta de ir à igreja; ele é preso porque gosta de obscenidade e continua a frequentar os shows.

"Sua esposa pode ser 99% uma norte-americana convicta; ela pode cozinhar bem, dirigir bem, pagar os impostos, fazer caridade, até fazer bolo para a rifa da igreja. Mas o 1% restante pode ter vínculos com o Partido Comunista. É isso."

Depois de um tempo, Hamilton admitiu a contragosto:

— Você expôs seu caso muito bem.

— Eu acredito no meu caso. Conheço você e Marsha desde que você começou a trabalhar aqui. Gosto de vocês; Edwards também. Todo mundo gosta. Mas a questão não é essa. Até desenvolvermos telepatia e conseguirmos ler mentes, estaremos dependentes das estatísticas. Não, não podemos provar que a Marsha é agente de uma nação estrangeira. E você não pode provar que ela não é. Sendo assim, a decisão acaba pesando contra ela. Simplesmente não temos como nos dar ao luxo de fazer diferente. — Esfregando o lábio inferior, McFeyffe perguntou: — Já aconteceu de você desconfiar de que ela fosse comunista?

Não, nunca lhe ocorrera. Transpirando, Hamilton contemplou em silêncio a superfície lustrosa da mesa. Ele sempre presumira que Marsha lhe dizia a verdade, que simplesmente tinha curiosidade a respeito do comunismo. Pela primeira vez, uma suspeita infeliz começava a nascer em sua cabeça. Estatisticamente, era possível.

— Vou perguntar a ela — disse ele, em voz alta.

— Vai? E o que ela vai dizer? — questionou McFeyffe.

— Que não, é claro!

Balançando a cabeça, Edwards disse:

— Isso não vale de nada, Jack. E, se você parar para pensar, vai concordar comigo.

Hamilton já estava de pé.

— Ela está na recepção. Vocês mesmos podem perguntar a ela; peçam para que entre e perguntem.

— Não vou discutir com você. Sua esposa está classificada como risco à segurança e, até segunda ordem, você está suspenso do seu cargo. Então, nos traga provas contundentes de que ela não é comunista ou livre-se dela. — Edwards encolheu os ombros. — Você tem uma carreira, rapaz. Esse é o trabalho da sua vida.

Colocando-se de pé, McFeyffe contornou a mesa, sombrio. A reunião estava acabada; a conferência sobre o acesso confidencial de Hamilton chegara ao fim. Tomando o braço do técnico, McFeyffe o conduziu com insistência na direção da porta:

— Vamos sair daqui, para respirar melhor. Que tal uma bebida? Nós três: você, eu e Marsha. Uns *whiskey sours* lá no Safe Harbor. Acho que vão nos fazer bem.

2

— Não quero uma bebida — disse Marsha veementemente, ir-ritadiça. Pálida e determinada, ela encarava McFeyffe, ignorando os executivos da empresa que passavam pela recepção. — Agora Jack e eu vamos ao Bevatron para assistir ligarem o novo equipamento. Marcamos isso há semanas.

— Meu carro está no estacionamento. Eu levo vocês. — Ironicamente, McFeyffe acrescentou: — Sou policial. Comigo vocês entram fácil.

Enquanto o empoeirado sedã Plymouth vencia a longa ladeira que levava ao complexo do Bevatron, Marsha disse:

— Não sei se dou risada, se choro, ou o quê. Não consigo acreditar. Vocês estão falando sério mesmo?

— O coronel Edwards sugeriu que Jack descartasse você feito uma roupa velha — disse McFeyffe.

Atordoada e abalada, Marsha se ajeitou, apertando a bolsa e as luvas.

— Você faria uma coisa dessas? — perguntou ela ao marido.

— Não. Nem que você fosse pervertida, comunista e alcoólatra, tudo junto de uma vez — respondeu Hamilton.

— Ouviu isso? — disse Marsha a McFeyffe.

— Ouvi.

— E o que você acha?

— Acho que vocês dois são ótimos. Acho que Jack seria um filho da puta se topasse. Falei isso para o coronel Edwards.

— Um de vocês dois não devia estar aqui. Um de vocês devia ser chutado para fora do carro. Eu devia decidir no cara ou coroa — disse Hamilton.

Pesarosa, Marsha olhou para ele, os olhos castanhos marejados, os dedos repuxando as luvas:

— Você não percebe? Isso é horrível. É uma conspiração contra nós dois. Contra todos nós.

— Até eu estou me sentindo meio mal — admitiu McFeyffe. Saindo da estrada com o Plymouth, ele passou pela guarita e ingressou no terreno do Bevatron. O policial na entrada o cumprimentou e acenou com a mão; McFeyffe retribuiu o gesto. — Afinal de contas, vocês são meus amigos... Aí vem o meu dever e me obriga a redigir relatórios sobre meus amigos. Listar material incriminatório, ir atrás de fofocas... Acham que gosto disso?

— Pega o seu dever e... — começou Hamilton, mas Marsha o interrompeu.

— Ele tem razão; não é culpa dele. Estamos os três no mesmo barco.

O carro parou em frente à entrada principal. McFeyffe desligou o motor e os três saíram e subiram apáticos os amplos degraus de concreto.

Havia alguns técnicos à vista, um grupo reunido na escada, e Hamilton os observou. Rapazes bem-vestidos com corte de cabelo à escovinha, gravata-borboleta, conversando cordialmente entre si. Junto deles havia a trupe de visitantes casuais, que, após ser liberada no portão, seguia para o interior do prédio para assistir ao Bevatron em ação. Mas eram os técnicos que interessavam a Hamilton; ele pensava consigo mesmo: *Olha eu aí.*

Ou olha eu aí até pouco tempo atrás.

— Encontro vocês daqui a pouco — disse Marsha baixinho, enxugando os olhos que lacrimejavam. — Vou passar no toalete para me recompor.

— Tudo bem — disse ele, ainda perdido nos próprios pensamentos.

Ela saiu e Hamilton e McFeyffe se viram frente a frente no corredor cheio de ecos do prédio do Bevatron.

— Talvez seja melhor assim — disse Hamilton. Dez anos era tempo demais, muito tempo para continuar em qualquer tipo de emprego. E será que ele estava indo a algum lugar na empresa? Essa era uma boa pergunta.

— Você tem direito de ficar chateado comigo — disse McFeyffe.

— Você teve boas intenções — respondeu Hamilton. Ele se afastou do outro e parou com as mãos nos bolsos.

Claro que ele estava chateado. E continuaria assim até que, de um jeito ou de outro, aquela história de lealdade fosse resolvida. Mas não era só isso; era o choque no seu sistema, o choque no seu modo de vida, em todos os seus hábitos. Nas diversas coisas em que ele acreditava e que tinha como certas. McFeyffe ferira o nível mais profundo da existência dele; ferira o casamento, e a mulher que valia mais para ele do que qualquer outra pessoa no mundo.

Ele percebia agora que ela valia mais do que qualquer pessoa ou qualquer coisa. Valia mais do que seu emprego. Sua lealdade era para com ela, e sentiu-se estranho ao perceber isso. Não era exatamente a questão da lealdade que o incomodava; era a ideia de que ele e Marsha estivessem isolados um do outro, separados pelo que havia acontecido.

— É. Estou chateado pra caramba — disse ele a McFeyfee.

— Você vai arrumar outro emprego. Com a sua experiência...

— Por causa da minha esposa. É dela que estou falando. Você acha que vou ter chance de pagar na mesma moeda? Eu bem queria. — Mas, assim que falou, Hamilton sentiu que soara infantil.

— Você é doente — disse a McFeyffe, prosseguindo assim mesmo, em parte porque queria que aquilo fosse dito e em parte porque não sabia o que mais poderia fazer. — Você está destruindo a vida de pessoas inocentes. Ilusões paranoides...

— Para com isso. Você teve sua chance, Jack. Por anos. Até demais — disse McFeyffe, sério.

Enquanto Hamilton pensava numa resposta, Marsha reapareceu.

— Estão deixando entrar um grupo de visitantes comuns. Os figurões já fizeram a visita deles. — Ela estava um pouco mais recomposta. — O tal troço, o defletor novo, já deve estar operando.

Relutante, Hamilton desviou o olhar do policial corpulento.

— Então vamos.

McFeyffe os acompanhou.

— Parece que vai ser interessante — disse ele para ninguém em especial.

— Pois é — disse Hamilton, distante, ciente do fato de que estava tremendo.

Respirando fundo, ele entrou no elevador atrás de Marsha e automaticamente se virou para ficar de frente para a saída. McFeyffe fez o mesmo; enquanto o elevador subia, Hamilton foi agraciado com a visão do pescoço corado do homem. McFeyffe também estava chateado.

No segundo andar, encontraram um rapaz negro, usando uma braçadeira larga na manga, que guiava um grupo de visitantes. Eles se juntaram ao grupo. Atrás deles, outros visitantes aguardavam sua vez com paciência. Eram 15h50; o Sistema Defletor Wilcox-Jones já havia sido focalizado e ativado.

— Chegamos — disse o jovem guia negro, com uma voz tranquila e experiente, enquanto os levava do corredor para a plataforma de observação. — Precisamos nos apressar para que os outros grupos tenham a oportunidade de fazer a visita. Como vocês sabem, o Bevatron de Belmont foi construído pela Comissão de Energia Atômica para fins de pesquisa avançada de fenômenos de raios cósmicos artificialmente gerados dentro de condições controladas. O elemento central do Bevatron é o ímã gigante, cujo campo acelera o raio de prótons e lhes confere ionização crescente. Os prótons, que são partículas com carga positiva, são introduzidos na câmara linear pelo tubo acelerador Cockroft-Walton.

Conforme a predisposição de cada um, os visitantes ou sorriam vagamente ou o ignoravam. Um senhor de idade alto, magro e severo com a postura rígida feito um cabo de vassoura, estava de braços cruzados, irradiando um suave desprezo geral pela ciência como um todo. Um militar, imaginou Hamilton: o homem usava um triângulo de metal enferrujado na jaqueta de algodão. *Dane-se ele*, pensou, amargurado. Pro inferno com tudo que tenha a ver com patriotismo. Em específico e em abstrato. Tudo farinha do mesmo saco, militares e policiais. Eram anti-intelectuais e antinegros. Anti tudo que não fosse cerveja, cachorros, carros ou armas.

— Vocês têm um panfleto? — perguntou suave, mas incisivamente, uma mãe gorda de meia-idade com roupas caras. — Queríamos algo instrutivo para levar para casa, por favor. Para fins escolares.

— Quantos volts tem aí embaixo? Mais de um bilhão de volts? — gritou o filho dela para o guia.

— Pouco mais de seis bilhões — explicou o rapaz com paciência. — É esse o impulso de elétrons, em volts, que os prótons terão recebido antes de serem defletidos de sua órbita e saírem da câmara circular. Cada vez que o raio faz uma revolução, sua carga e velocidade aumentam.

— Qual a velocidade deles? — perguntou uma mulher esguia e competente de trinta e poucos anos. Ela usava óculos austeros e um *tailleur* de tecido grosso com ar profissional.

— Pouco abaixo da velocidade da luz.

— Quantas vezes dão a volta na câmara?

— Quatro milhões de vezes. A distância astronômica é de 480 mil quilômetros. Ela é vencida em 1,85 segundo — respondeu o guia.

— Incrível — exclamou impressionada a mãe com roupas caras.

O guia continuou:

— Quando os prótons deixam o acelerador linear, eles contam com uma energia de 10 milhões de volts, ou, conforme dizemos por aqui, 10 Mev. Depois disso, o problema é guiá-los para uma órbita circular exatamente na mesma posição e no mesmo ângulo, de forma que possam ser colhidos pelo campo magnético do ímã gigante.

— O próprio ímã não pode fazer isso? — quis saber o menino.

— Não, infelizmente não. Para isso, se usa um inflector. Prótons altamente carregados saem de curso com muita facilidade, escapulindo em todas as direções. É necessário um sistema complexo de modulação de frequência para evitar que tracem uma espiral cada vez mais ampla. E, uma vez que o raio obtém a carga necessária, resta a questão principal de como retirá-lo da câmara circular.

O guia apontou para baixo, onde, atrás da grade da plataforma, encontrava-se o ímã. Ele era vasto e imponente, em formato de anel. Emitia um zumbido poderoso.

— A câmara aceleradora está dentro do ímã. Ela tem 120 metros de comprimento. Infelizmente, não é possível vê-la daqui.

— Fico pensando se quem construiu essa máquina maravilhosa percebe que, quando Deus manda um furacão dos mais corriqueiros, ele excede enormemente a força de tudo que já foi feito pelo homem, inclusive a desta máquina e de todas as outras — refletiu o veterano de guerra de cabelos brancos.

— Estou certa de que percebe. E deve saber nos dizer precisamente a força de um furacão em Newtons por metro — disse a moça de ar austero com veemência.

O veterano a examinou com dignidade esnobe.

— A senhora é cientista? — perguntou ele, como quem não quer nada.

O guia já havia levado a maior parte do grupo para a plataforma.

— Vocês primeiro — disse McFeyffe a Hamilton, dando passagem. Marsha avançou feito um autômato e o marido a seguiu. McFeyffe, fingindo um interesse profundo pelos cartazes informativos pregados na parede acima da plataforma, ficou em último na fila.

Procurando a mão da esposa, Hamilton a segurou forte e disse em seu ouvido:

— Acha que eu seria capaz de abandonar você? Isso aqui não é a Alemanha nazista.

— Não é ainda — disse Marsha, desesperançosa. Ela continuava pálida e calada; havia removido a maior parte da maquiagem e seus lábios estavam finos e descorados. — Querido, quando penso naqueles homens levando você para uma sala e jogando na cara as minhas atividades, como se eu fosse uma espécie de... Como se eu fosse uma prostituta ou coisa do gênero, ou estivesse tendo relações com cavalos... Tenho vontade de matar todos eles. E o Charley, pensei que ele fosse nosso amigo. Pensei que podíamos confiar nele. Quantas vezes ele não foi jantar lá em casa?

— Isso aqui também não é a Arábia. Só porque demos comida para ele não quer dizer que ele é nosso irmão de sangue. — Hamilton lembrou a ela.

— É a última vez que faço torta de limão com merengue. Ou qualquer coisa de que ele goste. Ele e aqueles suspensórios laranja nas meias. Me promete que você nunca vai usar suspensório na meia.

— Juro, somente meias com elástico. — Puxando-a para perto de si, ele disse: — Vamos empurrar o desgraçado lá no ímã.

— Você acha que ele ia ser digerido? — Martha deu um sorriso fraco. — Aposto que ele seria cuspido de volta. Muito indigesto.

Atrás deles, a mãe e o filho paravam a todo momento. McFeyffe ficara lá para trás, com as mãos nos bolsos, o rosto rechonchudo com expressão de desânimo.

— Ele não parece lá muito feliz. Fico até com pena. Não é culpa dele — observou Marsha.

— De quem é, então? Dos vermes capitalistas de Wall Street? — perguntou Hamilton com leveza, como se fosse piada.

— Que jeito esquisito de falar — disse Marsha, abalada. — Nunca ouvi você falar assim. — De repente ela o agarrou pela roupa. — Você não está achando que eu seja mesmo... — Interrompendo-se, ela se afastou dele num movimento brusco. — Você acha. Você acha que pode ser verdade.

— Pode ser verdade o quê? Que você era do Partido Progressista? Eu levava você a assembleias no meu Chevrolet cupê, não lembra? Tem dez anos que eu sei disso.

— Não isso. Não o que eu fiz. O que isso *significa*; o que estão falando que significa. Você acha mesmo que sou, não é?

— Bem, você não tem um transmissor de ondas curtas no porão. Pelo menos nenhum que eu tenha visto — disse ele sem jeito.

— Já procurou? Talvez eu tenha; não tenha essa certeza toda. Talvez eu esteja aqui para sabotar esse Bevatron ou coisa assim — retrucou Marsha, fria e acusadora.

— Fala baixo.

— Não fique me dando ordens. — Magoada, furiosa, ela se afastou dele, esbarrando acidentalmente no velho soldado austero.

— Cuidado, mocinha. Não vá cair lá embaixo — alertou o soldado, afastando-a da grade com firmeza.

O guia dizia:

— O maior problema da construção reside na unidade defletora usada para retirar o raio de prótons da câmara circular e levá-lo ao impacto com o alvo. Diversos métodos já foram empregados. Originalmente, o oscilador era desligado em um momento-chave; isso permitia aos prótons continuar seu trajeto para fora da espiral original. Mas essa deflexão era imperfeita demais.

— Não é verdade que um dia, no velho cíclotron de Berkeley, um raio saiu completamente do percurso? — disse Hamilton bruscamente.

O guia o contemplou com interesse.

— É, é o que dizem.

— Ouvi dizer que o raio atravessou um escritório. Que até hoje dá para ver as manchas de queimado. E que, de noite, quando as luzes são apagadas, ainda é possível ver a radiação.

— Supostamente, ela fica em suspensão, formando uma nuvem azulada. O senhor é físico? — perguntou o guia.

— Sou da eletrônica. Estou interessado no defletor; Leo Wilcox é conhecido meu — informou Hamilton.

— Hoje foi um grande dia para o Leo. Acabaram de instalar o aparelho dele ali embaixo — comentou o guia.

— Onde? — perguntou Hamilton.

Apontando para baixo, o guia indicou um aparato complexo ao lado do ímã. Uma série de lajes fortificadas dava apoio a um cano cor de chumbo, sobre o qual estava montada uma intricada série de tubos cheios de líquido.

— Aquele é o trabalho do seu amigo. Ele deve estar em algum lugar aqui por perto, de olho.

— E como está se saindo?

— Ainda é cedo para dizer.

Às costas de Hamilton, Marsha havia se afastado até o fundo da plataforma. Ele foi atrás dela.

— Dá para agir que nem adulta? Já que estamos aqui, quero saber como funciona — disse ele baixo, num sussurro ríspido.

— Você e sua ciência. Fios e tubos... Para você, isso importa mais do que a minha vida.

— Eu vim aqui para observar e é o que farei. Não estrague a experiência; não faça uma cena.

— Quem está fazendo cena é você.

— Já não criou problemas suficientes?

Dando as costas para ela, amuado, Hamilton abriu caminho pela mulher de negócios sisuda e por McFeyffe, chegando por fim à rampa que levava de volta ao vestíbulo. Ele remexia o bolso em busca do maço de cigarros quando ressoou o primeiro urro ominoso das sirenes de emergência, encobrindo o murmúrio contínuo do ímã.

33

— *Voltem!* — gritou o guia, agitando os braços esguios e escuros. — O filtro de radiação...

Um rugido furioso irrompeu pela plataforma. Nuvens de partículas incandescentes ascenderam, explodiram e chuviscaram sobre o grupo aterrorizado. Um cheiro horrendo de queimado atingiu as narinas de todos; aos borbotões, as pessoas se empurraram descontroladamente até a parte de trás da plataforma.

Uma rachadura se abriu. Um esteio metálico, corroído inteiro pela passagem da forte radiação, derreteu, envergou e cedeu. A mãe de meia-idade abriu a boca e soltou um grito agudo. Em meio ao frenesi, McFeyffe tentou a todo custo escapar da plataforma corroída e da radiação ofuscante que fervilhava por toda parte. Ele deu uma trombada em Hamilton; empurrando o policial em pânico para o lado, Hamilton passou por ele, tentando desesperadamente alcançar Marsha.

A roupa dele estava em chamas. À volta, pessoas também em chamas lutavam para vencer a subida até a saída, enquanto, lenta e progressivamente, a plataforma ia se inclinando para frente, detendo-se por um momento, até por fim se evaporar.

Por todo o prédio do Bevatron, alarmes automáticos soavam alto. Gritos apavorados, humanos e mecânicos, se misturavam em pura cacofonia. O chão sob Hamilton ruiu estrepitosamente. Abandonando o estado sólido, aço e concreto, plástico e fiação tornaram-se partículas aleatórias. Instintivamente, ele atirou as mãos para o alto; estava despencando de cara no borrão difuso das máquinas pulverizadas. Um *vushh* agonizante enquanto o ar lhe fugia dos pulmões; chovia reboco, cinzas faiscantes e ardentes, em suas costas. Então, num átimo, ele atravessou a tela de metal emaranhado que protegia o ímã. O estrépito daquele material se rasgando e a presença terrível da radiação intensa o subjugaram...

Ele bateu no piso com força. A dor se fez presente: ela era um lingote de luz suave e absorvente, feito uma esponja de aço radioativa. Ela ondulava, se expandia e, em silêncio, o sugava, mais e mais. Em sua agonia, ele era um pedaço de matéria orgânica úmida, sendo silenciosamente assimilado pela imensa chapa de densa fibra metálica.

Depois, até isso foi diminuindo. Consciente do estado grotescamente alquebrado do seu corpo, ficou inerte feito um peso morto, tentando, por reflexo e sem consequência, se levantar. E ao mesmo tempo percebendo que nenhum deles ia se levantar dali. Não tão cedo.

3

Em meio à escuridão, algo se moveu.

Ele permaneceu deitado por um bom tempo, escutando. Com os olhos fechados, o corpo inerte, sem ousar se mover, se tornou o máximo que pôde em uma orelha gigante. O som era um *tap-tap* ritmado, como se algo houvesse entrado num recinto escuro e estivesse tateando para se orientar. Por um tempo interminável, ele, como uma orelha gigante, examinou o ruído, e depois, como um cérebro gigante, percebeu que estava sendo tolo e que aquilo era apenas uma veneziana batendo contra uma janela, e que ele se encontrava em um quarto hospitalar.

Enquanto olho, nervo ótico e cérebro humano, ele captou a silhueta obscura de sua esposa indo e vindo a um metro da cama. O alívio o inundou. Marsha não fora incinerada pela radiação; graças a Deus. Uma oração silenciosa de agradecimento anuviou seu cérebro; ele relaxou, apreciando aquela boa notícia.

— Ele está voltando a si — observou a voz grave de um médico, com autoridade.

— Parece que sim — falou Marsha. A voz dela parecia vir de uma grande distância. — Quando vamos ter certeza?

— Estou bem — conseguiu grunhir Hamilton.

No mesmo segundo, a forma se mobilizou e chegou perto.

— Querido! — Marsha suspirou, tocando-o e acariciando-o com gentileza. — Ninguém morreu; estão todos bem. Até você. — Ela sorria lá de cima feito uma lua benévola. — McFeyffe torceu o tornozelo, mas vai ficar bem. Acham que o menino teve uma concussão cerebral.

— E você? — perguntou Hamilton com voz fraca.

— Também estou bem. — Ela deu uma volta para se exibir, de forma que ele pudesse ver seu corpo por inteiro. Em vez do conjunto elegante de casaco e vestido, ela usava uma simples camisola hospitalar branca. — A radiação queimou minha roupa quase inteira. Me deram isso. — Com vergonha, ela correu a mão pelo cabelo castanho. — E veja, está mais curto. Aparei a parte queimada. Depois cresce de volta.

— Posso me levantar? — quis saber Hamilton, tentando se sentar na cama. Ficou zonzo na mesma hora; voltou a deitar, ofegante. Pontos escuros dançavam em sua vista; apreensivo, ele fechou os olhos, esperando que passassem.

— Vai sentir fraqueza por um tempo. Você teve choque e perda de sangue — informou o médico. Ele tocou o braço de Hamilton. — E cortes bem feios, com estilhaços de metal, mas removemos tudo.

— De todos, quem está pior? — perguntou Hamilton, de olhos fechados.

— Arthur Silvester, o militar idoso. Ele não chegou a perder a consciência, mas seria até melhor que tivesse perdido. Ao que parece, teve a coluna fraturada. Está em cirurgia.

— Ossos fracos, suponho — disse Hamilton, apalpando o braço. Estava embalado em uma bandagem branca, plástica.

— Eu fui a que menos se feriu. Mas desmaiei. Por causa da radiação. Caí bem no meio do raio principal; só vi fagulhas e relâmpagos. Eles desligaram na mesma hora, é claro. Durou menos de uma fração de segundo. — Dolorosamente, Marsha acrescentou: — Pareceu um milhão de anos.

O médico, um jovem de boa aparência, afastou as cobertas e tomou o pulso de Hamilton. Na ponta da cama estava uma enfermeira,

37

diligente. O equipamento foi trazido para o lado de Hamilton. Tudo parecia estar sob controle.

Parecia... mas havia algo errado. Ele sentia. Lá no fundo, estava com a sensação incômoda de que algo muito primordial estava fora do lugar.

— Marsha, você está sentindo isso? — perguntou ele de repente.

Hesitante, Marsha se aproximou dele.

— Sentindo o quê, querido?

— Não sei. Mas está aí.

Depois de um momento de ansiedade e indecisão, Marsha virou-se para o médico.

— Eu disse que havia algo de estranho. Não falei quando acordei?

— Todos têm uma sensação de irrealidade ao sair do choque. É normal. Essa percepção deve passar dentro de um dia ou dois. Lembrem-se de que vocês dois receberam sedativos na veia. E passaram por momentos terríveis; foram atingidos por material altamente carregado — informou o médico.

Nem Hamilton nem a esposa disseram uma palavra. Apenas se entreolharam, um tentando ler a expressão no rosto do outro.

— Acho que demos sorte — arriscou dizer Hamilton. Sua oração agradecida se transformou em uma incerteza desconfiada. *O que era aquilo?* Não era uma percepção racional; ele não conseguia precisar o que poderia ser. Não notou nada de estranho ao olhar ao redor do quarto, nada fora de lugar.

— Muita sorte — disse a enfermeira. Com orgulho, como se fosse ela a responsável por isso.

— Quanto tempo vou ter que ficar aqui?

O médico ponderou.

— Pode ir para casa hoje, eu acho. Mas deve continuar de cama por um ou dois dias. Vocês dois vão precisar de muito repouso durante pelo menos uma semana. Sugiro que contratem uma profissional de enfermagem.

Hamilton pensou e disse:

— Não podemos pagar.

— Suas despesas vão ser cobertas, é claro. — O médico chegou a soar ofendido. — O Governo Federal está cuidando disso. Se eu fosse você, me preocuparia apenas em voltar à saúde plena.

— Talvez eu prefira assim — disse Hamilton, ácido. Ele não desenvolveu o pensamento; por algum tempo, ficou refletindo, sombrio, sobre a própria situação.

Acidente ou não, a situação devia estar na mesma. A não ser que, durante seu tempo inconsciente, o coronel T. E. Edwards tivesse sofrido um ataque cardíaco fatal — o que parecia bastante improvável.

Quando o médico e a enfermeira enfim saíram do quarto, Hamilton disse à esposa:

— Bem, agora temos uma desculpa. Algo a dizer aos vizinhos para explicar o motivo de eu não estar indo trabalhar.

Sombria, Marsha balançou a cabeça, concordando.

— Tinha me esquecido disso.

— Vou ter que encontrar algum emprego em que não precise lidar com coisas confidenciais. Algo que não envolva defesa nacional. — Pesaroso, ele refletiu: — Como Einstein disse em 1954. Talvez eu vire encanador. Ou vá consertar televisões; isso é mais a minha área.

— Lembra daquilo que você sempre quis fazer? — Sentada na beira da cama, Marsha examinava o próprio cabelo, agora mais curto e um tanto irregular. — Você queria projetar um novo tipo de circuito para gravação de fitas. E circuitos FM. Você queria ser um grande nome da alta fidelidade, feito Bogen, Thorens e Scott.

— Verdade — concordou ele, com o máximo de convicção que foi capaz de evocar. — O Sistema de Som Trinaural Hamilton. Lembra a noite em que o idealizamos? Três cartuchos, agulhas, amplificadores, alto-falantes. Montados em três salas. Um homem em cada sala, ouvindo cada uma das aparelhagens de som. Cada uma tocando uma composição diferente.

— Uma tocando o concerto duplo de Brahms — acrescentou Marsha, sem muito entusiasmo. — Eu lembro.

— Outra tocando *As núpcias* de Stravinsky. E uma tocando a música para alaúde de Dowland. Então o cérebro dos três homens é removido e fundido pelo cerne do Sistema de Som Trinaural Hamilton, o Ortocircuito Musifônico Hamilton. As sensações dos três cérebros são mescladas segundo uma relação estritamente matemática, baseada na constante de Planck. — Seu braço estava começando a latejar; ele se apressou em concluir: — Alimenta-se a combinação resultante num gravador de fita e esta é tocada a 3:14 vezes a velocidade original.

— Para ser ouvida em um equipamento de cristal. — Marsha se inclinou e o abraçou. — Querido, quando eu entrei, pensei que era um cadáver. Juro para você: estava que nem um defunto, todo pálido, silencioso e imóvel. Pensei que meu coração fosse sair do peito.

— Tenho seguro de vida. Você estaria rica — disse ele, solene.

— Não quero ficar rica. — Balançando o corpo com tristeza, ainda abraçada a ele, Marsha sussurrou: — Olha só o que eu fiz com você. Porque fico entediada e curiosa e acabo me metendo com fanáticos políticos, você perdeu o emprego e abriu mão do seu futuro. O que eu tinha na cabeça? Eu devia saber que não era para assinar Paz de Estocolmo nenhuma quando você trabalhava com mísseis teleguiados. Mas quando alguém me passa uma atribuição qualquer, eu *sempre* me deixo levar. Pelos fracos e oprimidos.

— Não esquenta a cabeça com isso — disse ele, conciso. — Se estivéssemos em 1943, você seria o normal e McFeyffe estaria no olho da rua. Por ser um fascista perigoso.

— Ele é. Ele *é* um fascista perigoso — disse Marsha, com fervor.

Hamilton afastou a esposa de repente.

— O McFeyffe é um patriota fanático e reacionário. Mas isso não faz dele um fascista. A não ser que você acredite que todos que não são...

— Não vamos falar disso — interrompeu Marsha. — Você não pode se agitar, não é? — Ela lhe deu um beijo intenso, febril, na boca. — Espere até chegar em casa.

Enquanto ela se afastava, ele a segurou pelo ombro.

— *O que foi? O que há de errado?*

Abatida, ela balançou a cabeça.

— Não sei. Não consigo descobrir o que é. Desde que acordei, sinto como se estivesse sempre bem às minhas costas. Eu a sinto. É como se... — Ela esboçou um gesto. — Eu esperasse me virar e ver... sei lá o quê. Algo oculto. Alguma coisa horrível. — Ela estremeceu, apreensiva. — Estou com medo.

— Eu também.

— Talvez a gente acabe descobrindo o que é. Talvez não seja nada... só o choque e os sedativos, como disse o médico.

Hamilton não acreditava nisso. E nem ela.

Foram levados para casa por um clínico do hospital, junto com a jovem executiva sisuda. Ela também estava usando uma camisola hospitalar. Os três seguiam juntos e calados no banco de trás enquanto o Packard cortava as ruas escuras da cidade de Belmont.

— Eles disseram que fraturei algumas costelas — contou a mulher, sem demonstrar emoção. — Meu nome é Joan Reiss. Já vi vocês dois antes... na minha loja.

— Qual é a sua loja? — perguntou Hamilton, depois de se apresentar rapidamente junto com a esposa.

— A livraria e loja de arte na El Camino. Em agosto vocês compraram um álbum da editora Skira com reproduções do Chagall.

— Verdade, compramos mesmo. Era aniversário do Jack... Nós as colocamos na parede. Lá embaixo, na sala de alta fidelidade — contou Marsha.

— No porão — explicou Hamilton.

— Teve uma coisa — disse Marsha de repente, os dedos apertando a bolsa com força. — Você reparou no médico?

— Se reparei? — Ele não compreendeu. — Não, não com atenção.

— Foi o que eu quis dizer. Ele não passava de uma espécie de... bem, de nada. Como se fosse um médico genérico de anúncio de pasta de dente.

Joan Reiss os ouvia atentamente.

— Do que estão falando?

— De nada. Assunto particular — respondeu Hamilton, apressado.

— E a enfermeira. A mesma coisa, parecia uma amálgama. Uma mistura de todas as enfermeiras que já vimos na vida.

Pensativo, Hamilton observou a noite pela janela.

— É por causa da comunicação de massa. As pessoas se moldam de acordo com os anúncios. Não é, srta. Reiss?

O que a srta. Reiss disse foi:

— Eu queria perguntar algo para vocês. Percebi uma coisa que me deixou pensativa.

— O quê? — perguntou Hamilton, desconfiado; não era possível que a srta. Reiss soubesse do que estavam falando.

— O policial na plataforma... Um pouco antes de ela desabar. Por que ele estava lá?

— Ele foi conosco — disse Hamilton, irritado.

A srta. Reiss o olhou atentamente.

— É mesmo? Pensei que talvez... — Ela deixou a frase no ar. — Me pareceu que ele deu meia-volta e correu para a saída pouco antes da queda da plataforma.

— Foi, sim. Ele sentiu que estava começando a inclinar. Eu também, mas corri para o lado oposto — confirmou Hamilton.

— Está dizendo que voltou por vontade própria? Quando poderia ter se salvado?

— Para ajudar minha esposa — disse Hamilton, impaciente.

A srta. Reiss assentiu, aparentemente satisfeita.

— Me desculpe... O choque, o cansaço... Demos sorte. Outros, nem tanto. Não é estranho? Alguns mal se machucaram, e aquele pobre soldado, o sr. Silvester, fraturou a espinha. Faz a gente refletir.

— Eu ia contar para vocês. Arthur Silvester não fraturou a coluna. Parece que uma das vértebras ficou lascada e teve danos ao baço — disse o clínico que dirigia o carro.

— Que bom. E o guia? Ninguém falou dele — disse Hamilton.

— Teve alguns ferimentos internos. Ainda não divulgaram o diagnóstico dele — respondeu o médico.

— Como assim, deixaram ele no final da fila para ser tratado? — perguntou Marsha.

O médico riu.

— Quem, o Bill Laws? Foi o primeiro a ser resgatado do acidente; o pessoal é amigo dele.

— E outra. Levando em conta a altura de que caímos e aquela radiação toda, nenhum de nós saiu realmente ferido. Estamos os três aqui de pé como se nada tivesse acontecido. É surreal. Foi fácil demais — disse Marsha abruptamente.

Exasperado, Hamilton disse:

— Provavelmente a gente caiu em cima de um monte de equipamento de segurança. Caramba...

Ele queria continuar a falar, mas não chegou a isso. Naquele momento, uma dor súbita e lancinante subiu-lhe pela perna direita. Gritando, ele pulou no lugar, batendo a cabeça no teto do carro. Agitando as mãos freneticamente, ele ergueu a perna da calça a tempo de ver uma pequenina criatura alada tentando escapar.

— O que foi? — quis saber Marsha, aflita. Então ela mesma viu. — Uma abelha!

Furioso, Hamilton pisou na abelha, esmagando-a com o sapato.

— Ela me picou. Na batata da perna. — O local já estava ficando inchado e vermelho. — Já não deu de problema por hoje?

O médico agira rápido e havia encostado o carro no meio-fio.

43

— Matou? Esses bichos entram quando o carro está estacionado. Me desculpe. Machucou muito? Tenho uma pomada que pode aliviar o inchaço.

— Vou sobreviver — resmungou Hamilton, massageando suavemente o calombo. — Uma abelha. Como se já não tivéssemos tido problemas o suficiente por hoje.

— Já estamos quase em casa — disse Marsha, apaziguadora, espiando pela janela do carro. — Srta. Reiss, entre para tomar alguma coisa.

— Bem — disse ambiguamente a srta. Reiss, batucando em seu lábio com um dedo fino e ossudo. — Um café cairia bem. Se vocês tiverem.

— Temos, com certeza. Nós devíamos nos unir, nós oito. Passamos por uma experiência tão horrível juntos — disse Marsha.

— Tomara que seja o fim disso tudo — disse a srta. Reiss, inquieta.

— Amém — acrescentou Hamilton. Pouco depois, o carro encostou e parou junto ao meio-fio: estavam em casa.

— Que casa simpática, a sua — comentou a srta. Reiss enquanto saíam vagarosamente do carro. À luz do crepúsculo, a moderna casa californiana de dois quartos, em estilo de rancho americano, aguardava silenciosamente que eles vencessem a subida que levava à varanda da frente. E, sentado na varanda, à espera, estava um grande gato amarelo, com as patas encolhidas sob o peito.

— Esse é o gato do Jack — disse Marsha, pescando a chave dentro da bolsa. — Está com fome. — Então ela disse ao gato: — Entre logo, Ninny Energúmeno. Você sabe que não vai comer aqui fora.

— Que nome mais exótico. Por que o chamam assim? — perguntou a srta. Reiss, com certa aversão.

— Porque ele é burro — respondeu Hamilton, direto.

— Jack batiza todos os gatos dele assim. O último se chamava Parnassus Palerma — explicou Marsha.

O gato enorme, com cara de cínico, havia pulado da varanda e descera pelo caminho. Aproximando-se de Hamilton, esfregou-se na perna dele, ronronando alto. A srta. Reiss se afastou com visível repugnância.

— Nunca consegui me acostumar com gatos. São sorrateiros e traiçoeiros — disse ela.

Normalmente, Hamilton teria proferido um pequeno sermão sobre como não se devia estereotipar. Mas, naquele momento, ele não estava se importando tanto com a opinião da srta. Reiss sobre gatos. Inserindo a chave na fechadura, ele abriu a porta da frente e acendeu as luzes da sala de estar. A pequena casa ganhou vida e as mulheres entraram. Em seguida, veio Ninny Energúmeno, seguindo direto para a cozinha, a cauda despenteada, tesa feito uma vareta.

Ainda de camisola hospitalar, Marsha abriu a geladeira e pegou uma tigela de plástico verde, que tinha corações de boi cozidos. Enquanto os cortava em pedaços e colocava no chão para o gato, ela comentou:

— A maioria dos gênios da eletrônica tem animais eletrônicos de estimação. Como aquelas mariposas fototrópicas, umas geringonças que saem por aí batendo em tudo. Jack fabricou uma dessas logo depois que nos casamos, uma que apanhava ratos e moscas. Mas isso não bastava para ele; resolveu arrumar outra que pegasse *a primeira*.

— Justiça divina. Não queria que povoassem o mundo todo — disse Hamilton, tirando seu chapéu e paletó.

Enquanto Ninny Energúmeno terminava de maneira voraz o seu jantar, Marsha entrou no quarto para trocar de roupa. A srta. Reiss passeou pela sala de estar, inspecionando os vasos, as reproduções e a mobília como a profissional que era.

— Gatos não têm alma. O gato mais majestoso do universo topearia equilibrar uma cenoura na cabeça para ganhar uma lasca de fígado de porco — disse Hamilton, mórbido, enquanto observava seu gato comer com avidez.

— São animais, afinal. Você comprou essa reprodução do Paul Klee na minha loja? — perguntou a srta. Reiss da sala.

— É provável.

— Nunca consegui me decidir sobre a mensagem dos quadros do Klee.

— Talvez ele não tenha mensagem nenhuma. Talvez esteja só se divertindo. — O braço de Hamilton havia começado a doer; ele se perguntou o que veria se espiasse sob o curativo. — Você disse que queria um café?

— Isso mesmo, e forte. Posso ajudar com alguma coisa?

— Não, pode ficar à vontade. — Mecanicamente, Hamilton pegou o bule de vidro da cafeteira. — A edição popular da *História* do Toynbee está no revisteiro, aí perto do sofá.

— Querido. Pode vir aqui um instante? — chamou Marsha do quarto, aguda e urgente.

Ele foi, com o bule na mão e a água derramando devido à pressa. Marsha estava parada junto à janela do quarto, prestes a baixar a persiana. Ela observava fixamente a noite lá fora, a testa franzida de preocupação.

— O que foi? — quis saber Hamilton.

— Olha lá para fora.

Ele olhou, mas só viu a noite vaga e obscura, e o contorno indistinto das outras casas. Havia algumas luzes acesas aqui e ali. O céu estava nublado, um teto baixo de neblina que rondava silenciosamente os telhados. Nada se mexia. Não havia vida, nem movimentação. Sem indícios de pessoas.

— É como se fosse a Idade Média — disse Marsha, baixo.

Por que passava aquela impressão? Ele enxergava o mesmo que ela; mas, objetivamente falando, a cena era prosaica, era a vista costumeira da janela de seu quarto às nove e meia de uma noite fria de outubro.

— E a gente vem falando de um jeito. Você falou algo sobre a alma do Ninny. Você não falava desse jeito antes — disse Marsha, estremecendo.

— Antes do quê?

— Antes de virmos para cá. — Saindo de perto da janela, ela foi pegar a camisa xadrez que estava pendurada no encosto de uma poltrona. — E... isso é bobagem, claro. Mas você realmente viu o carro do médico ir embora? Você se *despediu*? Será que *algo* aconteceu de verdade?

— Bom, ele já foi embora — observou Hamilton, distraído.

Com os olhos arregalados e sérios, Marsha abotoou a camisa e a enfiou para dentro das calças:

— Acho que devo estar delirando, como disseram. O choque, os remédios... mas está tudo tão morto. Como se houvesse apenas a gente no mundo. Vivendo numa lata cinza, sem luz, sem cor, como uma espécie de... lugar primordial. Lembra as religiões de antigamente? Antes do cosmos, havia o caos. Antes de a terra ser separada das águas. Antes das trevas serem separadas da luz. E as coisas não tinham nome.

— O Ninny tem nome. Você também; a srta. Reiss também. Assim como Paul Klee — observou Hamilton delicadamente.

Eles voltaram juntos para a cozinha. Marsha assumiu a tarefa de fazer o café; pouco depois, o bule já borbulhava furiosamente. Sentada empertigada à mesa da cozinha, a srta. Reiss tinha uma expressão aflita, abatida; o rosto austero e descorado manifestava intensa concentração, como se estivesse profundamente perturbada. Era uma jovem de aparência comum, de ar determinado, com os cabelos claros presos num coque apertado na nuca. Seu nariz era fino e afilado; seus lábios estavam comprimidos, formando um traço obstinado. A srta. Reiss tinha o ar de uma mulher que não estava para brincadeiras.

— Sobre o que estavam conversando lá dentro? — perguntou ela, mexendo sua xícara de café.

Contrariado, Hamilton respondeu:

— Uma questão pessoal. Por quê?

— Querido, seja mais gentil — reprovou Marsha.

Encarando bruscamente a srta. Reiss, Hamilton perguntou:

— Você é sempre assim? Enxerida, se metendo onde não é chamada?

O rosto da moça não demonstrou emoção.

— Preciso ter cuidado. Esse acidente de hoje me deixou ainda mais consciente do perigo em que me encontro. Ou melhor, este suposto acidente — corrigiu-se.

— Por que você em particular? — continuou Hamilton.

A srta. Reiss não respondeu; ela estava de olho em Ninny Energúmeno. O grande felino desgrenhado terminara de comer; agora, estava à procura de um colo.

— Qual é o problema dele? Por que está me olhando? — perguntou a srta. Reiss num tom esganiçado e assustado.

— Você está sentada. Ele quer pular em você para tirar uma soneca — explicou Marsha delicadamente.

Ao se levantar da cadeira, a srta. Reiss ralhou com o gato:

— Não chegue perto de mim! Quero distância desse pelo sujo! — E então ela confidenciou a Hamilton: — Se não tivessem pulgas, não seriam tão ameaçadores. E esse tem cara de mau. Imagino que mate passarinhos...

— Uns seis ou sete por dia — respondeu Hamilton, começando a se aborrecer.

— É — concordou a srta. Reiss, afastando-se desconfiada do gato, que não estava entendendo nada. — Estou vendo que esse gosta mesmo de matar. Com certeza na cidade grande deve haver alguma legislação proibindo isso. Criar animais destrutivos, ferozes e ameaçadores só deveria ser permitido com licença. E a cidade realmente devia...

Hamilton interrompeu, dominado por uma intensa sensação sádica e fria:

— Não só pássaros como também cobras e marmotas. E hoje de manhã ele apareceu com um coelho morto.

— Querido — censurou Marsha. A srta. Reiss se encolheu, assustada para valer. — Tem gente que não gosta de gato. Não podemos pedir que todo mundo tenha o mesmo gosto que você.

48

— E também uns camundongos bem bonitinhos. Às dúzias. Uma parte ele come, a outra ele traz para nós. E teve um dia em que ele apareceu com a cabeça de uma velha — disse Hamilton, brutal.

Um guincho aterrorizado escapou da boca da srta. Reiss. Em pânico, ela recuou, patética e indefesa. Hamilton se arrependeu no mesmo instante. Envergonhado da própria atitude, ele abriu a boca para se desculpar, para se retratar pela piada inoportuna...

Do ar do aposento derramou-se sobre ele uma torrente de gafanhotos. Assaltado pela massa de pragas esperneantes, Hamilton lutou freneticamente para se livrar. Paralisados, as duas mulheres e o gato ficaram olhando, incrédulos. Por um tempo, ele se debateu e pelejou com a horda de pragas que o atacava, picava e rastejava. Depois, se arrastando para longe, ele conseguiu espantá-los e se abrigar, ofegante, num canto.

— Deus do céu — sussurrou Marsha, espantada, mantendo distância dos zumbidos e pulos dos insetos.

— O que... aconteceu? — balbuciou a srta. Reiss, olhos fixos no bolo de insetos irrequietos. — Isso não é possível!

— Bem, aconteceu — disse Hamilton, trêmulo.

— Mas *como*? — repetiu Marsha, enquanto os quatro deixavam a cozinha, fugindo da torrente de asas e carapaças. — Uma coisa dessas simplesmente não tem cabimento.

— Mas faz sentido. Lembra a abelha? — disse Hamilton com voz fraca e baixa. — Tínhamos razão, alguma coisa aconteceu. E isso se encaixa. Faz sentido.

4

Marsha Hamilton dormia na cama. O solzinho morno da manhã recobria seus ombros nus, as cobertas e os ladrilhos asfálticos do piso. No banheiro, Jack Hamilton barbeava-se incansavelmente, apesar da dor latejante no braço machucado. O espelho embaçado e escorrendo água refletia as feições ensaboadas dele, uma paródia grotesca do seu rosto normal.

Àquela altura, a casa estava tranquila. A maior parte dos gafanhotos da noite anterior se dispersara; apenas um roçar ocasional o lembrava de que ainda havia alguns zanzando por dentro das paredes. Tudo parecia normal. Uma caminhonete de leite passou sacolejando em frente a casa. Marsha soltou um longo suspiro, remexendo-se durante o sono, erguendo um dos braços e o colocando sobre as cobertas. Lá fora, na varanda dos fundos, Ninny Energúmeno se preparava para entrar em casa.

Com muito cuidado, reunindo toda a sua força de vontade, Hamilton terminou de se barbear, limpou a lâmina, passou talco no rosto e pescoço e garimpou pelo quarto uma camisa branca limpa. Sem ter conseguido dormir na noite anterior, ele decidira começar pelo começo: no instante após se barbear, quando estava limpo, penteado, vestido, e inteiramente desperto.

Ajoelhando-se desajeitadamente, ele juntou as mãos, fechou os olhos, inspirou fundo e começou:

— Senhor Deus — disse, quase aos sussurros. — Perdoe-me pelo que fiz com a pobre srta. Reiss. Gostaria de ser desculpado, caso seja da Tua vontade.

Ele permaneceu ajoelhado por um minuto, se perguntando se teria sido o bastante. E se seu desempenho tinha sido correto. Mas, aos poucos, uma indignação incômoda foi tirando de cena sua humilde contrição. Não era natural um homem feito se ajoelhar. Era uma postura indigna para um adulto... e ele não estava nada acostumado com aquilo. Rancoroso, ele acrescentou um último parágrafo à sua prece:

— Vamos falar a verdade; ela mereceu.

Seu sussurro ríspido ecoou pela casa silenciosa; Marsha suspirou outra vez e se revirou, assumindo uma posição fetal. Não demoraria para que acordasse. Lá fora, Ninny Energúmeno arranhava a porta de tela, aborrecido, sem compreender o motivo de ainda estar fechada.

— Veja bem o que ela disse — continuou Hamilton, escolhendo as palavras com cuidado. — São ideias desse tipo que levam a campos de extermínio. Ela é inflexível, com um tipo de personalidade compulsivo. Ser antigato está a um passo de ser antissemita.

Nenhuma resposta. Estaria ele esperando uma? O *quê*, exatamente, estaria querendo como resposta? Não tinha certeza. Alguma coisa, pelo menos. Algum sinal.

Talvez não estivesse conseguindo se comunicar. A última vez em que lidara com religião de qualquer tipo fora no ensino fundamental, em aulas vagas da escola dominical. A leitura intensa da noite anterior não lhe rendera nada específico, apenas a percepção abstrata de que havia extenso material disponível sobre o assunto. Rituais e protocolos corretos... Era pior do que marcar uma conversa com o coronel T. E. Edwards.

Mas era mais ou menos equivalente a isso.

Ele ainda estava em sua postura suplicante quando ouviu um ruído às suas costas. Virando rapidamente a cabeça, observou uma silhueta caminhando cuidadosamente pela sala. Um homem, de suéter e calças compridas; um homem jovem e negro.

— Você é o sinal que pedi? — perguntou Hamilton, cáustico.

O rosto do jovem demonstrava sua fadiga.

— Você se lembra de mim. Sou o guia que levou vocês àquela plataforma. Há quinze horas não paro de pensar nisso.

— Não foi culpa sua. Você caiu junto com todos nós. — Colocando-se de pé com dificuldade, Hamilton saiu do banheiro e foi até o vestíbulo. — Já tomou café?

— Não estou com fome. — O homem o observou com atenção. — O que você estava fazendo? *Rezando?*

— Estava— admitiu Hamilton.

— Isso é um hábito seu?

— Não. Não rezo desde que tinha oito anos.

O rapaz digeriu a informação.

— Meu nome é Bill Laws. — Eles apertaram as mãos. — Parece que você já percebeu o que está havendo. Quando percebeu?

— Em algum momento entre ontem à noite e hoje de manhã.

— Aconteceu algo de especial?

Hamilton lhe contou da praga de gafanhotos e da abelha.

— Não foi difícil ver a conexão causal. Eu menti; logo, fui castigado. E, antes disso, blasfemei; logo, fui castigado. Causa e efeito.

— Orar é perda de tempo. Já tentei. Não deu em nada — disse Laws, sucinto.

— Você rezou pelo quê?

Com ironia, Laws indicou a pele negra à vista junto a seu colarinho.

— Adivinhe. As coisas não são tão fáceis assim... Nunca foram e nunca serão.

— Você fala com muita amargura — disse Hamilton, cauteloso.

Laws andava pela sala de estar.

— Foi um choque e tanto. Desculpe invadir sua casa assim. Mas a porta da frente estava destrancada, então achei que você estivesse acordado. Você trabalha com pesquisa em eletrônicos?

— Isso mesmo.

Fazendo uma careta, Laws disse:

— Prazer, colega. Eu sou pós-graduando em física avançada. Foi assim que consegui o emprego de guia. A competição nesse campo é grande, hoje em dia. Pelo menos é o que me dizem.

— Como você descobriu?

Laws encolheu os ombros.

— Essa situação? Não foi tão difícil assim. — Ele tirou do bolso algo envolto no que parecia tecido; desenrolando-o, expôs uma pequena lasca de metal. — Isso é uma coisa que minha irmã me deu de presente já tem anos. Sempre levo comigo por hábito. — Ele jogou o amuleto para Hamilton. Nele estavam inscritas palavras religiosas sobre fé e esperança, já gastas de tanto serem manuseadas.

— Pronto. Pode usar — disse Laws.

— Usar? Sinceramente, não tenho ideia do que você quer dizer.

— Seu braço — disse Laws, com um gesto impaciente. — Agora está funcionando. Pressione no seu ferimento. É melhor tirar antes a atadura; é mais eficaz com contato físico direto. Chamam isso de *contiguidade*. Foi assim que me recuperei das minhas dores e fraturas.

Cético, e com extrema cautela, Hamilton afastou um pouco da atadura; o ferimento úmido rutilou sanguíneo sob a luz da manhã. Hesitando por um momento, ele pressionou o metal frio contra o braço.

— Veja só — disse Laws.

O talho começou a sumir. Enquanto Hamilton observava, a carne avermelhada desbotou para um rosa fosco. Um tom alaranjado foi se alastrando pela pele; a ferida se encolheu, estancou e fechou. No fim, restou apenas uma linha estreita, branca e indistinta. E a dor latejante passou.

— Pronto — disse Laws, estendendo a mão para receber o amuleto.

— Ele já funcionava antes?

— Nunca. Tudo balela. — Laws guardou o objeto. — Vou tentar deixar uns pelos na água da noite para o dia. De manhã terão virado vermes, é claro. Quer saber a cura da diabetes? Misture meio sapo moído com leite de uma virgem, enrole numa flanela velha, molhe tudo num lago e pendure no pescoço.

— Você quer dizer que essa baboseira toda...

— Vai funcionar. Que nem os simplórios vivem dizendo. Até hoje, eles estavam errados. Mas agora nós é que estamos errados.

Marsha surgiu na porta do quarto vestindo um penhoar, o cabelo derramando-se sobre o rosto, olhos ainda pequenos de sono.

— Ah — disse ela, surpresa ao ver Laws. — É você. Como vai?

— Estou bem, obrigado.

Esfregando os olhos, Marsha se virou rapidamente para o marido.

— Dormiu bem?

— Dormi. Por quê? — Algo no tom dela, uma urgência, o fez perguntar.

— Você sonhou?

Hamilton refletiu. Ele ficara se revirando de um lado para o outro e só se recordava de umas poucas imagens imprecisas. Nada que pudesse distinguir ao certo.

— Não — admitiu ele.

Uma expressão estranha dominara o rosto arguto de Laws.

— A senhora sonhou, sra. Hamilton? Com o quê?

— Com algo estranhíssimo. Não era um sonho, não exatamente. Quer dizer, não acontecia nada. Simplesmente... estava lá.

— Era um lugar?

— Isso, um lugar. E nós.

— Todos nós? Todos os oito? — perguntou Laws com firmeza.

— É. Desmaiados no lugar onde caímos. No Bevatron. Todos nós simplesmente jogados. Inconscientes. E não acontecia nada. O tempo não passava. Nada mudava.

— E tinha alguma coisa se mexendo no canto? Quem sabe alguns socorristas? — perguntou Laws.

— Tinha, mas eles não se mexiam. Só ficavam parados no meio de uma escada vertical. Imóveis.

— Eles se mexiam, sim — disse Laws. — Eu também sonhei com isso. No começo pensei que não estivessem se mexendo, mas estavam. Bem devagar.

Houve um silêncio desconfortável.

Tentando lembrar, Hamilton por fim disse:

— Agora que você falou... — Ele encolheu os ombros. — É a memória do trauma. O momento do choque. Está gravado a ferro e fogo no nosso cérebro; nunca vamos conseguir nos livrar dele.

— Mas... Isso ainda está acontecendo. A gente ainda está lá — disse Marsha, tensa.

— Lá? Desmaiados no Bevatron?

Ela assentiu, aflita.

— É o que sinto. Acredito nisso.

Percebendo o tom alarmado, Hamilton mudou de assunto.

— Surpresa — disse a ela, mostrando o braço recém-curado. — O Bill acabou de operar um milagre.

— Eu, não — disse Laws enfaticamente, seus olhos escuros sérios. — Nem morto eu operaria um milagre.

Constrangido, Hamilton esfregou o braço.

— Foi o seu amuleto que fez isso.

Laws reexaminou o amuleto da sorte metálico.

— Talvez agora a gente esteja na verdadeira realidade. Talvez essas coisas sempre tenham existido, sob a superfície.

Marsha andou na direção dos dois, devagar.

— Estamos mortos, não é? — disse ela, a voz embargada.

— Eu diria que não. Ainda estamos em Belmont, na Califórnia. Mas não a mesma Belmont. Ela sofreu umas mudanças, aqui e ali. Uns acréscimos. Há uma Pessoa aqui nos rondando — disse Hamilton.

— E agora? — indagou Laws.

— Nem olhe para mim. Não fui eu quem nos trouxe para cá. Obviamente, foi o acidente no Bevatron que produziu isso. Seja lá o que *isso* for — disse Hamilton.

— Posso contar para você o que vem a seguir — disse Marsha com tranquilidade.

— O quê?

— Eu vou sair e arrumar um emprego.

Hamilton ergueu as sobrancelhas.

— Mas que emprego?

— Qualquer um. Datilógrafa, funcionária de loja, telefonista. Para continuarmos botando comida na mesa... Lembra?

— Lembro. Mas fique em casa espanando os móveis; deixa que eu arrumo outro emprego. — Ele apontou o próprio rosto barbeado e a camisa limpa. — Já estou dois passos à sua frente.

— Mas você perdeu o emprego por minha culpa.

— Talvez a gente não precise mais trabalhar. Talvez agora só precisemos abrir a boca e esperar o maná cair do céu — refletiu Laws, enfático e irônico.

— Pensei que você já tivesse tentado isso — disse Hamilton.

— Eu tentei mesmo. E não tive resultados. Mas há quem tenha. Vamos ter que investigar o mecanismo disso aqui. Esse mundo, ou seja lá o que for, tem suas próprias leis. Leis diferentes daquelas que conhecíamos. Algumas já descobrimos. Amuletos funcionam. Isso sugere que toda a estrutura da bênção agora passou a funcionar. E, quem sabe, da maldição também.

— E da salvação. Meu Deus, será que existe mesmo um paraíso? — murmurou Marsha, os olhos castanhos se arregalando.

— Com toda a certeza — concordou Hamilton. Ele foi ao quarto e logo depois voltou, dando o nó na gravata. — Mas isso fica para depois. Agora, vou subir a península. Nós temos exatamente cinquenta dólares no banco, e não vou morrer de fome enquanto tento conseguir as coisas pelo poder da oração.

* * *

Hamilton buscou seu Ford cupê executivo no estacionamento da fábrica de mísseis. Ainda estava na vaga assinalada com "reservado para John W. Hamilton".

Subindo a El Camino Real, ele saiu da cidade de Belmont. Meia hora depois, estava entrando na South San Francisco. O relógio em frente à filial do Bank of America marcava onze e meia quando estacionou no plácido campo de cascalho ao lado dos Cadillacs e Chryslers da equipe da EDA.

Os prédios da EDA, a agência de desenvolvimento de eletrônicos, estavam à direita; blocos de cimento branco contra as montanhas da extensa cidade industrial. Anos atrás, quando ele publicara seu primeiro trabalho sobre eletrônica avançada, a EDA tentara convencê-lo a deixar a California Maintenance e ir trabalhar ali. Guy Tillingford, um dos estatísticos mais proeminentes do país, liderava a empresa; um homem genial e inventivo, ele fora também grande amigo do pai de Hamilton.

Se fosse haver um emprego para ele em algum lugar, seria ali. E o mais importante: a EDA não estava ligada a nenhuma pesquisa militar no momento. O dr. Tillingford, parte do grupo que compunha o Instituto de Estudos Avançados em Princeton (antes de o grupo ser oficialmente dissolvido), estava mais preocupado com conhecimento geral e específico. Da EDA saíam os computadores mais radicais, os grandes cérebros eletrônicos utilizados em indústrias e universidades em todo o mundo ocidental.

— Pode deixar, sr. Hamilton — disse a secretária baixinha e eficiente, examinando agilmente o maço de papel dele. — Vou falar ao doutor que você está aqui... Não tenho dúvida de que ele irá recebê-lo com prazer.

Tenso, Hamilton deu voltas pela recepção, esfregando as mãos e fazendo uma oração silenciosa. A oração veio fácil; num momento como aquele, não precisou forçar. Cinquenta dólares no banco não iam sustentar a família Hamilton por muito tempo... mesmo naquele mundo de milagres e chuvas de gafanhotos.

— Jack, meu rapaz! — ressoou uma voz grave. O dr. Guy Tillingford surgiu na porta do escritório, o rosto envelhecido sorridente, a mão estendida. — Caramba, que prazer ver você aqui. Há quanto tempo, hein? Uns dez anos?

— Por aí — admitiu Hamilton, enquanto se cumprimentavam com firmeza. — Você está ótimo, doutor.

Pelo escritório, circulavam engenheiros, consultores e técnicos; rapazes com cortes à escovinha, gravatas-borboleta, expressões alertas no rosto jovem. Ignorando-os, o dr. Tillingford levou Hamilton por uma série de portas de madeira até chegarem a uma sala privativa.

— Aqui podemos conversar — confidenciou ele, jogando-se em uma poltrona confortável de couro preto. — Tenho esse local reservado; é uma espécie de retiro, para poder dar uma pausa e meditar, respirar um pouco. — Com tristeza, ele acrescentou: — Não tenho mais como aguentar aquele ritmo contínuo, não como antes. Me arrasto para cá algumas vezes por dia... para recobrar as forças.

— Eu saí da California Maintenance — disse Hamilton.

— É? Fez bem. Aquele lugar não presta. Focam demais em armas. Não são cientistas; são funcionários do governo.

— Eu não me demiti. Fui despedido.

Em poucas palavras, Hamilton explicou sua situação. Por um breve momento, Tillingford não disse nada. Pensativo, ele passou a unha num dos dentes da frente, a testa franzida de concentração.

— Eu me lembro da Marsha. Um doce de garota. Sempre gostei dela. Hoje em dia tem muita dessa besteira de risco à segurança. Mas aqui a gente não tem que se preocupar com nada disso. Estamos sem contratos com o governo no momento. Torre de marfim. — Ele deu uma risadinha seca. — Último baluarte da pesquisa pura.

—E será que haveria lugar para mim? — perguntou Hamilton, tão pacato quanto pôde.

— Não vejo por que não haveria. — Distraidamente, Tillingford pegou uma roda de orações e começou a fazê-la girar. — Conheço o seu trabalho... Na verdade, por mim eu já teria contratado você.

Fascinado, hipnotizado e incrédulo, Hamilton observava fixamente a roda de orações de Tillingford girando.

— Claro, teremos as perguntas de sempre — observou Tillingford, continuando a mexer a roda. — As de rotina... Mas você não vai precisar preencher formulários. Podemos fazer por entrevista. Você não bebe, né?

— Se eu *bebo*? — perguntou Hamilton, hesitante.

— Essa questão sobre a Marsha representa um problema para nós. Não nos preocupamos com o aspecto de segurança, é claro... mas vou ter de perguntar uma coisa para você, Jack, seja sincero. — Colocando a mão no bolso, Tillingford puxou um tomo de capa preta, estampado com o título dourado *Bayán do Segundo Báb*, e o entregou a Hamilton. — Na faculdade, quando vocês andavam metidos com esses grupos radicais, vocês não praticavam... esse "amor livre", não é?

Hamilton não respondeu. Em silêncio, atordoado, ele permaneceu parado segurando o *Bayán do Segundo Báb*, ainda morno do bolso do paletó de Tillingford. Uma dupla de rapazes talentosos do EDA havia entrado na sala sem fazer alarde; agora observavam a cena com deferência. Em seus jalecos brancos compridos, pareciam curiosamente solenes e obedientes. Os crânios raspados rente lembravam-no de jovens monges carecas... Estranho que nunca houvesse notado quanto o popular corte à escovinha lembrava a antiga prática ascética das ordens religiosas. Aqueles dois rapazes pareciam típicos jovens físicos inteligentes; onde estaria a impetuosidade característica deles?

— E já que estamos falando sobre esse assunto, aproveito para perguntar uma coisa. Jack, meu amigo, segure esse Bayán nas mãos e me responda com sinceridade. Você encontrou o Único e Verdadeiro Portal para a salvação? — perguntou o dr. Tillingford.

Todos olhavam para ele. Hamilton engoliu em seco e ficou parado, perplexo e com o rosto corado.

— Doutor, acho que eu vou voltar outra hora — disse ele, por fim.

Preocupado, Tillingford tirou os óculos e estudou o homem à sua frente.

— Jack, você está se sentindo mal?

— Ando sob muita pressão. Ter perdido o emprego... e outros problemas. Marsha e eu sofremos um acidente ontem. Um defletor novo deu problema e fomos banhados em radiação, lá no Bevatron.

— Ah, sim. Ouvi falar nisso. Ainda bem que ninguém morreu.

— Aquelas oito pessoas devem ter caminhado com o Profeta. Foi uma queda tão grande — interveio um dos jovens técnicos-ascetas.

— Doutor, poderia me recomendar um bom psiquiatra? — disse Hamilton, a voz roufenha.

O rosto do velho cientista assumiu lentamente uma expressão incrédula, vítrea.

— Um... *o quê*? Está fora de si, rapaz?

— É. Pelo visto, sim — respondeu Hamilton.

— Mais tarde conversamos sobre isso — disse Tillingford abruptamente, a voz embargada. Com um gesto impaciente, ele mandou os dois técnicos deixarem a sala. — Vão para a mesquita. Meditem até eu mandar chamar vocês.

Eles partiram, não sem escrutinar Hamilton meticulosamente.

— Pode conversar comigo. Sou seu amigo. Conheci seu pai, Jack. Ele era um grande físico. Sempre acreditei que você chegaria longe. Sim, fiquei desapontado quando você foi trabalhar na California Maintenance. Mas é claro que temos que nos curvar à vontade cósmica — disse Tillingford, pesaroso.

— Posso fazer algumas perguntas? — Um suor frio descia copiosamente pelo pescoço de Hamilton, adentrando o colarinho engomado da camisa. — Este lugar ainda é uma organização científica. Ou não é?

— Ainda? — Confuso, Tillingford pegou seu Bayán de volta dos dedos inertes de Hamilton. — Não entendi bem essa sua pergunta, menino. Seja mais específico.

— Vamos colocar assim: ando... desatualizado. Me joguei demais no meu trabalho e perdi o contato com o resto do campo. E não tenho a menor ideia do que os demais campos andam fazendo. Talvez... você pudesse me apresentar um panorama atualizado, de forma breve?

— O panorama. É muito comum perdê-lo de vista. É esse o problema do excesso de especialização. Eu mesmo não tenho muito o que dizer. Nosso trabalho na EDA tem contornos muito bem definidos; podemos até considerá-los *prescritos*. Lá na Cal Main você desenvolvia armas a serem usadas contra os infiéis; coisa simples e direta. Ciência diretamente aplicada, correto?

— Correto — concordou Hamilton.

— Aqui, trabalhamos com um problema básico e eterno: o da comunicação. Nosso trabalho consiste, e é uma grande tarefa, em garantir a estrutura fundamental da comunicação eletrônica. Temos engenheiros eletrônicos, como você. Temos semanticistas de primeira linha nos prestando consultoria. Temos excelentes psicólogos pesquisadores. Juntos, formamos uma equipe que lida com o problema básico da existência humana: como manter um canal aberto e bem operante entre a terra e o Paraíso.

O dr. Tillingford prosseguiu:

— Embora seja evidente que você já esteja familiarizado com isso, vou repassar as coisas. Nos velhos tempos, antes que a comunicação estivesse submetida a análise científica rigorosa, existia uma série de sistemas improvisados. Sacrifícios pelo fogo; tentativas de atrair a atenção de Deus agradando o Seu olfato e paladar. Tudo muito tosco, nada científico. Orações e cantorias de louvores aos berros, até hoje praticadas pelas massas sem estudo. Bem, que cantem seus louvores e entoem suas preces.

Ao apertar um botão, ele fez uma das paredes ficar transparente. Hamilton pôde enxergar, abaixo de si, os elaborados laboratórios de pesquisa que formavam um círculo ao redor da sala de Tillingford: camadas e camadas de homens e equipamentos, as máquinas e os técnicos mais avançados disponíveis no mercado.

— Norbert Wiener. Você deve se lembrar do trabalho dele em cibernética. E, mais importante ainda, do trabalho de Enrico Destini no campo da teofonia — disse Tillingford.

— O que é isso?

Tillingford ergueu uma sobrancelha.

— Você *é* um especialista mesmo, rapaz. É a comunicação entre o homem e Deus, é claro. A partir do trabalho de Wiener, e empregando o material inestimável de Shannon e Weaver, Destini conseguiu montar o primeiro sistema de comunicação adequado entre a terra e o Paraíso, em 1946. Lógico que ele teve de usar todo aquele equipamento da Guerra contra as Hordas Pagãs, aqueles hunos que veneram Wotan e carvalhos.

— Você está falando dos... nazistas?

— Já ouvi falar nesse termo. É jargão de sociólogos, não é? E daquele que negou o Profeta, aquele antiBáb. Dizem que ainda vive lá na Argentina. Que encontrou o elixir da juventude ou algo do tipo. Você lembra que ele fez aquele pacto com o diabo em 1939. Ou você era jovem demais nessa época? Mas conhece o fato; é histórico.

— Conheço — disse Hamilton, a voz prendendo na garganta.

— E, ainda assim, houve quem não visse o sinal divino. Às vezes fico pensando que os Fiéis bem mereciam um revés para ficarem mais humildes. Algumas poucas bombas de hidrogênio explodindo aqui e ali e a forte corrente ateísta que simplesmente se recusa a ceder...

— Os outros campos. O que andam fazendo? A física. E quanto aos físicos? — interrompeu Hamilton.

— A física é assunto encerrado. Virtualmente tudo sobre o universo material já é conhecido, e isso tem séculos. A física se tornou uma abstração da engenharia — informou-lhe Tillingford.

— E os engenheiros?

Em resposta, Tillingford arremessou-lhe a edição de novembro de 1959 da *Revista de Ciências Aplicadas*.

— Acredito que o artigo principal possa dar a você uma boa ideia sobre isso. Esse Hirschbein é um homem brilhante.

O artigo principal se chamava "Aspectos teóricos do problema de construção de reservatórios". Abaixo dele, o subtítulo: "A necessidade de manter um suprimento constante de pura graça fluindo para todos os grandes centros urbanos".

— Graça? — disse Hamilton com voz fraca.

— Os engenheiros tratam principalmente da questão de transportar graça para todas as comunidades babitas do mundo. Em certo sentido, é análogo ao nosso problema de conservar abertos os canais de comunicação — explicou Tillingford.

— E é só isso o que fazem?

— Bem, há a tarefa constante da construção de mesquitas, templos, altares. O Senhor é um capataz rigoroso, você sabe; Suas especificações são de extrema exatidão. Francamente, só aqui entre nós, não invejo esses nossos colegas. Basta um deslize e... — Ele estalou os dedos. — *Puf!*

— Puf?

— Raio neles.

— Ah. É claro — disse Hamilton.

— Então pouquíssimos dentre os rapazes mais talentosos escolhem engenharia. A taxa de fatalidade é altíssima. — Tillingford o escrutinou com um olhar paternal. — Você não vê, meu rapaz, o quanto seu campo é bom?

— Nunca tive dúvidas disso. Só estava curioso para entender qual era esse campo — disse Hamilton, rouco.

— Estou satisfeito quanto à sua integridade moral. Sei que você vem de uma família boa, sem vícios, temente a Deus. Seu pai era a honestidade e a humildade em pessoa. Ainda falo com ele ocasionalmente, até hoje.

— Fala? — perguntou Hamilton baixo.

63

— Ele está se saindo muito bem. Mas é claro que tem saudades de você. — Tillingford indicou o interfone sobre sua escrivaninha. — Se você quiser.

— Não. Ainda estou abalado pelo acidente que sofri. Seria demais pra mim — disse Hamilton, recuando.

— Você é quem sabe. — Tillingford deu um tapinha amigável no ombro do jovem. — Quer visitar os laboratórios? Temos equipamentos bons pra caramba. Mas tivemos que rezar muito por eles. Lá na sua antiga freguesia, a Cal Main, eles também estavam gastando o verbo de tanto pedir.

— Mas você conseguiu.

— Ah, sim. Afinal de contas, nós que fabricamos os canais de comunicação. — Com um meio-sorriso e uma piscadela, Tillingford foi com ele até a porta. — Vou passar você para o diretor do Departamento Pessoal... É ele quem cuida da contratação propriamente dita.

O diretor do Departamento Pessoal era um homem corado, de rosto liso, que sorriu cordialmente para Hamilton enquanto remexia em sua mesa para localizar os formulários.

— Aceitamos sua inscrição com prazer, sr. Hamilton. A EDA precisa de funcionários com a sua experiência. E se o doutor o conhece...

— Faça o processo rápido para ele. Deixe as burocracias para depois; vamos pular logo para o teste de qualificação — instruiu Tillingford.

— Tudo bem — anuiu o diretor, pegando seu exemplar do *Bayán do Segundo Báb*. Colocando o livro sobre a mesa, ele fechou os olhos, deslizou o polegar pelas páginas e abriu o exemplar ao acaso. Tillingford se debruçou por cima do ombro do diretor, lendo atentamente; conferenciando aos cochichos, os dois examinaram a passagem.

— Ótimo. Sinal verde — disse Tillingford, saindo satisfeito de trás da mesa.

— Com toda a certeza — concordou o diretor. E disse a Hamilton: — Você pode se interessar em saber que foi uma das aprovações mais claras que vi este ano. — Em tom rápido e eficiente ele leu: — Visão 1931: Capítulo 6, versículo 14, linha 1. "Sim, a Verdadeira Fé derrete a coragem do incrédulo; pois ele sabe a medida da ira de Deus; ele conhece a medida que preenche o vaso de argila."

Com um estalo, ele fechou o Bayán e voltou a guardá-lo em sua mesa. Ambos olhavam para Hamilton orgulhosos, sorridentes, irradiando boa vontade e apreço profissional.

Pasmo, sem saber o que sentir, Hamilton retornou ao motivo principal que o levara até ali.

— Posso perguntar sobre o salário? Ou será que isto é... indelicado demais, comercial demais? — disse em uma tentativa de piada.

Os homens o olharam, confusos.

— Salário?

— Sim, salário — repetiu Hamilton, sentindo a histeria começar a surgir. — Vocês sabem, aquela coisa que o departamento de contabilidade distribui de duas em duas semanas. Para os funcionários não se rebelarem.

— Conforme é de praxe — disse Tillingford, com uma dignidade tranquila —, você receberá créditos junto ao pessoal da IBM a cada dez dias. — Virando-se para o diretor do Departamento Pessoal, ele inquiriu: — Qual é o número exato, mesmo? Nunca me lembro dessas coisas.

— Vou checar com o contador. — O diretor do Departamento Pessoal saiu da sala e, pouco depois, voltou com a informação. — Você entrará como categoria Quatro-A. Em seis meses será promovido a Cinco-A. Que tal? Nada mau para um jovem de 32 anos.

— O que significa Quatro-A? — perguntou Hamilton.

Após uma pausa de surpresa, o Diretor de Departamento Pessoal trocou olhares com Tillingford, umedeceu os lábios, e respondeu:

— A IBM mantém o Livro de Débitos e Créditos. O Registro Cósmico. Você sabe, o Grande Manuscrito Inalterável de Pecados e Virtudes. A EDA está fazendo o trabalho do Senhor; logo, você é um servo do Senhor. Seu pagamento será de quatro créditos a cada dez dias, quatro unidades lineares para a sua salvação. A IBM cuidará de todos os detalhes; afinal de contas, é para isso que eles existem.

Fazia sentido. Inspirando fundo, Hamilton falou:

— Está bem. Eu esqueci; perdoem-me a confusão. Mas como Marsha e eu vamos viver? Temos que pagar nossas contas; temos que *comer* — apelou ele, ansioso, a Tillingford.

— Como servo do Senhor, nada lhe faltará. Você tem seu Bayán? — perguntou Tillingford, severo.

— S-sim — disse Hamilton.

— Então basta garantir que não perca a fé. Eu diria que um homem da sua fibra moral, envolvido com esse trabalho, deve ser capaz de orar e receber pelo menos... — Ele calculou mentalmente. — Ah, digamos, uns quatrocentos por semana. O que me diz, Ernie?

O diretor do Departamento Pessoal concordou.

— No mínimo.

— Mais uma coisa — disse Hamilton, enquanto o dr. Tillingford já caminhava rápido para a saída, acreditando que tudo já fora resolvido. — Um pouco antes, eu lhe perguntei sobre um psiquiatra...

— Ah, rapaz. Tenho apenas uma única coisa a dizer: a vida é sua e você faz dela o que bem entender. Não estou tentando dizer a você o que fazer ou não. A sua vida espiritual é uma questão entre você e o único Deus Verdadeiro. Mas se deseja se aconselhar com charlatões e...

— Charlatões! — repetiu Hamilton em voz baixa.

— Praticamente doidos varridos. Para o homem comum, não é um grande pecado. Essa gente sem estudo, esses sim, acorrem a esses tais psiquiatras. Já li as estatísticas; é uma tristeza constatar como a falta de informação se propaga entre a massa. Vou fazer algo por você, sim. — Ele retirou um lápis e um bloquinho do paletó e rapidamente rabiscou um bilhete. — Esta é a única via correta. Suponho que se até agora você ainda não a enxergou isso não fará diferença alguma. Mas dizem que precisamos continuar insistindo. Afinal, a eternidade é um longo tempo.

O bilhete dizia: *Profeta Horace Clamp. Sepulcro do Segundo Báb. Cheyenne, Wyoming.*

— Exatamente. Direto para o maior de todos. Isso surpreende você? É uma prova de quanto estou preocupado, rapaz — disse Tillingford.

— Obrigado. Se você diz — disse Hamilton, guardando o bilhete de forma automática.

— Eu digo, sim, senhor. O Segundo Babismo é a única Fé Verdadeira, rapaz; é a única garantia de se chegar ao Paraíso. Deus fala única e exclusivamente por meio de Horace Clamp. Amanhã, tire o dia para ir até lá; depois você começa seu trabalho, não faz mal. Se tem alguém que pode salvar sua alma do fogo da condenação eterna, este alguém é o Profeta Horace Clamp.

5

Enquanto Hamilton saía abatido do complexo de prédios da EDA, um pequeno grupo de homens seguia logo atrás dele em silêncio, com as mãos no bolso, o rosto inexpressivo e gentil. Enquanto ele procurava as chaves do carro no bolso, os homens atravessaram rapidamente o estacionamento de chão de cascalho até se postarem à volta dele.

— Olá — disse um deles.

Eram todos jovens. Eram todos louros. Todos de corte à escovinha e usando jaleco branco ascético. Os jovens técnicos brilhantes de Tillingford; funcionários altamente qualificados da EDA.

— O que vocês querem? — perguntou Hamilton.

— Você está indo embora? — inquiriu o líder.

— Isso mesmo.

O grupo refletiu sobre a informação. Depois o líder comentou:

— Mas você vai voltar depois.

— Olha... — começou Hamilton, mas o rapaz o interrompeu.

— Tillingford contratou você. Vai começar a trabalhar aqui na semana que vem. Passou no exame de admissão e agora está aqui xeretando os nossos laboratórios — afirmou ele.

— Eu posso ter passado no exame, mas isso não quer dizer que eu venha mesmo trabalhar. A bem da verdade...

O líder interrompeu:

— Meu nome é Brady. Bob Brady. Talvez você tenha me visto lá dentro. Eu estava com o Tillingford quando você apareceu. O Departamento Pessoal pode ter ficado satisfeito, mas nós não. Só tem gente desqualificada no Departamento Pessoal. Fazem meia dúzia de exames de qualificação burocráticos e pronto.

— E nós não somos desqualificados — comentou um dos rapazes do grupo de Brady.

— Olha — disse Hamilton, recuperando um pouco de esperança. — Talvez a gente possa se unir. Estava mesmo me perguntando como vocês, que são gente qualificada, poderiam concordar com um teste daqueles, de abrir um livro ao acaso. Aquilo não mensura de forma adequada o treinamento e a capacidade do candidato. Nesse tipo de pesquisa avançada...

— Então, no que diz respeito a nós, você é um pagão até que se prove o contrário. E um pagão não pode trabalhar na EDA. Temos critérios profissionais por aqui — disse Brady, implacável.

— E você não é qualificado. Mostre o seu grau N — acrescentou outro jovem do grupo.

— Seu grau N. — Brady estendeu a mão e ficou esperando. — Você recentemente tirou um nimbograma, não tirou?

— Não que eu me lembre — respondeu Hamilton, inseguro.

— Foi o que eu pensei. Você não tem grau N. — Brady tirou do bolso do jaleco um pequeno cartão perfurado. — Não tem ninguém desse grupo com grau N menor do que 4,6. Olhando para você, eu diria que o seu não chega nem a 2,0. O que me diz?

— Você é um pagão. Que audácia da sua parte tentar se infiltrar aqui — disse severamente um dos jovens técnicos.

— Talvez seja melhor você ir embora. Talvez seja melhor você pegar essa maldita estrada e nunca mais voltar — disse Brady a Hamilton.

— Tenho tanto direito de estar aqui quanto vocês — retrucou Hamilton, exasperado.

— A prova do suplício. Vamos resolver isso de uma vez por todas — disse Brady com ar ponderado.

— Tá bom — respondeu Hamilton, satisfeito. Arrancando o paletó e jogando-o dentro do carro, ele disse: — Topo lutar com qualquer um de vocês.

Ninguém prestou atenção nele; os técnicos estavam aglomerados em círculo, confabulando. No horizonte, o sol de fim de tarde já começava a se pôr. Carros deslizavam pela rodovia. O complexo da EDA brilhava límpido sob o lusco-fusco.

— Vamos lá — decidiu Brady. Munido de isqueiro ornamentado, ele se aproximou de Hamilton com ar solene. — Estenda seu polegar.

— Meu... polegar?

— Suplício pelo fogo — explicou Brady, acendendo o isqueiro e fazendo surgir uma chama amarelada. — Mostre o seu espírito. Mostre que é homem.

— Eu sou homem, mas nem morto que vou meter a mão no fogo só para passar nesse trote mascarado de iniciação ritual. Vocês são loucos. Pensei que depois da faculdade não precisaria mais lidar com esse tipo de coisa — disse Hamilton, irritado.

Cada técnico estendeu um polegar. Metódico, Brady segurou o isqueiro embaixo de um polegar depois do outro. Nenhum dos polegares sequer chamuscou.

— Você é o próximo. Seja homem, Hamilton. Lembre-se de que você não é uma besta-fera — disse Brady, parecendo um beato.

— Vai para o inferno. E vira esse isqueiro pra lá — rebateu Hamilton, veemente.

— Você se recusa a tomar parte no suplício pelo fogo? — perguntou Brady com seriedade.

Relutante, Hamilton estendeu o polegar. Talvez, naquele mundo, isqueiros não queimassem a pele. Talvez, sem nem perceber, ele fosse imune a fogo. Talvez...

— Ai! — gritou Hamilton, recolhendo a mão com violência.

Os técnicos balançaram a cabeça pesarosos.

— Bem, o resultado fala por si só — disse Brady, guardando o isqueiro num gesto triunfante.

Massageando o polegar ferido, Hamilton acusou:

— Seus sádicos! Fanáticos religiosos. Voltem para a Idade Média, seus... mouros!

— Cuidado... Você está falando com um Paladino do Deus Verdadeiro — alertou Brady.

— E não se esqueça disso — reforçou um dos assistentes dele.

— Você pode até ser um Paladino do Deus Verdadeiro, mas eu sou um especialista em eletrônica de primeira. Pense bem nisso — disse Hamilton.

— Estou pensando — respondeu Brady, imperturbável.

— Você pode enfiar esse dedão num maçarico. Pode pular de cabeça numa fornalha — disse Hamilton.

— É verdade. Posso mesmo — concordou Brady.

— Mas o que isso tem a ver com eletrônica? Certo, espertalhão; dessa vez eu é que desafio você. Vamos descobrir se você sabe alguma coisa — acrescentou Hamilton, com um olhar desafiador.

— Você está desafiando um Paladino do Deus Verdadeiro? — indagou Brady, sem acreditar.

— É isso mesmo.

— Mas... — Brady fez um gesto confuso. — Isso é irracional. Melhor ir para casa, Hamilton. Está se deixando dominar pelo seu tálamo.

— Está com medo, é? — provocou Hamilton.

— Não tem como você ganhar. Axiomaticamente, você perde. Pense nas premissas da situação. Por definição, o Paladino do Deus Verdadeiro tem de triunfar; senão, seria uma negação do poder d'Ele.

— Pare de ficar enrolando. Você pode começar me fazendo a primeira pergunta. Três perguntas para cada um. Relativas à teoria e prática da eletrônica. Aceita?

— Aceito — respondeu Brad, relutante. Os demais técnicos se aglomeraram ao redor, olhos arregalados, fascinados pelas reviravoltas. — Tenho pena de você, Hamilton. É evidente que não compreende a situação. Eu entenderia se fosse um leigo se comportando desse jeito irracional, mas um homem minimamente versado em ciências...

— Pergunte de uma vez — disse Hamilton.

— Enuncie a lei de Ohm.

Hamilton ficou incrédulo. Aquilo era o mesmo que pedir que contasse de um a dez; como ele poderia errar?

— É essa a sua primeira pergunta?

— Enuncie a lei de Ohm — repetiu Brady. Sem produzir som, os lábios dele começaram a se mexer.

— O que está acontecendo? Por que você está mexendo a boca? — perguntou Hamilton, desconfiado.

— Estou rezando. Pedindo a ajuda de Deus — revelou Brady.

— A lei de Ohm. A resistência de um corpo à passagem da corrente elétrica... — Ele parou no meio da frase.

— Qual o problema? — perguntou Brady.

— Você está me distraindo. Não dá para rezar depois?

— Agora. Mais tarde não teria serventia. — Brady foi enfático.

Tentando ignorar os movimentos dos lábios do homem, Hamilton prosseguiu:

— A resistência de um corpo à passagem da corrente elétrica é expressa pela seguinte equação: R igual...

— Prossiga — incentivou Brady.

Um estranho peso morto dominava a mente de Hamilton. Nela saltitavam e dançavam uma série de símbolos, dígitos e equações. Palavras e expressões zanzavam feito borboletas pelo bosque, recusando-se a se deixar apanhar.

— Uma unidade de resistência absoluta pode ser definida como a resistência de um condutor em que... — continuou ele, rouco.

— Isso não me parece ser a lei de Ohm — comentou Brady. Voltando-se para o seu grupo, ele perguntou: — E vocês, acham que isso é a lei de Ohm?

Todos fizeram que não beatificamente.

— Fui vencido. Não consigo nem citar a lei de Ohm — disse Hamilton, incrédulo.

— Louvado seja Deus — respondeu Brady.

— O pagão foi derrotado. Desafio concluído — observou cientificamente um dos técnicos.

— Isso não é justo. Eu conheço a lei de Ohm como a palma da minha mão — protestou Hamilton.

— Encare a realidade. Admita que é um pagão e que se encontra longe da graça do Senhor — disse Brady.

— E eu, fico sem a minha pergunta?

Brady ponderou um instante.

— Claro. Vá em frente. O que quiser.

— Um raio de elétrons é defletido se passar entre duas chapas às quais foi aplicada uma voltagem. Os elétrons estão sujeitos a uma força perpendicular ao seu movimento. Seja o comprimento da chapa L1. Seja a distância do centro das chapas até o...

Ele se interrompeu. Pouco acima da cabeça de Brady, junto ao ouvido direito, uma boca e mão haviam aparecido. A boca sussurrava baixo junto ao ouvido de Brady; direcionadas pela mão, as palavras se dissiparam antes que Hamilton pudesse ouvi-las.

— Quem é esse aí? — quis saber ele, indignado.

— Perdão? — disse Brady, inocentemente, afastando com um gesto a boca e a mão.

— Quem é o palpiteiro? Quem está passando informação para você?

— Um anjo do Senhor. É óbvio — respondeu Brady.

Hamilton se conformou.

— Desisto. Você venceu.

— Continue. Você ia me pedir para projetar a deflexão do raio por meio desta fórmula. — Em poucas e breves frases, ele expôs os números que Hamilton havia concebido no íntimo da própria mente. — Certo?

— Não é justo. Estou para ver trapaça mais suja, descarada...
— protestou Hamilton.

A boca angelical sorriu e segredou alguma grosseria ao pé do ouvido de Brady. O técnico permitiu-se sorrir por um instante.

— Muito engraçado. E bem pensado também — reconheceu ele.

Quando a boca grande e vulgar começou a desaparecer, Hamilton disse:

— Espera. Fica mais um pouco. Quero falar com você.

A boca ficou.

— O que tem em mente? — resmungou a coisa, num rugido alto feito um trovão.

— Parece que você já sabe. Não acabou de espiar aqui dentro? — respondeu Hamilton.

A boca se retorceu de desdém.

— Se você pode olhar o que tem na mente de um homem, pode olhar também o que tem no coração — disse Hamilton.

— Que conversa é essa? Vá amolar o seu próprio anjo — disse Brady, desconfortável.

— Em algum lugar existe um versículo. Algo sobre o desejo de cometer um pecado ser tão ruim quanto de fato cometê-lo — disse Hamilton.

— Que bobagem é essa? — perguntou Brady, ríspido.

Hamilton continuou:

— Eu interpreto esse velho versículo como uma declaração sobre o problema psicológico da motivação. Ele classifica a motivação como o ponto cardeal moral, sendo o pecado cometido apenas a excrescência mais óbvia do desejo impuro. O certo e o errado não dependem do que um homem faz, e sim do que ele sente.

A boca angelical fez um movimento de concordância.

— O que você diz é verdade.

— Estes homens apenas *agem* como Paladinos do Deus Verdadeiro. Parecem estar perseguindo os pagãos e descrentes. Mas têm motivos malignos no coração. Por trás de seus atos devotados, o cerne é de desejos pecaminosos.

Brady engoliu em seco.

— O que você quer dizer?

— O seu motivo para me excluir da EDA é desonesto. Vocês têm inveja de mim. E inveja é uma motivação inaceitável. Enquanto correligionário, devo chamar a atenção para esse fato. — Humildemente, Hamilton acrescentou: — É o meu dever.

— Inveja — repetiu o anjo. — Sim, inveja e ciúmes se enquadram como pecado. Exceto quando no sentido de o Senhor ser um Deus ciumento. Nesse sentido, o termo expressa o conceito de que somente um único Deus Verdadeiro pode existir. Idolatrar qualquer outro suposto deus é negar a Sua Natureza, um retorno ao pré-islamismo.

— Mas é permitido a um babista fazer as obras em prol do Senhor num espírito ciumento — protestou Brady.

— O ciúme reside na exclusão de qualquer obra e lealdade para com outros supostos deuses. Esse uso da palavra é o único destituído de características morais negativas. Pode-se falar de ciúmes e zelo quando alguém tem a intenção de defender seu patrimônio particular. Ou seja, nesse caso, uma determinação zelosa de resguardar o que lhe pertence. Esse pecador, porém, afirma que você o inveja no sentido de cobiçar o cargo que pertence a ele por direito. As suas motivações são a ganância, a inveja e um pérfido rancor; com efeito, por recusar a se submeter aos desígnios da Divina Providência.

— Mas... — disse Brady, agitando os braços em desespero.

— O pagão está certo ao indicar que supostas boas obras motivadas por más intenções são boas obras apenas em aparência. Seus atos zelosos são invalidados por sua ambição maligna. Embora suas ações visem sustentar a causa do Deus Verdadeiro, suas almas são vis e impuras.

— Como você define o termo "impuro"? — começou Brady, mas já era tarde. A sentença já fora proferida.

Sem qualquer som, o Sol no horizonte definhou para um amarelo doentio cada vez mais escuro até se apagar por completo. Uma ventania árida começou a uivar ao redor do amedrontado grupo de técnicos. Sob seus pés, o solo craquelou e murchou.

— Mais tarde, poderá apelar da sentença — disse o anjo em meio ao cenário lúgubre. Ele se preparou para partir. — Terá bastante tempo para utilizar os canais comuns.

O que antes fora uma área fértil da paisagem ao redor do complexo da EDA era agora um local que não passava de um lote ressecado e estéril. Não sobrara uma planta com vida. As árvores, a grama, tudo havia mirrado até virar palha seca. Os técnicos definharam até se tornarem criaturas minúsculas, encurvadas, crestadas e peludas, com chagas nos braços e no rosto imundos. Os olhos vermelhos se encheram de lágrimas de desespero quando viram uns aos outros.

— Fomos excomungados! Perdemos a Graça — clamou Brady.

Os técnicos tinham visível e ostensivamente perdido a salvação deles. Inconsoláveis, transformados em seres miúdos e corcundas, se arrastaram a esmo pela terra. Mal se enxergava o céu noturno por meio do ar opaco de camadas e camadas de poeira. Aos pés deles, pela terra ressequida, deslizava uma cobra. Logo em seguida ouviu-se o primeiro clic-clic de um escorpião pelo chão...

— Sinto muito. Mas no fim a verdade aparece — disse Hamilton despreocupadamente.

Brady o olhou com ódio, os olhos vermelhos faiscando ameaçadores no rosto no qual nascera uma barba desgrenhada. Filetes de cabelo imundo pendiam sobre as orelhas e o pescoço.

— Seu pagão — murmurou ele, dando-lhe as costas.

— A virtude é sua própria recompensa. Misteriosos são os desígnios do Senhor. Nada faz mais sucesso do que o sucesso — recordou-lhe Hamilton.

Indo para o carro, ele entrou e pôs a chave na ignição. Nuvens de pó se acumularam sobre o para-brisa quando Hamilton deu partida. Nada aconteceu; o motor se recusou a pegar. Por algum tempo ele continuou bombeando o acelerador e se perguntando o que haveria de errado com o carro. Então, desanimado, percebeu que o forro dos bancos estava desbotado. O tecido que fora esplêndido e lustroso se tornara fosco e sem graça. Infelizmente, seu carro estava estacionado dentro do perímetro amaldiçoado.

Abrindo o porta-luvas, pegou o surrado manual de consertos automotivos. Mas o livreto agora já não continha os esquemas mecânicos do carro, mas listava orações caseiras comuns.

Naquele ambiente, a oração substituía o conhecimento de mecânica. Dobrando o livro de forma a deixá-lo aberto à sua frente, ele pôs o carro em primeira, apertou o acelerador e soltou a embreagem. Começou a recitar:

— Só existe um único Deus e o Segundo Báb é...

O motor pegou e o carro saiu ruidosamente do lugar. Tossindo e engasgando, o veículo conseguiu, aos trancos, chegar à rua. Lá atrás, Hamilton via os técnicos perambulando pela área amaldiçoada. Eles já haviam começado a discutir sobre a forma apropriada de recorrer da sentença, citando datas e autoridades. Acabariam por recuperar seus status, refletiu Hamilton. Dariam um jeito.

Foi preciso quatro orações caseiras comuns para fazer o carro ir da EDA até Belmont. No meio do caminho, ao passar por uma oficina, ele considerou a possibilidade de parar e consertar o carro, mas a placa o fez seguir viagem.

NICHOLTON E FILHOS

CURAM-SE CARROS

E, embaixo dela, uma pequena vitrine com dizeres edificantes, com o slogan: *A cada dia que passa, meu carro fica mais novo!*

Depois da quinta oração, o motor parecia estar funcionando corretamente. E o forro dos bancos havia recuperado o brilho habitual. Ele recobrou um pouco da confiança; tinha se livrado de uma boa. Todo mundo tinha as próprias leis. Era só questão de descobrir quais eram.

Agora a noite caíra de vez. Os carros corriam pela El Camino, com os faróis acesos. Ao fundo, em meio ao breu, cintilavam as luzes de San Mateo. Nuvens sinistras recobriam o céu noturno. Com a maior cautela, ele foi mudando de faixa para sair do fluxo de tráfego da hora do rush e parou no acostamento.

À esquerda ficava a California Maintenance, mas de nada serviria abordar a fábrica de mísseis se até mesmo no mundo original eles o haviam dispensado. Só Deus sabia como a fábrica estaria agora. Sua intuição era de que deveria estar ainda pior. Bem pior. Um homem como o coronel T. E. Edwards, naquele mundo, seria um fanático de ultrapassar qualquer limite.

À direita ficava um pequeno oásis luminoso e familiar. Ele passara várias tardes à toa no Safe Harbor... Localizado bem na frente da fábrica de mísseis, o bar era o lugar preferido dos técnicos para beber cerveja nos dias quentes do auge do verão.

Estacionando, Hamilton saiu do carro devagar e caminhou pela calçada escura. Uma garoa batia em seus ombros enquanto ele andava agradecido na direção do bruxuleante néon vermelho onde se lia *Golden Glow*.

O bar estava lotado, emitindo um burburinho amistoso. Hamilton parou na porta por um momento, absorvendo a presença da mais vil escória da humanidade. Aquilo, pelo menos, não havia mudado. Os mesmos caminhoneiros de jaqueta preta recurvados sobre suas cervejas na ponta do balcão. A mesma moça loura tagarela empoleirada no banquinho: a indefectível rata de bar bebericando sua água cor de uísque. Em um canto, o jukebox chamativo rugia furiosamente junto ao fogão. Em outro, dois operários meio calvos jogavam *shuffleboard* com grande concentração.

Abrindo caminho com o ombro em meio às pessoas, Hamilton se aproximou dos banquinhos perfilados. Sentada precisamente no banco do meio, em frente ao enorme espelho, agitando seu caneco de cerveja, falando aos berros com um bando de amigos ocasionais, estava uma figura conhecida.

Um contentamento perverso preencheu a mente confusa e cansada de Hamilton.

— Pensei que você tivesse morrido. Seu filho da mãe — disse ele, dando um soco no braço de McFeyffe.

Surpreso, McFeyffe rodopiou no banquinho, derrubando cerveja no próprio braço:

— Mas que diabos. O comunista! — Contente, ele gesticulou para o rapaz do bar. — Ô, meu filho. Desce uma cerveja aqui pro meu amigo.

Apreensivo, Hamilton falou:

— Fala baixo. Não está sabendo?

— Sabendo do quê?

— Do que aconteceu. — Hamilton desabou no banco vago ao lado dele. — Você não percebeu? Não está vendo nenhuma diferença das coisas de como eram antes para agora?

— Percebi, sim — disse McFeyffe. Ele não parecia incomodado. Levantando a lateral do paletó, o policial mostrou a Hamilton o que estava usando. Dependurado nele havia todo tipo de amuleto de boa sorte concebível; um arsenal de talismãs para todas as situações. — Estou 24 horas na sua frente, meu amigo. Não sei quem é esse tal de Báb, nem de onde desencavaram essa religião árabe besta, mas não estou preocupado, não. — Acariciando um dos amuletos, um medalhão dourado com símbolos crípticos esculpidos em círculos entrelaçados, ele disse: — Melhor não mexer comigo, senão mando uma praga de ratos roer você.

A cerveja de Hamilton chegou e ele a recebeu com avidez. Pessoas, burburinho e atividade humana formigavam à volta; satisfeito pelo menos por um tempo, ele relaxou e se deixou embalar por aquela balbúrdia. Afinal de contas, não era como se tivesse muita escolha.

— Quem é o seu amigo? Ele é uma graça — disse a loirinha de rosto afilado, esgueirando-se pelo lado de McFeyffe e apoiando-se no ombro dele.

— Some daqui. Senão transformo você num verme — disse McFeyffe em tom jocoso.

— Espertinho — respondeu a moça. Arregaçando a barra da saia, ela mostrou um pequenino objeto branco preso sob a liga. — Disso você não ganha — disse ela a McFeyffe.

Fascinado, McFeyffe contemplou o objeto.

— O que é isso?

— O metatarso de Maomé.

— Deus nos livre — disse McFeyffe em tom beatífico, bebericando a cerveja.

Voltando a baixar a saia, a moça falou com Hamilton:

— Eu já não vi você por aqui? Você trabalha do outro lado da rua, naquela fábrica grande de bombas, não é?

— Trabalhava — respondeu Hamilton.

— Esse embusteiro é comunista. E ateu — informou McFeyffe.

Horrorizada, a moça recuou.

— É sério?

— Claro. Sou a tia solteirona do Leon Trótski. Eu que pari o Joe Stálin — disse Hamilton. Àquela altura, não fazia mais diferença para ele.

Na mesma hora, uma dor lancinante percorreu seu abdômen; dobrando-se ao meio, ele rolou do banquinho e foi parar no chão, apertando os braços ao redor de si, dentes batendo em agonia.

— O castigo vem a cavalo — disse McFeyffe, impiedoso.

— Me ajuda — implorou Hamilton.

Solícita, a moça se agachou junto dele.

— Não tem vergonha de agir assim? Onde está o seu Bayán?

— Em casa — murmurou ele, lívido de dor. Novas cólicas o castigavam de cima a baixo. — Estou morrendo. Meu apêndice estourou.

— Cadê sua roda de orações? No bolso do paletó? — Agilmente ela vasculhou o paletó dele; os dedos lépidos entravam e saíam dos bolsos.

— Me... leva... no... médico! — conseguiu dizer ele.

O rapaz do bar se debruçou sobre os dois.

— Jogue ele lá fora ou dê um jeito nele rápido. Ele não pode morrer aqui — disse bruscamente à moça.

— Alguém tem um pouco de água benta? — gritou a moça numa voz incisiva de soprano.

A multidão se agitou; pouco tempo depois, um frasquinho achatado veio passando de mão em mão.

— Não use tudo. Enchi isso na fonte de Cheyenne — alertou uma voz.

Abrindo a tampinha de rosca, a moça respingou água nos dedos, que tinham as unhas pintadas de vermelho, e rapidamente as gotejou sobre Hamilton. Assim que elas o tocaram, as pontadas de dor cessaram. O alívio tomou conta do corpo torturado. Com ajuda da moça, ele conseguiu se sentar depois de um tempo.

— A maldição se foi — observou a moça prosaicamente, devolvendo a água benta ao seu dono. — Obrigada, senhor.

— Paguem uma cerveja para esse homem. Este é um verdadeiro seguidor do Báb — disse McFeyffe, sem se virar para trás.

Enquanto a caneca de cerveja com colarinho passava de mão em mão, Hamilton foi se arrastando, miserável, de volta para seu banquinho. Ninguém prestou atenção nele; a moça já partira para acariciar o dono da água benta.

— Esse mundo é uma loucura — reclamou Hamilton entredentes.

— Loucura, nada. O que tem de louco nele? Não paguei uma única cerveja hoje. Basta apelar para isso aqui. — Ele sacolejou seu amplo sortimento de amuletos.

— Então me explique. Esse lugar. Esse bar. Por que Deus não o aniquila? Se esse mundo funciona com base em leis morais...

— Esse bar é necessário à ordem moral. É um sumidouro de iniquidade e vício, um polo de tentações carnais. Pensa que a salvação funciona sem a condenação? Pensa que existe virtude sem pecado? É esse o problema de ateus como você; não entendem o mecanismo do mal. Entre nessa roda e aproveite a vida, homem. Se você for um dos Fiéis, não tem com o que se preocupar.

— Oportunista.

— De corpo e alma.

— Então Deus deixa você ficar aqui sentado se enchendo de cerveja e passando a mão nas garotas. Praguejando e mentindo, fazendo o que bem entende.

— Conheço os meus direitos. Eu sei o que prevalece aqui. Abra bem os olhos que você vai ver. Preste atenção ao seu redor — disse McFeyffe, despreocupado.

Pregado na parede do bar, ao lado do espelho, estava o lema: *O que o Profeta diria se encontrasse você num lugar destes?*

— Eu sei o que ele diria. Ele diria: "Bebam uma por mim, rapazes". Ele é um sujeito comum. Não é um professor metido, feito você — informou McFeyffe.

Hamilton aguardou, esperançoso, mas o céu não se abriu em uma chuva de cobras. Confiante e complacente, McFeyffe bebia a cerveja avidamente.

— Pelo visto, eu não estou salvo. Se eu dissesse uma coisa dessas, tomaria um raio na cabeça — disse Hamilton.

— *Busque* a salvação, então.

— Como? — perguntou Hamilton.

Pesava sobre ele uma sensação de injustiça, de como aquilo tudo era fundamentalmente errado. O mundo que para McFeyffe fazia perfeito sentido a ele parecia uma paródia de um universo igualitário. Para ele, aquele mundo era uma névoa que mal permitia entrever uma faísca intermitente de padrão, uma desorganização que o assolava desde o acidente no Bevatron. Os valores que compunham seu mundo, as verdades morais subjacentes à existência desde que se entendia por gente, haviam simplesmente se extinguido; foram substituídos por uma vingança tribal grosseira contra forasteiros, um sistema arcaico que viera de... *de onde?*

Alcançando trêmulo o bolso interno do paletó, ele puxou o bilhete que o dr. Tillingford lhe entregara. Lá estava o nome, o Profeta. O centro, o Sepulcro do Segundo Báb, a fonte daquela seita não ocidental que de alguma forma se infiltrara e dominara o mundo conhecido por ele. Será que Horace Clamp sempre existira? Há uma semana, há poucos dias, não havia nenhum Segundo Báb, Profeta do Único Deus Verdadeiro em Cheyenne, Wyoming. Ou...?

A seu lado, McFeyffe se debruçou para examinar o pedaço de papel. A expressão dele se tornara sombria; o humor jocoso se fora e, no seu lugar, havia uma carranca dura e opressiva.

— O que é isso? — questionou ele.

— Me disseram para procurar esse homem — respondeu Hamilton.

— Não — disse McFeyffe. De repente a mão dele se moveu, arrancando o bilhete de Hamilton. — Melhor jogar isso fora. Não leve isso a sério. — A voz dele vacilou.

Com esforço, Hamilton recuperou o bilhete. McFeyffe o segurou firme pelos ombros; os dedos grossos se fincando na pele de Hamilton, que se desequilibrou no banquinho e caiu. O peso de McFeyffe tombou sobre ele, e em seguida os dois saíram brigando pelo chão, ofegantes, suados, cada um tentando se apossar do bilhete.

— Sem *jihad* nesse bar. Se quiserem ficar se machucando, vão lá pra fora — disse o rapaz do bar, pulando por cima do balcão para apartar a briga.

Resmungando, McFeyffe se levantou cambaleando.

— Jogue isso fora — disse McFeyffe enquanto ajeitava a roupa. O rosto dele ainda estava duro, retorcido por alguma profunda inquietação.

— Qual é o problema? — perguntou Hamilton, sentando-se novamente. Ele localizou sua cerveja e a ergueu em direção à boca. Alguma coisa se passava na mente abrutalhada de McFeyffe, e ele não sabia o que poderia ser.

Nesse instante, a ratinha de bar loira se aproximou deles. Ela estava acompanhada por uma figura esbelta, mas abatida. Bill Laws, segurando uma dose de bebida, cumprimentou McFeyffe e Hamilton com um aceno melancólico.

— Muito bem. Vamos parar com esse conflito. Aqui somos todos amigos.

Olhando para o bar, McFeyffe disse:

— Dadas as circunstâncias, não é como se tivéssemos muita opção. — Não foi além disso.

6

— Essa pessoa falou que conhece vocês — disse a loirinha do bar a Hamilton.

— Conhece mesmo. Puxe um banquinho. — Ele deu uma olhada em Laws. — Já conseguiu investigar essa situação usando física avançada?

— Dane-se a física. Isso já era. Deixei de lado — disse Laws, fechando a cara.

— Vá construir um reservatório. Pare de ler tantos livros. Saia e vá tomar ar fresco — sugeriu Hamilton.

Laws colocou a mão esguia sobre o ombro da loira.

— Essa é a Grace. Cheia dos reservatórios. Repleta. Transbordando.

— Prazer em conhecê-la — disse Hamilton.

A moça sorriu, insegura.

— Meu nome não é Grace. Meu nome é...

Empurrando a moça para o lado, Laws se aproximou de Hamilton e confidenciou:

— Que bom que você mencionou o termo "reservatório".

— Por quê?

— Porque neste mundo isso não existe — informou Laws.

— Mas tem que existir.

— Vem comigo. Vou mostrar uma coisa. A maior descoberta desde o imposto. — Segurando a gravata de Hamilton, Laws o puxou para longe do bar.

Costurando por entre os fregueses, Laws levou Hamilton até a máquina de cigarros que estava num canto. Dando uma pancadinha triunfante na lateral do aparelho, Laws disse:

— E então? O que acha?

Hamilton examinou a máquina com cuidado. Era o de sempre: um grande caixote metálico com espelho azulado, uma fenda para colocar moedas no canto superior direito, fileiras de janelinhas de vidro atrás das quais jaziam maços de diversas marcas, as alavancas alinhadas, e o buraco de onde saíam os produtos adquiridos.

— Para mim, parece tudo normal — comentou ele.

— Percebe alguma coisa em especial?

— Não, nada.

Laws olhou discretamente ao redor para ver se ninguém estava escutando. Depois puxou Hamilton para perto de si.

— Fiquei observando o funcionamento dessa máquina e percebi uma coisa. Tente entender isso. Tente não ficar chocado. *Não tem um cigarro nessa máquina* — sussurrou ele.

Hamilton ponderou um momento.

— Nada?

Agachando-se, Laws apontou para a fila de maços do mostruário atrás das janelinhas de vidro.

— Só tem esses aqui. Um de cada. Não tem reservatório. Mas olha só. — Ele colocou uma moeda de 25 centavos na máquina, selecionou a alavanca dos cigarros Camel e a empurrou com firmeza para dentro. Um maço caiu embaixo, e Laws o apanhou. — Viu?

— Não entendi.

— É a mesma coisa com a máquina de doces — disse Laws o levando até ela. — Saem doces dela, mas não tem nenhum doce lá dentro. Só os pacotes do mostruário. Sacou? Compreendeu?

— Não.

— Você nunca leu histórias sobre milagres? No deserto, o milagre era água e comida; era o que vinha em primeiro lugar.

— Ah, verdade.

— Essas máquinas operam com base no princípio original. Divisão milagrosa. — Laws retirou uma chave de fenda do bolso; ajoelhando-se, ele começou a desmontar a máquina de doces. — Vou dizer uma coisa, Jack: essa é a maior descoberta já feita pela humanidade. Isso vai revolucionar a indústria moderna. Todo o conceito de máquinas-operatrizes, de técnicas para linhas de montagem... — Laws fez um gesto com a mão. — Fim. Já era. Acabou escassez de matéria-prima. Acabou força de trabalho deprimida. Acabaram fábricas poluentes e barulhentas. Nesse caixote de metal reside um grande segredo.

— Ei! Talvez você tenha mesmo descoberto alguma coisa aí — exclamou Hamilton, se interessando.

— Esse negócio pode vir a ser útil. Me ajude aqui, cara. Ajude a tirar a tranca. — Febrilmente, Laws labutava na parte traseira da máquina.

A tranca saiu. Juntos, os dois retiraram a tampa traseira da máquina e a apoiaram contra a parede. Conforme Laws previra, as colunas verticais que constituíam os reservatórios da máquina estavam completamente vazias.

— Pegue aí dez centavos — instruiu Laws. Com habilidade, ele foi desparafusando o mecanismo interno até que os doces no mostruário estivessem visíveis por detrás. À direita, estava o tubo levando à saída; no começo dele havia uma série elaborada de câmaras, alavancas e engrenagens. Laws foi acompanhando o circuito físico até o ponto de origem.

— Parece que o doce se forma a partir daqui — sugeriu Hamilton. Estendendo o braço por cima do ombro de Laws, ele indicou uma plataforma. — A moeda aciona um interruptor e gira esse pistão, que dá um empurrão no doce e o impele para a saída. A gravidade faz o resto.

— Coloque aí a moeda. Quero ver *de onde sai* esse maldito doce — disse Laws com avidez.

Hamilton colocou a moeda e puxou um êmbolo ao acaso. As alavancas e engrenagens se revolveram. Do meio das traquitanas rodopiantes emergiu uma barra de chocolate. A barra de trufa deslizou pelo tubo e foi parar na cesta que ficava na parte externa da máquina.

— Ela se materializou do nada — disse Laws, atônito.

— Mas em uma área específica. Ela apareceu tangente à barra do mostruário. Isso sugere que se trata de uma espécie de processo de fissão binária. A barra-modelo se divide em duas novas, idênticas.

— Coloque outra de dez aí. Estou falando, Jack, acertamos *na loto*!

Mais uma vez, o doce se materializou e foi expelido pelo maquinário eficiente. Os dois ficaram olhando, pasmos.

— Que equipamento extraordinário. Desenho e construção notáveis. Utilização exemplar do princípio do milagre — admitiu Laws.

— Mas utilização em pequena escala. Para doces, refrigerantes e cigarros. Nada de muita significância — pontuou Hamilton.

— É aí que nós entramos. — Com muito jeito, Laws inseriu um pedaço de papel-alumínio no espaço vazio ao lado de uma barra de chocolate Hershey's no mostruário. O papel-alumínio não encontrou resistência. — Aqui não há nada, certo? Se eu tirar a barra do mostruário e colocar outra coisa no lugar...

Hamilton tirou a barra de chocolate do mostruário e colocou uma tampinha de garrafa no lugar. Quando a alavanca foi puxada, uma tampinha duplicada quicou pelo tubo de descida e saiu na cesta sob a máquina.

— Isso é a prova. Ela duplica tudo que estiver tangente ao mostruário. Podemos duplicar qualquer coisa — afirmou Laws. Ele puxou umas moedas prateadas do bolso. — Vamos ao que interessa.

— Que tal isso? Um velho princípio da eletrônica: *regeneração*. Alimentamos a câmara original do mostruário com parte do que obtivermos como saída. Assim, o suprimento não para de aumentar; quanto mais ele fabrica, mais entra de volta e é duplicado.

— Um líquido poderia ser melhor. Onde podemos arrumar um tubo de vidro para devolver uma parte lá para dentro?

Hamilton arrancou da parede uma placa néon, enquanto Laws deu uma passada no bar para pedir uma bebida. Quando Hamilton estava instalando o tubo no lugar, Laws reapareceu com um copinho de líquido âmbar na mão.

— Conhaque. Francês, legítimo. O melhor que eles tinham — explicou Laws.

Hamilton empurrou o copinho para o interior da câmara do mostruário onde antes estava a barra Hershey's. A tubulação, agora sem o gás neônio, saía da área de duplicação tangencial e se dividia em duas. Uma das pontas levava de volta ao copo original; a outra levava à cesta de saída.

— A proporção é de quatro para um. Quatro partes vão para a cesta como produto. Uma parte é retroalimentada na fonte original. Em tese, a saída vai ter aceleração perpétua. O limite do volume é infinito — comentou Hamilton.

Com destreza, Laws prendeu a alavanca que acionava o mecanismo e o deixava aberto. Pouco depois, o conhaque começou a respingar pelo tubo que saía da máquina, direto no piso. Levantando-se, Laws segurou a parte traseira da máquina; com a ajuda de Hamilton, a colocou no lugar original e a trancou de novo. Silenciosa e continuamente, a máquina de doces servia um fluxo cada vez maior de conhaque de primeira.

— É isso. Bebida de graça, gente. Podem formar fila e se servir — disse Hamilton, satisfeito.

Alguns frequentadores do bar se aproximaram, interessados. Em pouquíssimo tempo havia uma multidão.

— Conseguimos aproveitar a máquina — disse Laws com calma, enquanto os dois observavam a fila cada vez mais longa que se formara em frente à ex-máquina de doces. — Mas não conseguimos desvendar o princípio básico. Sabemos o que faz e, em termos de processos mecânicos, como faz. Mas não o *porquê*.

— Talvez não exista princípio nenhum. Não é esse o significado de "milagre"? Nenhuma lei operativa; só um evento caprichoso, sem regularidade nem causa. Simplesmente acontece; não se pode prever nem rastrear uma fonte — conjecturou Hamilton.

— Mas aqui há regularidade. Quando colocamos os dez centavos, cai um doce, não uma bola de beisebol ou um sapo. E as leis da natureza são apenas isso, uma descrição do que acontece. Um relato de regularidade. Não há causalidade nisso; simplesmente dizemos que, somando A mais B, recebemos C e não D — insistiu Laws.

— Será que vamos obter sempre C?

— Talvez sim, talvez não. Até o momento, obtivemos C; obtivemos doces. E agora está fornecendo conhaque, e não inseticida. Temos a nossa regularidade, o nosso padrão. Agora só temos que descobrir quais elementos são necessários para compor o padrão.

Empolgado, Hamilton disse:

— Se conseguirmos descobrir o que precisa estar presente para causar a duplicação do objeto-modelo...

— Isso. *Alguma coisa* coloca o processo em marcha. Não importa como; tudo o que precisamos saber é *o que* coloca. Não precisamos saber como enxofre, nitrato de potássio e carvão produzem pólvora, nem mesmo por quê. Precisamos saber que, quando misturados em certa proporção, eles a *produzem*.

Os dois voltaram para o balcão, deixando para trás a aglomeração de fregueses que se serviam do conhaque grátis.

— Então esse mundo tem leis. Assim como o nosso. Quer dizer, não que nem o nosso. Mas, pelo menos, existem leis — disse Hamilton.

Uma sombra passou pelo rosto de Bill Laws.

— É verdade. Esqueci. — De repente, o entusiasmo dele havia se evaporado.

— Que foi?

— Isso não vai funcionar quando voltarmos ao nosso mundo. Só aqui.

— Ah, verdade — disse Hamilton, decepcionado.

— É um desperdício de tempo.

— A não ser que a gente não queira mais voltar.

No balcão, Laws sentou-se em um banquinho e pegou novamente o copo com bebida. Encurvado e pensativo, ele murmurou:

— Talvez a gente devesse fazer isso mesmo. Ficar aqui.

— Claro. Ficar aqui. Pense bem... Sair do jogo enquanto ainda está ganhando — disse em tom simpático McFeyffe ao captar a conversa deles.

Laws olhou de relance para Hamilton.

— Você quer ficar? Está gostando daqui?

— Não — respondeu Hamilton.

— Nem eu. Mas talvez não tenhamos escolha. Até agora, não sabemos nem *onde* nós estamos. E em matéria de sair...

— Este lugar é legal. Eu venho sempre aqui e acho bom — disse a loirinha do bar, indignada.

— Não estamos falando do bar — disse Hamilton.

Com as mãos esganando o copo de dose, Laws disse:

— Nós precisamos voltar. Vamos ter que dar algum jeito de sair daqui.

— É, eu sei disso — disse Hamilton.

— Sabe o que dá pra comprar no mercado aqui? Vou dizer. Carne sacrificial em lata — disse Laws, irritado.

— Sabe o que dá para comprar na loja de ferragens? Balanças de pesar almas — disse Hamilton.

— Que bobagem. Alma não tem peso — disse a loira, petulante.

— Então você poderia mandar uma pelo correio de graça — ponderou Hamilton.

— Quantas almas será que cabem em um envelope selado? — conjecturou Laws, irônico. — Uma nova querela religiosa. Vai rachar a humanidade ao meio. Vai ter guerra. Sangue pelas ruas.

— Dez — arriscou Hamilton.

— Catorze — contradisse Laws.

— Herege. Monstro. Assassino de bebês.

— Bebedor bestial de sangue conspurcado.

— Celerado. Nojento. Filho do coisa-ruim.

Laws refletiu por um momento.

— Sabe o que passa na TV domingo de manhã? Não vou nem contar para você; essa deixo que descubra sozinho.

Segurando com cuidado o copinho vazio, ele se levantou abruptamente do banco e desapareceu na multidão.

— Ei. Aonde ele foi? — disse Hamilton, atônito.

— Ele é doido — disse a loira, sem se abalar.

Por um momento, a silhueta de Bill Laws ressurgiu na multidão. O rosto estava tomado pela angústia. Falando com Hamilton por cima do burburinho e dos fregueses, ele gritou:

— Sabe de uma coisa, Jack?

— O quê? — respondeu Hamilton, perturbado.

O rosto do rapaz negro teve um espasmo agudo de tristeza e desamparo.

— Nesse mundo... — A tristeza anuviou seus olhos. — Nesse raio de lugar, eu comecei a arrastar os pés.

E foi embora, deixando Hamilton pensativo.

— O que ele quis dizer? Começou a dançar arrasta-pé? — perguntou a loira, curiosa.

— A *andar* arrastando os pés — murmurou Hamilton, taciturno.

— Típico da laia dele — comentou McFeyffe.

Apossando-se do banquinho abandonado por Bill Laws, a loira começou a sistematicamente arrastar a asa para Hamilton.

— Me paga uma bebida, meu bem — pediu ela, esperançosa.

— Não posso.

— Por quê? É menor de idade?

Hamilton apalpou os bolsos vazios.

— Não tenho grana. Gastei tudo naquela máquina de doce.

— Reze. Reze feito um condenado — disse McFeyffe.

Hamilton disse com amargura:

— Ó, Senhor. Envia a Teu indigno especialista em eletrônica uma água com corante para essa espevitada jovem de vida fácil. — Respeitosamente, ele concluiu: — Amém.

O copo de água com corante surgiu na superfície do balcão ao lado do cotovelo dele. Sorrindo, a moça o aceitou.

— Quanto cavalheirismo. Qual o seu nome?

— Jack.

— Qual o seu nome *completo*?

Ele suspirou.

— Jack Hamilton.

— Eu sou a Silky. — Ela brincou com o colarinho dele. — Aquele Ford cupê lá fora é seu?

— É — respondeu ele por obrigação.

— Vamos sair daqui. Eu odeio este lugar, eu...

— Por quê? Por que foi que Deus resolveu responder a essa prece? E não a uma outra qualquer? Por que não respondeu à de Bill Laws? — reagiu Hamilton, em alto e bom som.

— Deus aprovou a sua oração. Afinal de contas, é a Ele que cabe decidir como se sente a respeito das orações — disse Silky.

— Que coisa horrível.

Silky deu de ombros.

— Talvez.

— Como alguém pode viver assim? Você nunca sabe o que vai acontecer; não há ordem, não tem nenhuma lógica. — Ele ficou furioso porque ela não achava aquilo um absurdo; para ela, parecia natural. — Somos impotentes; somos obrigados a depender de caprichos. Isso nos impede de sermos pessoas; é como ser um bicho esperando que lhe deem comida. Ou prêmios, ou castigos.

Silky o analisava.

— Você é engraçadinho.

— Tenho 32 anos. Não sou "inho" coisa nenhuma. E sou casado.

A moça afagou o braço dele com meiguice, puxando-o para fora de seu precário banquinho de bar.

— Vem, meu bem. Vamos adorar a Deus num lugar mais reservado. Tenho uns rituais que podem agradar você.

— Vou para o inferno por causa disso?

— Não se você conhecer as pessoas certas.

— Meu novo chefe tem um interfone que fala com o Paraíso. Serve?

Silky continuou a arrastá-lo para fora do banquinho.

— Depois a gente fala mais sobre isso. Agora vamos logo, antes que esse brucutu irlandês perceba.

Erguendo a cabeça, McFeyffe encarou Hamilton. Em tom hesitante e cansado, ele perguntou:

— Você... já está indo?

— Estou — disse Hamilton, levantando-se com dificuldade de seu banquinho.

— Espera. Não vá. — McFeyffe foi atrás dele.

— Vá cuidar da sua própria alma — disse Hamilton. Mas reconheceu a incerteza no rosto de McFeyffe. — Qual é o problema? — perguntou ele, recobrando a seriedade.

— Quero mostrar uma coisa para você — disse McFeyffe.

— O quê?

Passando por Hamilton e Silky, McFeyffe pegou um imenso guarda-chuva preto e voltou-se para eles, aguardando-os. Hamilton o acompanhou e Silky foi atrás. Empurrando a porta dupla, McFeyffe ergueu o guarda-chuva amplo feito uma tenda de forma que cobrisse a cabeça dos três. A garoa havia se tornado um aguaceiro; a chuva fria de outono tamborilava nas reluzentes calçadas, nas lojas apagadas e nas ruas.

Silky estremeceu.

— Que deprimente. Aonde estamos indo?

Localizando o cupê de Hamilton na noite escura, McFeyffe murmurou para si mesmo, monotonamente:

— Ainda deve existir.

— Por que você acha que ele anda arrastando os pés? Ele nunca arrastou pé antes — perguntou Hamilton, mórbido, enquanto o carro vencia a interminável rodovia encharcada.

De trás do volante, McFeyffe dirigia por reflexo, o corpo curvado, tão afundado que quase parecia estar dormindo.

— Como eu falei. Eles são assim — murmurou ele, despertando.

— Deve ter um significado — persistiu Hamilton. O suish-suish dos limpadores de para-brisa o embalavam; com sono, ele se recostou em Silky e fechou os olhos. A moça tinha um leve cheiro de fumaça de cigarro e perfume. Um cheiro bom... ele gostou. O cabelo dela pinicava seu rosto, os fios secos e leves. Como o esporo de certas plantas.

McFeyffe falou, rude e desesperado:

— Sabe essa coisa toda de Segundo Báb? Não passa de besteira. Uma seita de malucos; um bando de doidos varridos. Não passa de um punhado de árabes que importaram suas ideias para cá. Não é?

Nem Hamilton nem Silky responderam.

— Não vai durar muito — disse McFeyffe.

Silky disse com impertinência:

— Quero saber aonde estamos indo. — Aproximando-se ainda mais de Hamilton, ela perguntou: — Você é mesmo casado?

Ignorando-a, Hamilton disse a McFeyffe:

— Eu sei do que você tem medo.

— Não tenho medo de nada — rebateu McFeyffe.

— Tem, sim — insistiu Hamilton. Apesar das próprias palavras, ele também estava inquieto.

À frente deles, São Francisco ficava cada vez maior e mais próxima, até que o carro começou a passar por ruas e casas onde não havia qualquer sinal de vida, movimento, som ou luz. McFeyffe parecia saber exatamente aonde ia; foi virando nessa e naquela rua até que o carro desembocou numas transversais estreitas. De repente, ele desacelerou. Endireitando o tronco, ele espiou pelo para-brisa. Seu rosto estava rígido de apreensão.

— Que lugar terrível. Que barraco é esse? Não estou entendendo — reclamou Silky, enterrando o rosto no paletó de Hamilton.

Parando o carro, McFeyffe abriu a porta e saiu na rua escura. Hamilton o imitou e os dois ficaram parados ali. Silky ficou onde estava, ouvindo uma música ambiente sem graça no rádio do carro. O som metálico vazava do veículo, misturando-se à neblina noturna que flutuava em meio às lojas fechadas e aos prédios lúgubres e caquéticos.

— É isso aqui? — perguntou Hamilton, por fim.

— É — concordou McFeyffe. Agora, frente à realidade da coisa, ele não demonstrava maiores emoções.

Os dois estavam em frente a um galpão esquálido e desgastado, uma estrutura de tábuas decrépita cuja tinta amarela descascara, expondo a madeira molhada de chuva que havia por baixo. Pilhas de lixo e jornais cobriam a entrada. À luz dos postes de rua, Hamilton decifrou os cartazes colados nas janelas. Eram panfletos de papel amarelado, sarapintados de excremento de mosca, todos engordurados e pregados de forma desalinhada. Atrás deles havia uma cortina encardida e, mais para trás, cadeiras de metal feias dispostas em fileiras. Para além das cadeiras, o interior do galpão estava escuro. Acima da entrada do armazém havia uma placa antiga escrita à mão, em péssimo estado, que dizia:

IGREJA NÃO BABISTA
TODOS SÃO BEM-VINDOS

Resmungando, McFeyffe se recompôs e foi na direção da calçada.

— Melhor desistir — disse Hamilton.

— Não. — McFeyffe balançou a cabeça. — Eu vou entrar.

Empunhando o guarda-chuva preto, ele chegou junto à porta do galpão; em seguida, começou a esmurrar metodicamente a porta com o cabo do guarda-chuva. O som ecoou por toda a rua vazia, um estrondo oco, cavo. Em algum beco ali perto, um bicho acordou assustado e se mexeu por entre as latas de lixo.

O homem que por fim veio abrir a porta era baixo e raquítico. Timidamente, ele espiou por uma fresta, por cima dos óculos de armação de aço. Os punhos da camisa estavam puídos e encardidos; os olhos amarelados e aguados os esquadrinharam, desconfiados. Trêmulo, ele encarou McFeyffe, sem reconhecê-lo.

— O que querem? — perguntou ele num tom débil e vacilante.

— Você não se lembra de mim? O que houve, padre? Onde está a igreja? — disse McFeyffe.

Agitado e murmurando baixinho, o velho encarquilhado começou a empurrar a porta para fechá-la.

— Sumam da minha vista, seus trastes bêbados. Sumam ou eu chamo a polícia.

Quando a porta ia se fechar de vez, McFeyffe enfiou o guarda--chuva na fresta, impedindo-a.

— Padre, isso é horrível. Não estou entendendo nada. Roubaram a sua igreja. E você... está menor. Não é possível. — A voz dele morreu na boca, entrecortada, de pura incredulidade. — Antes você era... — Ele se virou para Hamilton, desesperado. — Antes ele era alto. Maior que eu.

— Vão embora — reiterou a criaturinha em tom de alerta.

— Não podemos entrar? — perguntou McFeyffe, sem fazer menção de tirar seu guarda-chuva de onde estava. — Por favor, nos deixe entrar. Aonde mais poderíamos ir? Estou com um herege aqui... Ele quer se converter.

O homenzinho hesitou. Parecendo ansioso, ele deu uma boa olhada em Hamilton pela fresta.

— Você? Qual é o problema? Não dá para voltar amanhã? Já passa da meia-noite, e eu estava no décimo terceiro sono.

Liberando a porta, ele relutantemente os deixou passar.

— É só isso que restou — comentou McFeyffe para Hamilton quando entraram. — Você viu como era *antes*? Era toda de pedra, enorme, feito... A maior de todas. — Ele fez um gesto impotente.

— Vai custar dez dólares. Adiantados — disse o homenzinho à frente deles. Agachando-se, ele arrastou uma urna de argila de baixo do balcão. No balcão, havia pilhas de panfletos e prospectos; caíram vários no chão, mas ele não percebeu.

McFeyffe olhou à volta enquanto revirava os bolsos.

— Cadê o órgão? E as velas? Nem velas você tem?

— Não tenho dinheiro para esse tipo de coisa — disse o homenzinho, apressando-se para os fundos da igreja. — Mas, afinal, o que é que você quer exatamente? Precisa que eu converta este herege? — Ele pegou no braço de Hamilton e o escrutinou. — Meu nome é padre O'Farrel. Você vai ter que se ajoelhar, rapaz. E baixar a cabeça.

— Sempre foi assim? — perguntou Hamilton.

Detendo-se por um momento, o padre retrucou:

— Assim como? O que quer dizer?

Uma onda de compaixão se abateu sobre Hamilton.

— Deixa pra lá.

— Nossa organização é muito antiga. É disso que está falando? Ela existe há séculos. — O tom dele vacilou. — Antes mesmo do Primeiro Báb. Não tenho certeza da data exata. Dizem que foi... Não temos muita autoridade. O Primeiro Báb, é claro, foi em 1844. Mas até mesmo antes disso...

— Eu quero falar com Deus — disse Hamilton.

— Sim, sim. Eu também, meu rapaz. — Ele deu dois tapinhas no braço de Hamilton; a pressão foi tão leve que ele quase não sentiu. — Todo mundo quer.

— Não pode me ajudar? — pediu Hamilton.

— É muito difícil — respondeu o padre O'Farrel. Ele sumiu dentro de um armário nos fundos, uma espécie de almoxarifado caótico. Ofegante, ajeitando o peso nas mãos, ele ressurgiu carregando uma cesta de vime com vários tipos de ossos, fragmentos, mechas de cabelo ressecado e pedaços de couro desidratado. Ao deixar a cesta no chão, disse, arfando: — Isso é tudo o que temos. Quem sabe você não consegue tirar algum proveito. Pode ficar à vontade.

Enquanto Hamilton delicadamente pegava um ou outro objeto, McFeyffe falou, desanimado:

— Olha só para eles. Charlatões. Colecionadores de sucata.

— Nós fazemos o possível — disse o padre O'Farrel, juntando as mãos em prece.

— Tem algum jeito de subirmos até lá? — perguntou Hamilton.

Pela primeira vez, o padre sorriu.

— Você teria que estar morto, meu rapaz.

Pegando o guarda-chuva, McFeyffe andou em direção à porta.

— Vamos embora. Vamos sair daqui; para mim, já deu — disse asperamente para Hamilton.

— Espere — pediu Hamilton.

McFeyffe parou e perguntou:

— Por que você quer falar com Deus? Que bem isso pode fazer? Você está vendo a situação. Olhe ao seu redor.

— Só Ele pode nos dizer o que aconteceu — disse Hamilton.

— Não estou interessado no que aconteceu. Estou indo embora — respondeu McFeyffe, depois de uma pausa.

Com rapidez, Hamilton dispôs ossos e dentes em círculo, formando uma roda de relíquias.

— Me ajude aqui. Você também está nesse barco — disse ele a McFeyffe.

— Você está querendo é um milagre — comentou McFeyffe.

— Eu sei — respondeu Hamilton.

McFeyffe voltou para perto.

— Não vai adiantar nada. Não tem jeito. — Ele ficou ali segurando o enorme guarda-chuva preto. O padre O'Farrel andava agitado à volta deles, perplexo com os acontecimentos.

— Quero saber como começou esse negócio todo. Esse Segundo Báb, essa loucura. Se eu não conseguir descobrir lá... — Hamilton estendeu a mão, tomou de McFeyffe o enorme guarda-chuva preto e, inspirando fundo, o ergueu. Como um grande

99

abutre estendendo as asas pretas, as varetas e o tecido do guarda-chuva se abriram sobre ele; algumas gotas que estavam armazenadas ali caíram.

— Que é isso? — quis saber McFeyffe, entrando no círculo de relíquias para recuperar seu guarda-chuva.

— Segure nele. — Com um aperto firme no cabo do guarda-chuva, Hamilton perguntou ao padre O'Farrel. — Tem água naquela jarra?

— T-tem. Um pouco, no fundo. — respondeu o padre, olhando no interior da urna de barro.

— Jogue a água em nós enquanto recita aquele trecho sobre a ascensão — pediu Hamilton.

— Ascensão? Eu... — Perplexo, o padre O'Farrel se afastou.

— *Et ressurexit*. Você lembra.

— Ah. É, creio que sim. — Assentindo, ele pôs a mão dentro da jarra de água benta, hesitante, e começou a espargi-la sobre o guarda-chuva. — Sinceramente, duvido que vá funcionar.

— Recite — ordenou Hamilton.

Incerto, o padre murmurou:

— *Et ressurexit tertia die secundum scripturas, et ascendit in coelum, sedet ad dexteram partis, et iterum venurus est cum gloria judicare vivos et mortuos, cujas regni non erit finis...*

Nas mãos de Hamilton, o guarda-chuva estremeceu. Aos poucos e com muito esforço, ele começou a ascender. McFeyffe ganiu de medo e segurou com o máximo de força. Logo a ponta do guarda-chuva já batia contra o teto baixo do galpão; Hamilton e McFeyffe balançavam absurdamente pendurados no cabo dele, os pés esperneando em meio à sombra e à poeira.

— A claraboia. Abra — ofegou Hamilton.

Ao correr para abri-la, o padre O'Farrel parecia um ratinho fugindo do gato. O vidro da claraboia deslizou para o lado; o úmido vento noturno soprou no recinto, renovando o ar estagnado há anos. Uma vez liberto, o guarda-chuva subiu feito um foguete; o velho prédio de madeira desapareceu lá embaixo. A névoa fria castigava Hamilton e McFeyffe mais e mais conforme iam subindo. Agora estavam no nível dos Twin Peaks. Em seguida, sobrevoavam a grande São Francisco, suspensos pelo cabo de um guarda-chuva acima de uma esplanada cintilante.

— E se... E se a gente soltar esse cabo? — gritou McFeyffe.

— Reze e peça força! — gritou Hamilton em resposta, fechando os olhos e agarrando freneticamente o cabo do guarda-chuva. Ele subia e subia, ganhando mais velocidade a cada momento. Por um breve intervalo, Hamilton ousou abrir os olhos e dar uma espiada para cima.

Uma interminável colcha de nuvens pretas sinistras estendia-se acima deles. E depois, o que existiria? Será que Ele estava à espera dos dois?

O guarda-chuva não parava de subir, seguindo noite escura adentro. Agora era tarde demais para voltar atrás.

7

Conforme subiam, a escuridão caótica começou a se modificar. A camada de nuvens garoava ao redor deles; com um ruído viscoso, o guarda-chuva a atravessou de imediato. Mas, em vez do breu gelado da noite, eles subiram num meio fosco acinzentado, uma área amorfa e incolor feita de nada.

Lá embaixo, estava a Terra.

Era a melhor vista que Hamilton já tivera da Terra. Em grande parte, ela correspondia às expectativas. Era redonda e semelhante a um globo. Suspenso no éter, o globo pairava, inerte; um objeto simples, porém impressionante.

Ainda mais impressionante porque era o único. Chocado, Hamilton notou que não havia outros planetas aparecendo no horizonte. Ele olhou para cima, apreensivo, observando os arredores, absorvendo gradual e relutantemente o que seus olhos percebiam.

A Terra estava sozinha no firmamento. Em volta dela orbitava uma bola flamejante muito menor. Um mero mosquito fúlgido zumbindo ao redor de uma gigantesca bola de matéria inerte. Empolgado e aterrorizado, ele se deu conta de que aquilo era o Sol. Ele era *minúsculo*. E... estava se mexendo!

Si muove. Mas não a Terra. Quem *si muove* era o Sol.

Felizmente, a pequena pelota cujas chamas coruscantes iluminavam a poderosa Terra estava no lado oposto a eles. Ela andava devagar; sua revolução completa levava 24 horas. Do lado deles, transitava uma partícula menor, quase imperceptível. Um monte de detrito corroído que se arrastava pateticamente pelo céu, trivial e supérfluo.

A Lua.

Ela não se encontrava muito longe deles; o guarda-chuva ia passar perto, quase a ponto de poderem tocá-la. Incrédulo, ele ficou olhando para a Lua até ela sumir em meio àquele éter acinzentado. Então, será que a ciência estava enganada? Será que tudo o que sabiam sobre a organização do universo estava errado? Tudo sobre a vasta e impressionante estrutura do universo heliocêntrico de Copérnico... tudo errado?

Ele estava olhando para um universo antigo, obsoleto, geocêntrico, onde a Terra imensa e imóvel era o único planeta. Agora ele conseguia enxergar Marte e Vênus, bolotinhas tão diminutas que praticamente não existiam. E as estrelas. Elas, também, eram incrivelmente minúsculas... um dossel insignificante. Num instante, todo o arcabouço de sua cosmologia desabara por completo, restando apenas ruínas.

Mas aquilo só era verdade ali. *Aquele* era o antigo universo de Ptolomeu. Não era o mundo dele. Sol minúsculo, estrelas pequeninas, a Terra uma bola enorme, balofa, inchada até não poder mais, postada bem no centro de tudo. Aquilo era verdade ali — era daquele jeito que o universo onde estavam operava.

Mas aquilo não dizia nada sobre o seu próprio universo... Graças a Deus.

Tendo aceitado isso, ele não ficou particularmente surpreso ao distinguir uma camada profunda muito abaixo da parte cinzenta, uma película avermelhada sob a Terra. Era como se, na parte de baixo daquele universo, estivessem fazendo algum tipo de mineração primitiva. Forjas, fornalhas e, bem lá embaixo, uma espécie de vulcão em fogo baixo lampejavam num vermelho ameaçador, refulgindo ocasionalmente em meio ao éter cinza que envolvia a Terra.

Era o Inferno.

E acima dele... Esticou o pescoço. Agora era possível ver bem... O Paraíso. Era com aquele lugar que os sistemas de interfone se comunicavam: era àquela estação que os engenheiros eletrônicos, os semanticistas, os especialistas em comunicação e os psicólogos haviam conectado a Terra. Era o ponto A do grande sistema telefônico cósmico.

Acima do guarda-chuva, o cinza começou a rarear. Por um instante, não houve nada, nem mesmo o frio gélido noturno que o congelara até os ossos. McFeyffe, agarrado com força no guarda-chuva, observou com olhos cada vez mais arregalados conforme a morada de Deus se aproximava. Não era possível vê-la muito bem. Uma interminável muralha de matéria densa cercava o lugar, uma camada protetora para resguardá-la de olhares externos.

Por cima da muralha, flutuavam algumas fagulhas luminosas, que arremetiam e pululavam feito íons carregados. Como se estivessem vivas.

Deviam ser anjos. Ainda era cedo para ter certeza.

À medida que o guarda-chuva subia, a curiosidade de Hamilton aumentava. Era inconcebível, mas ele estava bastante tranquilo. Naquelas circunstâncias, era impossível sentir qualquer emoção; ou ele estava totalmente sob controle ou estava pasmo demais. Ou um ou outro; não havia meio-termo. Logo, em no máximo cinco minutos, ele estaria acima do nível da muralha. Ele e McFeyffe veriam como era o Paraíso.

Um longo caminho, pensou ele. Um longo caminho percorrido desde que os dois estiveram no saguão do Bevatron, encarando um ao outro. Discutindo sobre algum assunto mesquinho...

Aos poucos e quase que imperceptivelmente, o guarda-chuva foi parando de subir. Agora ele mal ascendia. Ali devia ser o limite.

Não existia mais *acima* para onde subirem. Sem se alterar, Hamilton cogitou o que aconteceria em seguida. Será que o guarda-chuva começaria a descer, com o mesmo nível de tranquilidade com que havia subido? Ou será que ia virar pelo avesso e os largar bem no meio do Paraíso?

Algo começou a surgir. Os dois estavam paralelos à muralha protetora. Um pensamento bobo ocorreu a Hamilton: aquele material estava ali não para impedir os passantes de ver o interior, mas sim para impedir os habitantes do Paraíso de cair. De voltarem a cair no mundo do qual, por séculos a fio, tinham vindo.

— A gente... A gente está quase lá — resfolegou McFeyffe.

— Pois é — disse Hamilton.

— Isso... muda mesmo... a perspectiva... de uma pessoa.

— Muda mesmo.

Ele estava quase conseguindo ver. Mais um segundo... meio segundo... já tinha um vislumbre desfocado de uma paisagem. Uma imagem enigmática; uma espécie de contínuo circular, um recanto enevoado. Seria um laguinho? Um oceano? Um lago enorme, de águas revoltas. Na margem oposta, montanhas; uma cordilheira de florestas viçosas.

Abruptamente, uma cortina desceu e o lago cósmico desapareceu. Mas, após um breve intervalo, a cortina sumiu. Lá estava o lago de novo, a extensa planície de meio líquido.

Era o maior lago que ele já tinha visto. Tão grande que seria capaz de submergir o mundo inteiro. Tão grande que ele pensou que jamais veria outro maior na vida. Calculou, por hábito, a capacidade cúbica que aquele lago poderia comportar. No centro havia uma substância mais densa, opaca. Uma espécie de lago dentro do lago. Será que o Paraíso inteiro consistia daquele lago titânico? Até onde a vista alcançava, tudo o que conseguia enxergar era lago e mais lago.

Não era um lago. Era um *olho*. E o olho estava olhando para ele e McFeyffe!

Não era necessário que lhe dissessem o nome do Dono do olho.

105

McFeyffe berrou. Seu rosto se nublou; o fôlego ficou preso na garganta. Um temor absoluto se abateu sobre ele; por um momento, ele se balançou a esmo, dependurado no guarda-chuva, tentando forçar os dedos a se abrirem, tentando em vão soltar o cabo e sair daquele campo de visão. Tentando, frenética e inutilmente, escapar do olho.

O olho focou no guarda-chuva. Com um *pop* áspero, o guarda-chuva pegou fogo. Na mesma hora, os pedaços em chamas, o cabo e os dois homens aos berros tombaram feito pedras.

Não desceram como haviam subido. Desceram em uma velocidade meteórica. Nenhum dos dois estava consciente. Em dado momento, Hamilton teve a breve noção de que não faltava muito para alcançarem o mundo embaixo. Então, houve um impacto estonteante; ele foi jogado no ar de novo, voltando quase à altura em que estivera antes. Quase, nessa primeira quicada, de volta ao Paraíso.

Mas apenas quase. Ele já despencava de novo. E quicou outra vez. Depois de incontáveis quicadas, seu corpo físico tombou inerte e ofegante, os dedos entranhados fundo na superfície terrestre. Agarrando desesperado um torrão de grama murcha plantado num solo ressecado de argila vermelha. Devagar e dolorosamente, ele abriu os olhos e contemplou os arredores.

Estava esparramado em uma grande planície de terra seca e empoeirada. Já era manhãzinha de um novo dia, e fazia muito frio. Alguns prédios esparsos erguiam-se a distância. Não muito longe, jazia o corpo imóvel de Charley McFeyffe.

Era Cheyenne, em Wyoming.

Depois de um bom tempo, Hamilton conseguiu dizer:

— Eu acho que é aqui que eu deveria ter vindo primeiro.

Não houve resposta de McFeyffe. Ele estava totalmente inconsciente. O único som era o de pássaros estridentes gorjeando numa árvore raquítica a centenas de metros.

Levantando-se com esforço, Hamilton manquejou até o companheiro, examinando-o. McFeyffe estava vivo e sem ferimentos aparentes, mas sua respiração era curta e ruidosa. Um fio de baba descia da boca entreaberta até o queixo. No rosto ainda havia uma expressão de agudo pavor e temor.

Por que pavor? McFeyffe não ficara feliz em ver seu Deus em pessoa?

Mais ocorrências peculiares a serem arquivadas para análise posterior. Mais dados esquisitos advindos daquele mundo esquisito. Lá estava ele, no centro espiritual do universo babista: Cheyenne, Wyoming. Deus corrigira o percurso do desencaminhado que tentara chegar a ele. McFeyffe o levara ao caminho errado, mas agora ele retornara ao certo, sem dúvida nenhuma. Tillingford dissera a verdade: era ao profeta Horace Clamp que a Providência queria que ele recorresse.

Com curiosidade, ele contemplou a silhueta cinzenta e fria da cidadezinha próxima. No centro, dentre muitas construções indignas de nota, despontava um pináculo colossal. O pináculo refulgia furiosamente no sol da manhã recém-iniciada. Um arranha-céu? Um monumento?

Que nada. Era o templo da Única Fé Verdadeira. Àquela distância, a vários quilômetros, podia enxergar o Sepulcro do Segundo Báb. O poder babista que haviam experimentado até então não passava de uma mera amostra em comparação ao que veriam dali a pouco.

— Levante — disse ele a McFeyffe, percebendo que o outro se mexia.

— Eu, não. Vá você. Vou ficar aqui — respondeu McFeyffe.

Ele descansou a cabeça no braço e fechou os olhos.

— Eu espero.

E, enquanto esperava, Hamilton ponderou sobre a própria situação. Lá estava ele, jogado bem no meio de Wyoming, numa manhã fria de outono, com nada além de trinta centavos no bolso.

Mas o que Tillingford tinha dito, mesmo? Ele lembrou e estremeceu. Valia a tentativa, no entanto. E não tinha muita escolha.

— Senhor — começou ele, colocando-se na postura habitual: um dos joelhos apoiado no chão, mãos postas, olhos piamente voltados para o céu. — Gratifica Teu humilde servo conforme a atual folha de pagamento para engenheiros eletrônicos da Categoria Quatro-A. Tillingford falou em quatrocentos dólares.

Por algum tempo, nada aconteceu. Um vento seco e frio varreu a planície de argila vermelha, agitando as ervas secas e as latas de cerveja enferrujadas. Então, em seguida, o espaço em cima dele lampejou.

— Cubra a cabeça! — gritou Hamilton a McFeyffe.

Uma chuva de moedas começou a cair, um toró faiscante de metais de dez, cinco, 25 e cinquenta centavos. Ruidoso como carvão descendo por uma calha de metal, o moedeiro saraivava o chão, estrondoso, ofuscando a visão. Quando a torrente cessou, ele começou a catar. Depois, quando passou a empolgação do momento, sentiu-se decepcionado. Ali não havia quatrocentos dólares; não passavam de meros trocados que se atirava a um pedinte.

No entanto, era o que ele merecia.

A quantia, após ser contada, somava quarenta dólares e 75 centavos. Já era alguma coisa; pelo menos conseguiria comer. E quando acabasse...

— Não se esqueça — murmurou McFeyffe, abatido, enquanto se levantava com dificuldade. — Você me deve dez pratas.

McFeyffe não estava nada bem. O rosto largo estava todo manchado, com uma aparência adoentada; pregas de carne hediondas pendiam de seu colarinho, feito massa de bolo. Nervoso, ele cutucava um espasmo na bochecha. A transformação era impressionante. Ver o seu Deus destruíra McFeyffe. O encontro face a face o desmoralizara por completo.

— Ele não era o que você esperava? — perguntou Hamilton, enquanto os dois iam penosamente na direção da rodovia.

Resmungando, McFeyffe deu uma cusparada de argila vermelha em uma touceira de ervas daninhas. Com as mãos enfiadas fundo nos bolsos, ele foi se arrastando pelo caminho, cabisbaixo, os olhos sem expressão; um homem destroçado.

— Claro. Isso não é da minha conta — admitiu Hamilton.

— Uma bebida cairia bem. — Foi tudo que obteve de McFeyffe como resposta. Quando entraram no acostamento da rodovia, ele consultou sua carteira. — Vejo você em Belmont. Me dê as dez pratas; vou precisar para pagar o avião.

Hamilton relutantemente contou dez dólares em moedas, que McFeyffe aceitou em silêncio.

Estavam entrando no subúrbio de Cheyenne quando Hamilton percebeu algo profético, de mau agouro. Atrás do pescoço de McFeyffe formava-se uma série de horríveis furúnculos inflamados. Feridas rútilas que cresciam e aumentavam diante dos seus olhos.

— São chagas — observou Hamilton, atônito.

Sofrendo em silêncio, McFeyffe olhou para ele. Em seguida, tocou o lado esquerdo da mandíbula.

— E um abscesso no meu siso — acrescentou, em um tom de derrota total. — Chagas e um abscesso. Meu castigo.

— Pelo quê?

Mais uma vez, não recebeu resposta. McFeyffe estava imerso em seu inferno particular, lotado de compreensões misteriosas. Ele teria sorte, percebeu Hamilton, se sobrevivesse ao encontro com o seu próprio Deus. Claro, ali existia um mecanismo elaborado de expiação de pecados; McFeyffe podia se livrar do dente infeccionado e da praga de furúnculos se fizesse a devida absolvição. E McFeyffe, oportunista de carteirinha que era, daria um jeito.

Exaustos, eles pararam e desabaram no banco úmido do primeiro ponto de ônibus que encontraram. Os passantes que entravam na cidade para fazer as compras de sábado olhavam para eles com curiosidade.

— Somos peregrinos. Viemos de joelhos desde Battle Creek, em Michigan — disse Hamilton secamente em resposta a uma olhada interessada.

Dessa vez, não veio nenhum castigo do alto. Suspirando, quase lamentou por isso; os caprichos daquela personalidade divina o enfureciam. Quase não havia uma relação entre o pecado e o castigo em si; o raio provavelmente estaria se abatendo sobre um cheyenita que não tinha a ver com o caso, do outro lado da cidade.

— Olha aí o ônibus — disse McFeyffe, agradecido, levantando-se com dificuldade. — Pega as moedas.

Quando o ônibus chegou ao pequeno aeroporto, McFeyffe desceu mancando e se pôs a caminho do prédio da administração. Hamilton continuou no veículo, em direção à imponente e radiante estrutura do Único Sepulcro Verdadeiro.

O profeta Horace Clamp encontrou-se com ele no suntuoso pavilhão de entrada. Majestosas colunas de mármore os rodeavam; o Sepulcro era uma cópia descarada dos tradicionais mausoléus da Antiguidade. Apesar de ser amplo e impressionante, havia um quê de sordidez e vulgaridade de classe média no local. Pesada e ameaçadora, a mesquita era uma atrocidade estética. Como um prédio governamental da União Soviética, não tinha sido projetada por homens com sensibilidade artística. Diferente de um prédio governamental da União Soviética, estava toda lambrecada de ornamentações elaboradas, com relevos rococó e caneluras entalhadas por toda parte, com inúmeros penduricalhos e maçanetas e guarnições impecavelmente lustrados. A iluminação indireta e oculta em nichos ressaltava as superfícies em terracota. Baixos-relevos estupendos destacavam-se pela ostentação pomposa: representações heroicas de cenas pastoris do Oriente Médio. Os personagens retratados tinham um ar moralista e estúpido. E vestiam roupas suntuosas.

— Saudações — anunciou o profeta, erguendo uma das mãos pálidas e gordas para abençoá-lo.

Horace Clamp parecia ter saído direto de um pôster chamativo de escola dominical. Gordo, pernas curtas, com expressão benigna e distraída, vestindo hábito com capuz, ele recebeu Hamilton e o conduziu à entrada da mesquita propriamente dita. Clamp era a manifestação viva do líder espiritual islâmico. Ao entrarem no escritório ricamente mobiliado, Hamilton se perguntou desanimado por que tinha ido até ali. Será que aquele era o plano de Deus?

— Eu estava à sua espera. Fui informado de sua vinda — disse Clamp, direto.

— Informado? Por quem? — Hamilton não estava entendendo.

— Ora, pelo (Tetragrama), é claro.

Hamilton ficou atônito.

— Você quer dizer que é o profeta de um deus chamado...

— O Nome não pode ser pronunciado — interrompeu Clamp agilmente. — É sagrado demais. Ele prefere que O tratem pelo termo (Tetragrama). Muito me surpreende que você não saiba disso. É de conhecimento público.

— Sou um tanto quanto ignorante.

— Você, pelo que compreendi, teve uma visão recentemente.

— Se quer dizer que acabei de ver o (Tetragrama), a resposta é sim. — Ele já desenvolvera uma aversão ao profeta gordo.

— Como é que Ele está?

— Parecia estar em boa saúde. — E Hamilton não conseguiu se impedir de acrescentar: — Para alguém da idade d'Ele.

Clamp andava pelo escritório em intensa atividade. Sua cabeça quase calva luzia feito uma pedra polida. Era a epítome da dignidade e da pompa eclesiásticas. E ele era, ponderou Hamilton, quase que uma caricatura. Nele constavam todos os elementos atemporais e tradicionalistas... Clamp era simplesmente majestoso demais para ser real.

Uma caricatura... ou a ideia que alguém fazia de como deveria ser o líder espiritual da Única Fé Verdadeira.

— Profeta — chamou Hamilton abruptamente. — A esta altura, acredito que seja melhor falar sem rodeios. Estou nesse mundo faz pouco mais de quarenta horas. Sinceramente, tudo isso me deixa espantado. Na minha opinião, esse universo é completamente maluco. Uma Lua do tamanho de uma ervilha é um absurdo. Um universo geocêntrico, com o Sol girando em volta da Terra. É primitivo! E esse conceito arcaico de Deus; esse velhote mandando chuvas de níqueis e de cobras, castigando pessoas com chagas...

Clamp olhou para ele com atenção.

— Mas, meu senhor, é assim que as coisas são. Assim é a criação d'Ele.

— *Esta* criação, sim; pode ser. Mas a minha, não. No lugar de onde venho...

— Talvez fosse melhor você me dizer de onde veio. O (Tetragrama) não me informou desse aspecto da sua situação. Ele apenas me avisou de que uma alma perdida estava a caminho.

Sem grande entusiasmo, Hamilton contou, em linhas gerais, o que acontecera.

— Ah — disse Clamp quando ele terminou. Inquieto, sem acreditar, ele andou agitado pelo escritório, os braços às costas.

— Não. Me recuso a aceitar o que você me contou. Pode até ser verdade; pode mesmo. Você afirma, você realmente está aqui na minha frente alegando que, até quinta-feira passada, vivia em um mundo intocado pela presença d'Ele?

— Não foi o que falei. Disse intocado por uma presença grosseira e estrondosa. Nada dessa coisa de... divindade tribal. Desse negócio de raios e trovões. Mas Ele pode muito bem estar presente lá. Sempre tive como certo que estava. De forma sutil. Nos bastidores, não derrubando o palco a coices toda vez que alguém comete um erro.

O Profeta ficou claramente comovido com a revelação de Hamilton.

— Que notícia sensacional... Eu não sabia que ainda existiam mundos infiéis.

Ouvir isso foi a gota d'água para a paciência de Hamilton.

— Não está entendendo o que estou falando? Esse universo de quinta categoria, esse Báb ou sei lá o quê...

— O Segundo Báb — interrompeu Clamp.

— O que é um Báb? E cadê o primeiro Báb? De onde veio essa baboseira?

Após um momento de altivez ofendida, Clamp falou:

— Em 9 de julho de 1850, o Primeiro Báb foi executado em Tabriz. Vinte mil seguidores dele, os babistas, foram executados. O Primeiro Báb foi um verdadeiro Profeta de Deus; morreu de forma transcendental, levando às lágrimas até mesmo seus carcereiros. Em 1909, seus restos mortais foram transportados ao monte Carmelo. — Clamp fez uma pausa dramática, os olhos marejados de emoção. — Em 1915, 75 anos após sua morte, *o Báb reapareceu na Terra*. Em Chicago, às oito da manhã de 4 de agosto, ele foi visto por um grupo de pessoas almoçando em um restaurante. E isso apesar do fato comprovado de que seus restos mortais ainda permanecem, intactos, no monte Carmelo!

— Entendi.

Erguendo as mãos, Clamp disse:

— Quer prova maior do que essa? O mundo já presenciou um milagre maior? O Primeiro Báb foi um mero Profeta do Deus Verdadeiro. E o Segundo Báb... *é Ele*! — concluiu Clamp com a voz trêmula.

— Por que em Cheyenne, Wyoming? — perguntou Hamilton.

— O Segundo Báb terminou Seus dias na Terra exatamente aqui. Em 21 de maio de 1939, Ele ascendeu ao Paraíso, levado por cinco anjos, em frente os fiéis. Foi um momento de grande emoção. Eu mesmo... — Clamp não conseguia falar. — Eu recebi em pessoa das mãos do Segundo Báb, durante Sua última hora na Terra... — Ele apontou para um nicho na parede do escritório. — Naquele mirabe se encontram o relógio do Segundo Báb,

Sua caneta-tinteiro, Sua carteira e um dente postiço; o restante era verdadeiro e ascendeu com Ele ao Paraíso. Durante a vida do Segundo Báb, eu o servi como Seu escrivão. Transcrevi inúmeros trechos do Bayán com esta máquina de escrever aqui.

Ele apoiou a mão em uma caixa de vidro onde havia uma máquina de escrever Underwood Modelo Cinco surrada e obsoleta.

O profeta Clamp prosseguiu:

— Agora, vamos ponderar sobre esse mundo descrito por você. É evidente que você foi enviado aqui para me colocar a par desta situação extraordinária. Um mundo inteiro, com bilhões de pessoas, vivendo a vida fora da vista do único Deus Verdadeiro. — Os olhos dele brilhavam com o fervor que sentia, cintilando ainda mais quando a boca do profeta pronunciou: — Jihad.

— Veja bem... — começou Hamilton, apreensivo. Mas Clamp o cortou sem cerimônias.

— Um jihad. Vamos contatar o coronel T. E. Edwards na California Maintenance... Ela será convertida imediatamente em fábrica de mísseis de longo alcance. Primeiro, vamos bombardear essa região desgraçada com literatura informativa de natureza religiosa. Depois, quando tivermos acendido as primeiras fagulhas espirituais nesse deserto, enviaremos equipes de instrução. E, em seguida, uma tropa de mensageiros ambulantes, apresentando a verdadeira fé por todos os meios de comunicação em massa. Televisão, filmes, livros, testemunhos gravados. Creio que será possível persuadir o (Tetragrama) a fazer um curta em película para a TV, de uns quinze minutos. E gravar algumas mensagens mais longas para os descrentes.

Seria este o porquê, se perguntou Hamilton, de ele ter sido jogado daquela maneira em Cheyenne, Wyoming? Atordoado pela confiança do profeta Clamp, ele estava começando a vacilar. Quem sabe sua presença ali realmente fosse um sinal, enviado para fazer todas as pessoas perceberem que deviam se submeter a Deus; quem sabe aquele fosse o mundo real, afinal de contas, junto ao seio do (Tetragrama).

— Posso dar uma olhada pelo Sepulcro? Eu queria conhecer melhor o centro espiritual do Segundo Babismo — disfarçou.

Distraído, Clamp olhou brevemente para ele.

— O quê? Claro. Estou entrando em contato com o (Tetragrama) agora mesmo. — Ele já estava apertando botões no seu interfone, mas se deteve tempo o suficiente para se inclinar na direção de Hamilton, erguer a mão e perguntar: — Por que você acha que Ele não nos informou sobre a existência desse mundo sem luz? — Na expressão dele, no rosto rubicundo e complacente do profeta do Segundo Báb, refulgiu uma pequena faísca de incerteza. — Eu teria pensado que... Mas, às vezes, Deus escreve certo por linhas tortas — murmurou ele, balançando a cabeça.

— Põe tortas nisso — disse Hamilton.

Deixando o escritório, ele saiu pelo corredor de mármore que ecoava seus passos.

Mesmo cedo como estava, adoradores devotos perambulavam pelo templo com os olhos arregalados, cutucando objetos sagrados em exposição. Hamilton ficou deprimido ao vê-los. Em uma câmara ampla, um grupo de homens e mulheres bem-vestidos, a maioria já na meia-idade, cantava louvores. Hamilton pretendia passar direto, mas mudou de ideia.

Sobre o grupo dos fiéis pairava uma Presença sutilmente luminosa e zelosa. Talvez, pensou ele, fosse uma boa ideia acompanhá-los.

Detendo-se ali, ele se juntou ao coro e os acompanhou com relutância. Não conhecia aqueles louvores, mas não demorou a pegar o ritmo. As canções eram de uma simplicidade redundante; as mesmas expressões e tons surgiam e ressurgiam. As mesmas ideias monótonas, repetidas incontáveis vezes. Ele concluiu que (Tetragrama) tinha um apetite insaciável. Uma personalidade enigmática e infantil que exigia ser constantemente enaltecida, e da forma mais óbvia. O (Tetragrama) se enfurecia com facilidade, mas com a mesma facilidade se deixava levar pela euforia, ávido para receber aquelas lisonjas.

Um equilíbrio. Um método para apaziguar a divindade. Mas que mecanismo mais delicado. Perigosa para todos... aquela Presença tão suscetível que estava sempre por perto. Sempre escutando.

Tendo se desincumbido de seus deveres religiosos, ele continuou andando cabisbaixo pelo Sepulcro. Tanto o prédio quanto as pessoas estavam dominados pela proximidade austera do (Tetragrama). Ele O sentia por toda a parte, como uma névoa opaca e opressiva, o Deus islâmico que a tudo impregnava. Inquieto, Hamilton examinou uma placa enorme e bem iluminada na parede.

LISTA NOMINAL DOS CRENTES FIÉIS.
SEU NOME ESTÁ ENTRE ELES?

A lista estava em ordem alfabética; ele passou os olhos por ela e descobriu que seu nome não constava. Assim como, observou ele, cáustico, o nome de McFeyffe. Pobre McFeyffe. Mas ele daria um jeito. O nome de Marsha também não estava lá. A lista, no geral, era chocantemente curta; de toda a humanidade, só aquela ínfima parcela teria permissão para entrar no Paraíso?

Um ressentimento fervilhou dentro dele. Hamilton procurou, a esmo, alguns dos grandes nomes de seu tempo: Einstein, Albert Schweitzer, Gandhi, Lincoln, John Donne. Nenhum constava na lista. Sua raiva aumentou. O que significava aquilo? Que estavam todos condenados ao Inferno porque não haviam aderido ao Segundo Báb de Cheyenne, em Wyoming?

Mas era lógico. Só os crentes no Deus Verdadeiro seriam salvos. Todos os outros bilhões de pessoas estavam destinados a arder no fogo cáustico do Inferno. Os nomes pomposos que preenchiam as colunas pertenciam aos provincianos rústicos que haviam inventado a Única Fé Verdadeira. Eram pessoas sem expressão nenhuma, criaturinhas medíocres que não possuíam qualquer relevância...

Um dos nomes lhe era familiar. Passou um bom tempo olhando para ele, fixamente, perturbado, se perguntando o que aquilo significava; se perguntando, cada vez mais atormentado, por que aquele nome estaria ali e que significado poderia ter.

SILVESTER, ARTHUR

O veterano de guerra! O velho e austero soldado internado no hospital de Belmont. Ele era um membro-fundador da Única Fé Verdadeira.

Fazia sentido. Fazia tanto sentido que, por algum tempo, tudo o que Hamilton pôde fazer foi permanecer ali, olhando para aquele nome gravado, sem enxergar.

Debilmente, pouco a pouco, ele começava a ver como as peças se encaixavam. A dinâmica estava mostrando a sua cara. Por fim, depois de tanto tempo, encontrou a estrutura.

O próximo passo era voltar para Belmont. E encontrar Arthur Silvester.

No aeroporto de Cheyenne, Hamilton passou todo o dinheiro que tinha por cima do balcão, dizendo:

— Passagem só de ida para São Francisco. No compartimento de bagagem, se for preciso.

Faltava dinheiro, mas um rápido telegrama para Marsha trouxe o restante... e rapou o que tinha na poupança. Com o dinheiro, veio uma mensagem pungente e enigmática: TALVEZ SEJA MELHOR VOCÊ NÃO VOLTAR. TEM UMA COISA HORRÍVEL ACONTECENDO COMIGO.

Não se surpreendeu... Na verdade, ele tinha uma boa ideia do que poderia ser.

O avião o deixou no aeroporto de São Francisco pouco antes do meio-dia. De lá, ele pegou um ônibus Greyhound até Belmont. A porta da casa estava trancada; sentado aborrecido junto à janela encontrava-se a silhueta amarela de Ninny Energúmeno, observando-o enquanto ele tateava os bolsos em busca da chave. Marsha não estava à vista, mas ele sabia que ela estava lá.

— Cheguei — anunciou ele assim que abriu a porta.

Do quarto às escuras veio um soluço de choro baixinho.

— Querido, vou morrer. Não posso sair daqui. Não olhe para mim. *Por favor,* não olhe para mim.

Em meio à escuridão, Marsha se debatia, em desespero.

Hamilton tirou o paletó e pegou o telefone.

— Venha para cá — disse ele quando Bill Laws enfim atendeu. — E junte todos do grupo que achar. Joan Reiss, aquela mulher e o filho dela, McFeyffe, se conseguir encontrá-lo.

— Edith Pritchet e o filho ainda estão no hospital. Só Deus sabe onde estão os outros. Precisa ser agora? Estou com um pouco de ressaca — explicou Laws.

— Hoje à noite, então.

— Melhor amanhã. Daqui a pouco já é domingo. O que aconteceu? — disse Laws.

— Acho que entendi esse negócio.

— Justo quando eu estava começando a gostar. — Irônico, Laws continuou: — E amanhã é um dia especial para esse lugar aqui. Ai, meu Sinhô. A gente vamos ter uma baita duma festança!

— O que você tem?

— Nadica. Nadica di nada. — Laws deu uma risadinha sem graça.

— Até domingo, então. — Hamilton desligou o telefone e se virou na direção do quarto. — Venha aqui — disse à esposa com veemência.

— Não vou. Você não pode me ver. Já decidi — respondeu Marsha, obstinada.

Parado na entrada do quarto, Hamilton apalpou os bolsos, procurando pelos cigarros. Não havia nenhum; tinha deixado o maço com Silky. Ficou pensando se ela ainda estaria no Ford cupê dele, estacionado em frente à Igreja Não Babista do padre O'Farrel. Talvez ela tivesse visto ele e McFeyffe ascenderem ao Paraíso. Mas se tratava de uma moça vivida: não se surpreenderia com isso. Então não havia mal algum... Exceto que poderia demorar um pouco até ele reaver o carro.

— Vamos, meu bem. Estou com fome, quero tomar café da manhã. E se for o que estou pensando...

— É um horror. Eu estava prestes a me matar. *Por quê?* O que foi que eu fiz? Pelo que estou sendo castigada? — O asco e a dor faziam a voz de Marsha tremer.

— Não é castigo. E vai passar — disse ele suavemente.

— Verdade? Tem certeza? — Uma leve nota de esperança apareceu na voz dela.

— Se lidarmos com a situação do jeito certo. Vou ficar na sala com o Ninny; estamos esperando você.

— Ele já me viu. Está com nojo de mim — disse Marsha, com voz tensa, estrangulada.

— Gatos torcem o nariz para qualquer coisa.

Voltando à sala, Hamilton desabou no sofá e esperou com paciência. Por algum tempo, nada aconteceu. Até que, do quarto escuro, vieram os primeiros ruídos de um movimento desengonçado. Um ser desajeitado lutava para vencer a distância. Uma onda de compaixão varreu o coração de Hamilton. Pobre criatura... e sem entender coisa nenhuma.

Uma silhueta apareceu à porta do quarto. Repulsivamente baixa e rechonchuda, ela parou e ficou olhando para ele. Mesmo que já esperasse, o choque ainda assim foi grande. A coisa mal se parecia com Marsha. Aquela monstruosidade balofa era mesmo a sua esposa?

Lágrimas escorriam pelas bochechas peludas dela.

— O quê... O que é que eu vou fazer? — murmurou ela.

Levantando-se, ele se aproximou dela num instante.

— Isso vai passar logo. E você não é a única. Laws está arrastando os pés. E falando de um jeito torto.

— Não me importo com o Laws. Eu me importo *comigo*.

A transformação a alterara por completo. Os cabelos castanhos e macios se tornaram uns filamentos encardidos e ralos que pendiam pelo pescoço e ombros, um emaranhado sujo de fios retorcidos. A pele tinha se acinzentado e estava toda empipocada de acne. O corpo era um pudim caroçudo, disforme, grotesco. As mãos estavam descomunais, com as unhas lascadas e escuras. As pernas eram um par de colunas branquelas, peludas, que desembocavam em pés grandes e chatos. Em vez dos habituais vestidos elegantes, ela estava usando um suéter de lã grossa, uma saia de tweed manchada e tênis... com meias soquete de babadinhos.

Hamilton andou em volta dela com um olhar crítico.

— Faz sentido.

— Será que foi Deus...

— Isso não tem nada a ver com Deus. Tem a ver com um velho veterano de guerra chamado Arthur Silvester. Um soldado velho e excêntrico que acredita piamente na sua seita religiosa e em suas ideias estereotipadas. Para ele, pessoas como você são radicais perigosos. E ele tem uma imagem bem clara da aparência de uma radical... de uma jovem com ideias radicais.

Marsha torceu o rosto grosseiro, magoada.

— Eu pareço mais... um *desenho*.

— Você é como o Silvester imagina uma jovem radical com um diploma universitário. E ele pensa que todos os negros andam arrastando o pé. Isso vai ser complicado para todos nós... Se não escaparmos do mundo de Silvester o mais rápido possível, será o nosso fim.

8

No domingo de manhã, Hamilton despertou no raiar do dia por um falatório frenético que preenchia a casa inteira. Saindo da cama de má vontade, ele se lembrou de que Bill Laws havia previsto que algo terrível aconteceria nas primeiras horas do Dia do Senhor.

A algazarra, que estava à toda, vinha da sala. Assim que entrou, Hamilton descobriu que a TV havia ligado sozinha, como que por milagre; uma animação preenchia a tela. Nela, borrões disformes pulsavam e vagavam, a imagem formada por um torvelinho intenso em tons carregados de violeta e vermelho. As caixas de alta fidelidade reproduziam um trovejar estrondoso, um clamor inflamado e incessante que discorria sobre condenação e fogo do Inferno.

Ele percebeu que aquilo era um sermão matinal de domingo. E o sermão estava sendo proferido pelo (Tetragrama) em pessoa.

Diminuindo o volume, ele voltou ao quarto para trocar de roupa. Na cama, Marsha era uma figura infeliz tentando se ocultar do sol forte que entrava pela janela.

— Hora de se levantar. Não está ouvindo o Todo-Poderoso aos berros na sala de estar? — perguntou ele.

— O que Ele está dizendo? — quis saber Marsha, amuada.

— Nada de especial. Arrependei-vos ou sofrereis a condenação eterna. A presepada tribal de sempre.

— Não fique me olhando. Fique de costas enquanto eu me visto. Meu Deus, eu estou um *monstro*.

Na sala, a TV voltara sozinha para o volume máximo; ninguém ia interferir na sua arenga semanal. Esforçando-se para ouvir o mínimo possível, Hamilton se arrastou para o banheiro e cumpriu sua costumeira rotina de higiene, se barbeando. Ele estava de volta no quarto, se vestindo, quando a campainha tocou.

— Chegaram — disse ele.

Marsha, agora vestida e tentando dar um jeito no cabelo, gemeu em agonia.

— Não quero ver ninguém. Mande todo mundo embora.

— Querida — disse ele com firmeza, amarrando os cadarços —, se você quer mesmo voltar ao que era antes...

— Cês tão em casa? Vô só impurrá porta e entrar de uma vez — bradou a voz de Bill Laws.

Hamilton foi às pressas até a sala. Lá estava Laws, pós-graduando em física avançada. Braços inertes junto ao corpo, olhos esbugalhados, joelhos dobrados, corpo lasso e torto, ele veio andando malemolente na direção de Hamilton.

— Olha só eu aqui. Aqui, sinhô, o que fizeram comigo. Melhor me darem uma coça logo — disse ele a Hamilton.

— Você está fazendo isso de propósito? — perguntou Hamilton, sem saber se ria ou se se indignava.

— De pospós? Que é que você tá dizendo, sinhô Hamilton? — O rapaz lhe devolveu um olhar ausente.

— Ou você está totalmente sob o domínio de Silvester, ou é o homem mais cínico que já conheci.

De repente, o olhar de Laws ficou alerta.

— Domínio de Silvester? Como assim? — O sotaque acabara; na mesma hora ele ficou tenso e a postos. — Pensei que fosse o de Sua Eterna Majestade.

— Esse jeito de falar era fingimento, então?

O olhar de Laws se inflamou.

— Eu estou lutando contra ele, Hamilton. O *ímpeto* continua aqui; sinto ele tentando me puxar. Mas por enquanto estou ganhando, por pouco. — Foi naquele momento que ele viu Marsha. — Quem é essa?

Hamilton tentou explicar o melhor que pôde.

— Minha esposa. Essa coisa a dominou.

— Meu Senhor. O que vamos fazer? — murmurou Laws.

A campainha voltou a tocar. Marsha gemeu de desgosto e correu de volta para o quarto. Desta vez era a srta. Reiss. Lépida e sisuda, ela foi logo entrando pela sala, com seu austero terninho cinza, saltos baixos e óculos de armação de tartaruga. Em ritmo entrecortado, ela disse:

— Bom dia. O sr. Laws me disse que há... — Ela se interrompeu, surpresa. — Esse falatório também está passando na sua casa? — Ela apontou para o vozerio bradando na TV.

— É claro. Ele está passando sermão em todo mundo.

A srta. Reiss pareceu relaxar.

— Achei que eu tinha sido escolhida por Ele.

Pela porta da frente entreaberta surgiu o corpo alquebrado de Charley McFeyffe.

— Saudações — murmurou ele.

Seu queixo, agora violentamente inchado, estava enfaixado. Havia um pano branco envolvendo o pescoço e enfiado por dentro do colarinho. Andando com muita dificuldade, ele atravessou a sala e foi até Hamilton.

— Não conseguiu melhorar? — perguntou Hamilton, comovido.

McFeyffe balançou a cabeça com tristeza.

— Não.

— Qual a razão disso tudo? — quis saber a srta. Reiss. — O sr. Laws me disse que você tem algo a nos contar. Algo sobre essa conspiração bizarra que estamos vivendo.

— Conspiração? Não é bem essa a palavra que eu usaria. — Hamilton olhou para ela, incomodado.

— Concordo — disse a srta. Reiss veementemente, entendendo mal suas palavras. — Isso vai muito além da mera conspiração.

Hamilton resolveu ignorar. Indo até a porta fechada do quarto, ele bateu com energia.

— Saia daí, amor. Temos que ir para o hospital.

Depois de um intervalo tenso, Marsha enfim saiu. Ela vestia um pesado sobretudo com calça jeans e, numa tentativa de esconder seu cabelo ralo e encardido, deixara-o amarrado com um lenço vermelho. Não usava nenhuma maquiagem; teria sido um desperdício de tempo.

— Tudo bem. Estou pronta — disse ela, desanimada.

Hamilton parou o Plymouth de McFeyffe no estacionamento. Enquanto os cinco andavam pelo cascalho na direção do complexo do hospital, Bill Laws disse:

— Quer dizer que Silvester é a chave disso tudo?

— Silvester *é* isso tudo. A chave foi o sonho que você e a Marsha tiveram. E várias outras ocorrências, como você andar arrastando os pés e as alterações físicas que ela sofreu. O status dos segundo-babistas. Esse universo ser geocêntrico. Sinto como se conhecesse Arthur Silvester de cabo a rabo. Especialmente por dentro — respondeu Hamilton.

— Você tem certeza? — duvidou Laws.

— Nós oito atravessamos o raio de prótons do Bevatron. Nesse intervalo, só havia uma consciência, um marco de referência, para nós oito. Silvester não chegou a ficar inconsciente.

— Então, na realidade, nós não estamos aqui — disse Laws, pragmático.

— Fisicamente, estamos jogados no piso do Bevatron. Mas, mentalmente, estamos aqui. A energia livre do raio transformou o mundo particular de Silvester em um universo público. Estamos sujeitos à lógica de um fanático religioso, um velho que entrou para uma seita excêntrica em Chicago, nos anos 1930. Estamos no universo dele, onde todas as suas superstições ignorantes e moralistas são perfeitamente válidas. Estamos na *cabeça* desse homem. — Ele fez um gesto, mostrando. — Essa paisagem. Esse relevo. São as voltas de um cérebro; as montanhas e os vales do cérebro de Silvester.

— Minha nossa. Estamos sob o poder dele. Ele está tentando nos destruir — sussurrou a srta. Reiss.

— Duvido que ele esteja ciente do que está acontecendo. A ironia é essa. Silvester provavelmente não vê nada de estranho nesse mundo. E por que veria? É o mundo de fantasia particular em que viveu a vida inteira.

O grupo entrou no hospital. Não havia ninguém à vista; em todos os quartos e salas retumbava o agressivo sermão dominical do (Tetragrama).

— É mesmo. Esqueci isso. Vamos ter que tomar cuidado — admitiu Hamilton.

Não havia ninguém na recepção. A equipe inteira do hospital devia estar assistindo ao sermão. Examinando o cadastro de pacientes, ele encontrou o número do quarto de Silvester. Um momento depois, subiam no silencioso elevador hidráulico.

A porta do quarto de Arthur Silvester estava escancarada. Lá dentro, o esquálido idoso se encontrava sentado na cama, empertigado, encarando atentamente a TV. Com ele estavam a sra. Edith Pritchet e seu filho, David, que se remexiam, inquietos. Quando o grupo entrou no quarto, eles os saudaram com alívio. Silvester, porém, nem se mexeu. Com a rigidez dos fanáticos, ele contemplava seu Deus incansavelmente, absorvido pelo fluxo inflamado de sentimentos belicosos e vaidosos.

Era nítido que Arthur Silvester não estava surpreso que seu Criador estivesse se dirigindo a ele em pessoa. Obviamente aquilo fazia parte de sua rotina dominical. Era na manhã de domingo que ele ingeria o alimento espiritual para o resto da semana.

David Pritchet andou até Hamilton, chateado.

— Quem é esse aí? Não estou gostando nada disso — disse ele, apontando para a tela.

A mãe dele, uma senhora gorda de meia-idade, estava sentada graciosamente, mordiscando uma maçã sem caroços, com uma expressão que denotava perplexidade. Exceto por alguma aversão à barulheira alta, ela estava indiferente ao fenômeno na tela.

— É difícil de explicar. Você provavelmente nunca tinha se deparado com Ele antes — disse Hamilton ao garoto.

O crânio ossudo e idoso de Arthur Silvester se virou muito de leve; dois olhos cinzentos, duros e intransigentes fixaram-se em Hamilton.

— Sem conversa — disse ele, num tom que inquietou Hamilton. Sem mais uma palavra, ele voltou a contemplar a tela.

Era no mundo daquele homem que eles tinham ido parar. Pela primeira vez desde o acidente, Hamilton sentiu um medo inconfundível e genuíno.

— Já estou vendo que a gente tudo vamos ter que escutar esse blá-blá-blá danado — murmurou Laws, falando de canto.

De fato, Laws parecia ter razão. Uma vez que Ele subia ao púlpito, por quanto tempo será que costumava falar?

Dez minutos depois, a sra. Pritchet já não aguentava mais o sermão. Com um resmungo exasperado, ela se levantou e foi se juntar aos outros, no fundo do quarto.

— Deus do céu. Nunca suportei esses evangelistas falastrões. Acho que nunca escutei alguém gritando tão alto na vida — queixou-se ela.

— Ele vai parar. Está ficando sem fôlego — disse Hamilton, achando um pouco de graça.

— Todo mundo nesse hospital está assistindo. Isso não faz bem para o David... Tento criar o menino para ver o mundo de forma racional. Esse lugar não faz bem a ele — contou a sra. Pritchet, seu rosto se fechando.

— Não. Realmente não faz — concordou Hamilton.

— Quero que meu filho tenha uma boa educação — confidenciou ela, seu chapéu ornamentado saindo do lugar. — Quero que ele conheça os maiores clássicos e experimente as belezas da vida. O pai dele era Alfred B. Pritchet; foi ele quem fez aquela tradução primorosa da *Ilíada*, a com rimas. Eu acredito que as belas-artes devem fazer parte da vida do homem comum, não concordam? A vida fica muito mais rica, muito mais significativa.

A sra. Pritchet era quase tão maçante quanto o (Tetragrama).

A srta. Joan Reiss, de costas para a tela, disse:

— Acho que não aguento nem mais um segundo disso. Aquele velho horrível está ali parado extasiado com esse lixo. — O rosto severo dela teve um espasmo de fúria. — Queria era pegar alguma coisa, qualquer coisa, e dar na cabeça dele.

— A sinhá saiba de uma coisa: aquele cara ali, se tu faz uma dessa, ele te dá umas bordoada de nunca mais esquecer — disse Laws.

A sra. Pritchet pareceu ficar encantada ao ouvir Laws falar daquele jeito.

— Que delícia o seu sotaque. De onde você é, sr. Laws? — disse ela frivolamente.

— De Clinton, em Ohio — respondeu Laws, perdendo o sotaque. Ele a olhou com raiva. Não antecipara aquele tipo de reação.

— Clinton, em Ohio — repetiu a sra. Pritchet, mantendo o encanto tolo. — Já passei por essa cidade. Não é em Clinton que tem uma companhia de ópera muito simpática?

Quando Hamilton se voltou para a esposa, a sra. Pritchet estava listando suas óperas preferidas.

— Olha só, uma mulher que não ia perceber se o mundo se acabasse — disse ele a Marsha.

Ele falara baixo. Mas, naquele instante, o sermão tonitruante chegou ao fim. O torvelinho raivoso sumiu da tela e o quarto mergulhou instantaneamente no silêncio. Hamilton ficou envergonhado ao ouvir o fim da sua frase ecoar alto na quietude repentina.

Devagar e inexoravelmente, o rosto enrugado de Silvester girou no talo de seu pescoço fino.

— Com licença. Você tinha algo a tratar comigo? — disse ele num tom frio e baixo.

— Tenho — confirmou Hamilton; agora não dava para voltar atrás. — Quero conversar com você, Silvester. Nós sete temos uma queixa a fazer. E você vai ter que ouvir.

No canto, a TV mostrava um grupo de anjos cantando alegremente versões de hinos populares. Com o rosto inexpressivo, os anjos balançavam-se languidamente, conferindo um leve toque jazzístico às cadências lúgubres.

— Estamos com um problema — disse Hamilton, sem desviar o olhar do homem.

Silvester provavelmente seria capaz de jogar todos os sete nas profundezas do inferno. Afinal, aquele mundo era dele; se alguém tinha influência junto ao (Tetragrama), esse alguém era Arthur Silvester.

— Qual problema? Por que vocês não estão todos orando? — perguntou Silvester.

Ignorando-o, Hamilton continuou:

— Fizemos uma descoberta sobre o nosso acidente. Aliás, está se recuperando dos ferimentos?

Um plácido meio-sorriso de satisfação apareceu na cara encarquilhada.

— Os meus ferimentos sumiram. Em virtude da minha fé, e não desses médicos fuxiqueiros. Com fé e oração, o homem vence qualquer percalço. Aquilo que você chama de "acidente" é o teste pelo qual a Providência nos fez passar. É a forma de Deus descobrir se cada um de nós tem fibra.

— Ah, não. Eu sei que a Providência não sujeitaria as pessoas a tamanha provação — protestou a sra. Pritchet, sorrindo com confiança.

O idoso a encarou com intensidade.

— O Único Deus Verdadeiro é um Deus severo. Ele concede castigos e gratificações como bem entende. Nossa sina é nos submetermos a Ele. A humanidade foi posta nesta Terra para realizar a vontade da autoridade cósmica — afirmou Silvester categoricamente.

— Dentre nós oito, sete ficaram inconscientes devido ao impacto da queda. Só um de nós permaneceu consciente: você — disse Hamilton

Silvester assentiu, cheio de si.

— Durante a queda, orei para o Único Deus Verdadeiro me proteger.

— Proteger do quê? Da provação que Ele mesmo mandou? — interveio a srta. Reiss.

Abanando a mão para silenciá-la, Hamilton continuou:

— Havia muita energia livre naquela câmara do Bevatron. Normalmente, cada indivíduo possui um referencial de vida particular. Mas como todos nós perdemos a consciência enquanto estávamos passando por aquele raio, e você não...

Silvester não estava prestando atenção. Ele estava olhando por cima do ombro de Hamilton, na direção de Bill Laws. Uma indignação farisaica lhe acendia o rosto murcho.

— Por acaso é um homem de cor que estou vendo? — disse ele com uma voz aguda.

— Esse é o nosso guia — disse Hamilton.

— Antes de continuarmos, devo pedir para a pessoa de cor se retirar. Este é o quarto particular de um homem branco — disse Silvester calmamente.

O que Hamilton falou veio de um nível além do raciocínio lógico. Seria impossível inventar uma desculpa, tamanha a espontaneidade e a naturalidade com que as palavras saíram de sua boca:

— Vá para o inferno — disse ele, e viu o rosto de Silvester se tornar rígido feito pedra. Bem, agora já estava dito. Então, só lhe restava dizer direito. — Um homem branco? Se esse tal Segundo Báb, ou seja lá qual for o nome dele, essa baboseira de (Tetragrama) que você inventou, ouve isso e fica de braços cruzados sem fazer nada, Ele é um deus mais imprestável e ridículo do que você é como homem. E olha que superar você nisso não é fácil.

A sra. Pritchet ficou boquiaberta tamanho foi seu espanto. David Pritchet deu uma risadinha. Amedrontadas, a srta. Reiss e Marsha recuaram sem nem se dar conta. Laws continuou onde estava, rígido e com a expressão magoada e sardônica. A um canto, McFeyffe massageava sua mandíbula inchada e mal parecia ter escutado.

Aos poucos, Arthur Silvester foi se levantando. Ele não era mais um ser humano; era uma força vingadora que transcendera a humanidade. Um agente purificador, ele agora estava defendendo seu deus sectário, seu país, a raça branca e sua honra pessoal, tudo junto. Por um momento, ele ficou reunindo seus poderes. Uma vibração lhe sacudia o corpo esquálido e, das profundezas desse corpo, emanava um ódio lento, viscoso e peçonhento.

— Quer dizer que você é um desses defensores de crioulos.

— Isso mesmo. E também sou ateu e comunista. Já conheceu a minha esposa? É espiã russa. E o meu amigo Bill Laws aqui? Pós-graduando em física avançada; excelente pessoa, digno de se sentar à mesa com qualquer ser humano na Terra. Digno de...

Na tela da TV, o coro de anjos havia parado de cantar. A imagem tremulou; ondas escuras de luz irradiavam, ameaçadoras, uma ira crescente se manifestando de forma fluida. O alto-falante não emitia mais canções lamurientas; agora, um rumor abafado estremecia os tubos e condensadores, e foi crescendo até virar um trovão ensurdecedor.

Da tela saíram quatro figuras imponentes. Anjos. Anjos enormes, masculinos, ferozes, com olhares malévolos. Cada um com uns cem quilos. Batendo as asas, os quatro partiram para cima de Hamilton. Com um sorriso deformando o rosto enrugado, Silvester deu um passo atrás para assistir ao espetáculo da vingança celeste recaindo sobre aquele blasfemo.

Quando o primeiro anjo veio em sua direção para executar o Juízo Divino, Hamilton tirou-o de combate com um único golpe. Atrás dele, Bill Laws passou a mão em um abajur de mesa. Adiantando-se, ele o espatifou na cabeça do segundo anjo; tonto, o anjo ficou tentando agarrá-lo.

— Minha nossa! Alguém chame a polícia! — disse a sra. Pritchet.

Era desesperador. No canto, McFeyffe despertou de seu estupor e tentou inutilmente acertar um dos anjos. Um raio de energia clara o engoliu; em silêncio total, McFeyffe desabou junto à parede e lá ficou. David Pritchet, soltando gritos de empolgação, agarrou frascos de remédios da mesinha de cabeceira e os arremessou de qualquer jeito contra os anjos. Marsha e a srta. Reiss lutavam bravamente, ambas contra o mesmo anjo estúpido e fortão, puxando-o para baixo, arranhando-o e chutando-o, arrancando suas penas.

Mais anjos saíram voando de dentro da TV. Arthur Silvester observou cheio de presunção e satisfação quando Bill Laws desapareceu sob uma montanha de asas vingativas. Só sobrou Hamilton lutando, e dele não restava grande coisa. Paletó rasgado, nariz escorrendo sangue, ele lutava desesperadamente, num esforço derradeiro. Outro anjo caiu, chutado bem no meio das pernas. Mas, para cada um tirado de combate, mais um monte emergia da TV de 27 polegadas e rapidamente crescia até chegar à estatura total.

Recuando, Hamilton chegou perto de Silvester.

— Se houvesse alguma justiça nesse seu mundo decrépito e horroroso... — ofegou Hamilton.

Dois anjos pularam em cima dele; sem enxergar, sufocando, ele perdeu o equilíbrio e caiu. Com um grito, Marsha correu na sua direção. Armada com um lustroso alfinete de chapéu, ela perfurou o rim de um dos anjos, que urrou e largou seu marido. Agarrando uma garrafa de água mineral que estava na mesa, Hamilton a brandiu, desesperado. A garrafa estourou contra a parede; cacos de vidro e água com gás jorraram por toda a parte.

Murmurando, Arthur Silvester recuou. A srta. Reiss esbarrou nele; assustadiça feito um gato, ela se virou, empurrou-o com violência e se afastou às pressas. Silvester, com um olhar atônito, tropeçou e caiu. Uma quina do leito estava bem no caminho de seu crânio frágil; quando se encontraram, ouviu-se um *crec* alto. Resmungando, Arthur Silvester desmaiou...

E os anjos desapareceram.

O burburinho parou. A tv ficou em silêncio. Não havia mais nada senão oito seres humanos feridos, espalhados em diferentes posturas de dor e defesa. McFeyffe estava totalmente inconsciente e ligeiramente chamuscado. Arthur Silvester estava inerte, os olhos vidrados, a língua para fora e um dos braços estremecendo por reflexo. Bill Laws, no chão, primeiro se sentou e depois apoiou-se nas coisas para ficar de pé. Aterrorizada e escondendo-se no corredor, a sra. Pritchet espiou pela porta, o rosto mole choroso de pavor. David Pritchet estava de pé, agitado, os braços ainda cheios das maçãs e laranjas que andara atirando.

Rindo histericamente, a srta. Reiss gritou:

— Acabamos com ele. Ganhamos. *Ganhamos!*

Ainda zonzo, Hamilton se aproximou da silhueta trêmula da esposa. Agora magra, Marsha aconchegou-se a ele, ofegante.

— Querido, está tudo bem, não é? Acabou — sussurrou ela, os olhos marejados.

O cabelo castanho e macio dela recobriu o rosto dele. Sua pele macia e cálida comprimia os lábios dele; seu corpo era frágil e esbelto; era o corpo leve e ágil de que ele se lembrava. E as roupas que pareciam sacos de lixo tinham sumido. Usando uma blusinha e uma saia justas de algodão, Marsha o abraçou, aliviada e feliz.

— Com certeza — murmurou Laws, levantando-se com esforço. Um dos olhos estava tenebrosamente inchado; suas roupas estavam em frangalhos. — O velho desgraçado caiu duro. A gente nocauteou ele; isso que resolveu o problema. Agora ele está na mesma que a gente. Também ficou inconsciente.

— Ganhamos. Escapamos da conspiração dele — repetia a srta. Reiss, com ênfase obsessiva.

Surgiram médicos de todos os lados do hospital. A maior parte da atenção médica se dirigiu a Arthur Silvester. Com leves caretas e alguma dificuldade, o idoso conseguiu se içar para a sua poltrona em frente ao televisor.

— Obrigado. Estou bem, obrigado. Deve ter sido uma tontura — murmurou ele.

McFeyffe, que começava a voltar a si, apalpava contente seu pescoço e queixo; suas múltiplas maldições tinham passado. Dando um brado de alegria, ele arrancou as ataduras e o pano do pescoço.

— Acabou! Graças a Deus! — gritou ele.

— Não agradeça a Deus. Melhor parar enquanto se está ganhando — relembrou-lhe Hamilton secamente.

— O que aconteceu aqui? — quis saber um médico.

— Uma briga de nada. — Com ironia, Laws apontou para a caixa de chocolates espalhados que caíra da mesinha de canto. — Porque alguém comeu o último bombom.

— Só tem uma coisa de errado. Deve ser só uma tecnicalidade — murmurou Hamilton, pensativo e preocupado.

— O que é? — perguntou Marsha, o corpo colado ao dele.

— O seu sonho. Não estamos todos estirados no Bevatron, mais ou menos inconscientes? Fisicamente, não estamos suspensos no tempo?

— Céus — disse Marsha, ficando séria. — É verdade. Mas nós voltamos. Estamos em segurança!

— Aparentemente, sim. E é isso que vale. — Hamilton sentia as batidas do coração dela, e, em ritmo mais lento, sua inspiração

133

e expiração. Marsha estava cálida, macia, e lindamente esbelta. — Desde que eu tenha você da maneira como era antes...

A voz dele foi sumindo. Em seus braços, sua esposa estava, sim, magra de novo. Magra *demais*.

— Marsha, tem *mesmo* alguma coisa errada — disse ele, baixo. Instantaneamente, o corpo esguio dela se enrijeceu.

— Errada? Como assim?

— Tire a roupa. Vamos, rápido!

De repente, ele tentou puxar o zíper da saia dela. Perplexa, Marsha recuou um pouco.

— Aqui? Mas, querido, no meio dessa gente toda...

— Vamos logo! — ordenou ele.

Confusa, Marsha começou a desabotoar a blusa. Despindo-a, ela a jogou sobre a cama e se curvou para tirar a saia. Chocado, horrorizado, o grupo ficou observando enquanto ela retirava a roupa íntima, ficando nua no meio do quarto.

Seu corpo era liso feito o de um manequim, sem mostrar nenhuma indicação de gênero.

— Olha só pra você! Pelo amor de Deus, olha bem! Não está *sentindo*? — acusou Hamilton, irado.

Marsha olhava para baixo, atônita. Seus seios estavam completamente ausentes. Seu corpo estava liso, um pouco anguloso, sem quaisquer características sexuais primárias ou secundárias. Magra, sem pelos, ela se assemelhava mais a um menino antes da puberdade. Mas nem isso ela era; ela não era nada. Absoluta e inequivocamente neutra.

— O quê... Não estou entendendo — balbuciou ela, assustada.

— Nós não voltamos. Este não é o nosso mundo — disse Hamilton.

— Mas os anjos. Desapareceram — disse a srta. Reiss.

Tocando a própria mandíbula, agora do tamanho normal, McFeyffe protestou:

— E meu abscesso no dente passou.

134

— Esse também não é o mundo do Silvester. É o de outra pessoa. De um terceiro. Meu Deus, a gente *nunca mais* vai conseguir voltar. — Agoniado, Hamilton se voltou às pessoas estupefatas à sua frente. — Quantos mundos desses existem? *Quantas vezes isso vai se repetir?*

9

Espalhadas pelo chão do Bevatron jaziam oito pessoas. Nenhuma delas plenamente consciente. Estavam rodeadas pelos escombros fumegantes dos esteios de metal carbonizado e do concreto que antes fora uma plataforma de observação, uma versão baralhada do lugar onde estiveram.

Com a velocidade de lesmas, os paramédicos iam paulatinamente descendo as escadas que levavam ao fundo da câmara. Não demoraria muito até alcançarem os corpos, a força do ímã ser neutralizada e o zunido do raio de prótons se silenciar.

Revirando-se na cama, Hamilton estudava aquele panorama incessante. Ele o examinava e reexaminava; todos os aspectos da cena foram perscrutados. À medida que ele se aproximava do estado desperto, a cena perdia definição. Ao se deixar levar novamente por um sono profundo, a cena ressurgia — clara, definida e perfeitamente visível.

Ao lado de Hamilton, sua esposa adormecida suspirava e se mexia. Na cidade de Belmont, oito pessoas se agitavam, alternando entre sono e vigília, contemplando as formas fixas do Bevatron e os corpos feridos espalhados por toda parte.

Num esforço para memorizar todos os detalhes da cena, Hamilton observou cada figura, pedacinho por pedacinho.

Primeiramente — e o mais chocante — havia o seu próprio corpo físico. Fora o último a bater no chão. Atingindo o cimento com grande impacto, ele estava jogado numa posição pavorosa, com os braços estirados e uma das pernas encolhidas sob o tronco. Exceto pela respiração superficial e fraca, não fazia qualquer movimento. Ai, se houvesse algum jeito de tocar o próprio corpo... Se ele pudesse gritar consigo mesmo até despertar, berrar tão alto que se obrigasse a deixar o breu da inconsciência. Mas seria um esforço inútil.

Não muito longe dali se encontrava o corpanzil maltratado de McFeyffe. O rosto parrudo exibia uma expressão de fúria e espanto; uma das mãos ainda estava estendida, tentando agarrar um corrimão que deixara de existir. Um filete de sangue corria pelo rosto gordo. Com certeza, McFeyffe estava machucado. Sua respiração chiava. Sob o casaco, era possível ver o peito dele subir e descer com agonia.

Mais a frente de McFeyffe, jazia a srta. Joan Reiss. Meio soterrada pelos escombros, ela respirava ofegante, com braços e pernas se debatendo por reflexo para tentar se livrar da manta de reboco e concreto que a envolvia. Seus óculos haviam se espatifado. As roupas estavam rasgadas e amarrotadas e um galo feio crescia na testa dela.

Marsha estava um pouco adiante. Ao vê-la ali deitada, imóvel, o coração de Hamilton se apertou de tristeza. Assim como aos outros, não era possível acordá-la. Inconsciente, ela estava deitada com um braço dobrado sob o corpo, joelhos encolhidos em uma posição quase fetal, a cabeça de lado, o cabelo castanho chamuscado derramando-se pelo pescoço e ombros. Um leve suspiro de respiração fazia tremer seus lábios; fora isso, nenhum movimento. As roupas ainda estavam pegando fogo; gradual e inexoravelmente, uma cascata de fagulhas sem viço seguia em direção a sua pele. Uma nuvem de fumaça acre pairava sobre o corpo, obscurecendo suas belas pernas e pés. Um dos sapatos de salto alto havia sido completamente arrancado na queda; estava jogado a um metro de distância, sozinho e desamparado.

137

A sra. Pritchet era um monte rechonchudo de carne pulsante, grotesca no chamativo vestido florido chamuscado. O chapéu extravagante estava todo esmigalhado pelo reboco que caía sem parar. Sua bolsa, arrancada de sua mão pelo impacto, tinha se aberto e derramado o conteúdo; os pertences dela estavam esparramados ao redor do corpo.

Quase escondido pelos detritos estava David Pritchet. O menino soltou um gemido. Até se mexeu. Um pedaço de metal retorcido comprimia seu tronco, impedindo-o de sair do lugar. Era na direção dele que a equipe médica se movia em ritmo de lesma. Qual era a droga do problema deles? Hamilton queria gritar com os médicos, urrar histericamente. Por que não andavam mais rápido? Já fazia quatro noites...

Mas ali, não. Naquele mundo, no mundo real, apenas alguns segundos tenebrosos haviam se passado.

Entre pilhas de tela de segurança dilacerada, o guia, Bill Laws, estava caído. Seu corpo delgado sofria espasmos; de olhos abertos e vidrados, ele olhava, sem realmente enxergar, a massa de matéria orgânica. A massa era o corpo frágil e esquálido de Arthur Silvester. O idoso perdera a consciência. A dor e o choque por ter fraturado a coluna haviam afastado qualquer traço de sua personalidade. De todos, ele era o mais machucado.

Lá estavam os oito corpos chamuscados e terrivelmente alquebrados. A visão era desanimadora. Mas enquanto se revirava na cama confortável, ao lado da bela e esbelta esposa, Hamilton teria dado qualquer coisa para se encontrar novamente naquele local. Para voltar ao Bevatron e poder sacudir seu duplo físico inanimado... e assim arrancar seu eu mental daquele labirinto repetitivo em que se perdera.

Em todos os universos possíveis, a segunda-feira era idêntica. Às oito e meia da manhã, Hamilton estava a bordo do trem metropolitano da Southern Pacific, com um exemplar do *San Francisco*

Chronicle aberto no colo, subindo a costa a caminho da EDA. Presumindo, claro, que ela ainda existisse. Até então, ele não tivera como saber.

Ao redor, trabalhadores indiferentes fumavam, liam as tirinhas e discutiam esportes. Encurvado e taciturno no assento, Hamilton os observou. Será que sabiam que eram fragmentos distorcidos do mundo de fantasia de outra pessoa? Não parecia. Cumpriam sem pensar a rotina de segunda, sem a menor noção de que todos os aspectos de sua existência estavam sendo manipulados por uma presença invisível.

Não era difícil adivinhar a identidade dessa presença. Provavelmente sete dentre os oito membros do grupo já haviam descoberto. Até sua esposa. Enquanto tomavam café da manhã, Marsha o fitara solenemente e dissera:

— É a sra. Pritchet. Pensei a noite inteira. Eu tenho *certeza*.

— Por que tanta certeza? — perguntara ele, azedo.

— Porque ela é a única que levaria a sério esse tipo de coisa — respondeu Marsha, totalmente convicta. Ela percorreu o corpo plano com as mãos. — É exatamente o tipo de bobagem vitoriana que ela jogaria para cima da gente.

Se ainda restasse qualquer dúvida, teria sido eliminada pela cena que viu quando o trem deixava Belmont. Em frente a um pequeno casebre rural, um cavalo estava parado, obediente, atrelado a uma carroça de ferro-velho cheia de partes enferrujadas de veículos abandonados. O cavalo estava de calças.

— Zona sul — vociferou o cobrador do trem, aparecendo na ponta do vagão que balançava.

Embolsando seu jornal, Hamilton se juntou ao parco grupo de executivos indo em direção à saída. Pouco depois, ele caminhava sem a menor animação na direção dos prédios imaculadamente brancos da EDA. Pelo menos a empresa existia... já era alguma coisa. Cruzando os dedos, ele rezou com fervor para seu emprego fazer parte daquele mundo.

O dr. Guy Tillingford foi recebê-lo na recepção do escritório.

— Chegou cedo, hein? Começou bem — disse ele, apertando sua mão e sorrindo.

Mais tranquilo, Hamilton começou a tirar o paletó. A EDA existia e ele ainda tinha um emprego. No outro universo distorcido, Tillingford o havia contratado; pelo menos aquilo viera junto. Um grande problema havia sido riscado de sua lista de preocupações.

— Puxa, muita bondade sua me dar um dia de folga. Muito obrigado — disse Hamilton, cauteloso, enquanto Tillingford o conduzia pelo corredor até os laboratórios.

— E como você se saiu? — inquiriu Tillingford.

Aquilo o fez hesitar. No mundo de Silvester, Tillingford o mandara ir consultar o Profeta do Segundo Báb. Havia poucas chances de aquilo também ser válido para aquele mundo... Na verdade, estava fora de cogitação. Enrolando, Hamilton falou:

— Nada mal, levando tudo em conta. É claro, não faz muito o meu gênero.

— Foi difícil achar o lugar?

— Nem um pouco. — Suando, Hamilton se perguntava *o que diabos* ele teria feito naquele mundo. — Foi... Foi muita gentileza da sua parte. E logo no primeiro dia.

— Não foi nada. Só me diga uma coisa. — À porta do laboratório, Tillingford se deteve. — Quem ganhou?

— G-ganhou?

— A sua inscrição ganhou o prêmio? — Sorridente, Tillingford deu-lhe um tapinha amigável nas costas. — Poxa, aposto que ganhou! Está escrito na sua cara.

O parrudo diretor do Departamento Pessoal veio caminhando pelo corredor, com uma pasta abarrotada sob o braço.

— Como ele se saiu? — perguntou o diretor, dando uma risadinha sebosa. Com cumplicidade, ele deu um tapinha no braço de Hamilton. — Tem algo para nos mostrar? Quem sabe uma condecoração?

— Ele está escondendo o jogo. Ernie, vamos fazer uma boa matéria para o boletim da empresa; será que o pessoal não ia se interessar? — perguntou Tillingford.

— Tem razão. Vou tomar nota para depois. — A Hamilton, ele perguntou: — Qual você disse que era o nome do seu gato, mesmo?

— O quê? — vacilou Hamilton.

— Sexta passada, quando conversamos sobre ele. Caramba, não consigo lembrar. Quero saber a grafia certa para escrever no boletim da empresa.

Naquele universo, Hamilton ganhara um dia de folga — seu primeiro dia de trabalho no novo emprego — para inscrever Ninny Energúmeno em um concurso para animais. Ele resmungou baixinho. O mundo da sra. Pritchet, em certos aspectos, ia ser mais difícil de aturar do que o de Arthur Silvester.

Depois de reunir todos os detalhes sobre o concurso de animais, o diretor do Departamento Pessoal saiu às pressas, deixando Hamilton a sós com o chefe. Era chegado o momento; não tinha como adiar mais.

Tentando seguir no embalo, Hamilton disse, sombrio:

— Doutor, tem algo que preciso confessar. Sexta, eu estava empolgado pra caramba em vir trabalhar para você, tanto que... — Ele deu um sorriso amarelo. — Bem, francamente, não lembro bulhufas do que a gente conversou. Minha cabeça está uma confusão só.

— Compreendo, meu rapaz. Não esquente a cabeça com isso... teremos bastante oportunidade para repassar os detalhes. Creio que você vai permanecer nessa empresa por um bom tempo — disse Tillingford, apaziguador, com um olhar paternal.

— Na verdade, não lembro nem mesmo qual é o meu cargo. Acredita numa coisa dessas? — insistiu Hamilton.

Os dois riram juntos da situação.

— Isso é muito engraçado mesmo. Quando a gente acha que já escutou tudo nessa vida — concordou Tillingford por fim, enxugando dos olhos as lágrimas de riso.

— Você acha que talvez... possa fazer um breve resumo, antes de ir embora? — Hamilton fez um esforço para falar num tom leve e casual.

141

— Bem... — disse Tillingford. Parte do bom humor se evaporou; agora ele assumia um ar solene, significativo, acompanhado de um olhar pensativo e sério. O semblante dele se tornou vago e distante; estava contemplando o panorama geral. — Não acho que faça mal repassar o fundamental. É importante, eu sempre digo, retornar aos postulados básicos de vez em quando. Dessa forma nunca nos desviamos demais do percurso.

— Claro — concordou Hamilton, rezando em silêncio para que, qualquer que fosse o seu cargo, ele conseguisse se ajustar. Como *diabos* seria a concepção de Edith Pritchet da função de um enorme conglomerado de pesquisa de eletrônica?

— A EDA, como você bem sabe, é um elemento crucial para o desenvolvimento social nacional. Tem um papel vital a cumprir. E *está* de fato cumprindo esse papel — começou Tillingford.

— Com certeza — ecoou Hamilton.

— O que fazemos aqui é mais do que um trabalho. Ouso dizer, mais que um mero empreendimento econômico. A EDA não foi fundada com o objetivo de lucrar.

— Compreendo.

— Seria uma indignidade medíocre se gabar do sucesso financeiro da EDA. Embora, na verdade, ela seja bem-sucedida nesse quesito. Mas isso não importa. Nossa tarefa aqui, uma tarefa nobre e gratificante, vai além de qualquer concepção de lucro ou renda. Isso é ainda mais verdadeiro no seu caso. Você, como jovem idealista, está motivado pela mesma energia que um dia me impeliu. Hoje já estou velho. Meu trabalho está feito. Algum dia, talvez não muito distante, vou deixar esse fardo para trás, nas mãos de gente mais diligente e vigorosa.

Com a mão sobre o ombro de Hamilton, o dr. Tillingford entrou orgulhosamente com ele na vasta malha de laboratórios de pesquisa da EDA.

— Nosso propósito é injetar os imensos recursos e talentos da indústria eletrônica na tarefa de elevar os padrões culturais das massas. Levar arte para a humanidade — entoou ele, pomposo.

Hamilton recuou bruscamente da mão do outro homem.

— Dr. Tillingford, será que você consegue me olhar no olho e repetir isso a sério? — exclamou ele.

Parando onde estava, Tillingford abriu e fechou a boca de espanto.

— Mas, Jack... Como assim... — balbuciou.

— Como você consegue falar uma bobagem dessas na minha cara? Você é um homem estudado e inteligente; um dos maiores pesquisadores estatísticos do mundo. — Abanando os braços, agitado, Hamilton imprecava contra o idoso atônito. — Você não pensa com a própria cabeça? Pelo amor de Deus, tente se lembrar de quem é. Não deixe isso acontecer com você!

Recuando, abalado, Tillingford gaguejava, juntando as mãos timidamente.

— Jack, meu rapaz. O que foi que deu em você?

Hamilton estremeceu de frustração. Não ia dar em nada, era perda de tempo. De repente, uma grande vontade de gargalhar tomou conta dele. A situação era absurda até não poder mais; era melhor guardar a raiva para algo mais útil. A culpa não era do pobre do Tillingford... Tillingford era tão condenável quanto o cavalo de calças que puxava a carroça de ferro-velho.

— Perdão. Estou nervoso — disse ele, exausto.

— Deus do céu — suspirou o dr. Tillingford, começando a se recobrar. — Se importa de eu me sentar um minutinho? Sou cardíaco... Nada sério, uma coisinha chamada taquicardia paroxística. Às vezes me dá uma batucada aqui no peito. Com licença.

Ele se esgueirou para um escritório próximo, batendo a porta. O ruído de frascos de remédio sendo abertos e pílulas sendo engolidas vazou para o corredor.

Hamilton provavelmente perdera o novo emprego. Apático, se deixou cair sobre um banco do corredor e procurou os cigarros. Que belo começo para o seu ajuste naquele mundo... Pior, impossível.

143

Devagar, cautelosamente, a porta do escritório se abriu. O dr. Tillingford, com os olhos arregalados de medo, espiava da fresta.

— Jack — disse ele fracamente.

— O quê? — murmurou Hamilton, sem olhar nos olhos dele.

— Jack, você *tem* desejo de levar cultura às massas, não tem? — perguntou Tillingford, vacilante.

Hamilton suspirou.

— Claro, doutor. — Ficando de pé, ele se virou para o chefe. — Adoro a cultura. É a maior invenção do homem.

O alívio dominou o rosto de Tillingford.

— Graças a Deus. — Com a confiança praticamente recuperada, ele voltou a se aventurar pelo corredor. — Você acredita que está bem para começar a trabalhar? Eu... hã... não quero colocar pressão demais nas suas costas...

Um mundo constituído de, e habitado por, Edith Pritchets. Agora ele via bem como seria: um mundo amistoso, prestimoso, dócil até enjoar. Todos fazendo, pensando e acreditando somente no que era bom e belo.

— Você não vai me despedir? — indagou Hamilton.

— Despedir você? Mas por quê, rapaz?

— Eu fui extremamente grosseiro.

Tillingford deu uma risadinha fraca.

— Deixe isso pra lá, rapaz. Seu pai era um dos meus melhores amigos. Um dia desses, preciso te contar como a gente tirava um ao outro do sério. Tal pai, tal filho, hein, Jack?

Com um tapinha cauteloso no ombro de Hamilton, o dr. Tillingford o conduziu aos laboratórios propriamente ditos. Técnicos e equipamentos até sumir de vista; um espaço que zumbia e vibrava com projetos de pesquisa eletrônica em pleno desenvolvimento.

— Doutor. Posso perguntar uma coisa? Só para ficar registrado? — disse Hamilton, vacilante.

— Mas é claro, rapaz. O que é?

— Você se lembra de alguém chamado (Tetragrama)?

O dr. Tillingford pareceu confuso.

144

— Como é que é? (Tetragrama)? Não, creio que não. Não que eu me lembre.

— Obrigado. Só queria ter certeza. Não achei mesmo que fosse lembrar.

De uma bancada de trabalho, o dr. Tillingford pegou um exemplar da *Revista de Ciências Aplicadas* de novembro de 1959.

— Aqui tem um artigo que vem circulando muito entre nossos funcionários. Pode ser do seu interesse, ainda que sejam coisas um tanto antigas, hoje em dia. Uma análise dos textos de um dos homens mais importantes do nosso século, Sigmund Freud.

— Certo — disse Hamilton sem alterar o tom. Ele estava preparado para o que desse e viesse.

— Como você sabe, Sigmund Freud desenvolveu o conceito psicanalítico do sexo como sublimação do desejo artístico. Ele demonstrou como o impulso humano fundamental para a criatividade artística, caso não encontre canais de expressão válidos, toma uma forma alternativa: a atividade sexual.

— É mesmo? — murmurou Hamilton, resignado.

— Freud mostrou que, no ser humano saudável e sem inibições, não existe desejo sexual nem curiosidade ou interesse por sexo. Ao contrário do que se pensa, o sexo é uma preocupação completamente artificial. Quando um homem ou mulher tem a chance de realizar uma atividade artística normal e decente, seja pintar, escrever, compor ou tocar música, o chamado impulso sexual some de cena. A atividade sexual é a forma latente e oculta pela qual o talento artístico opera quando a sociedade mecanicista sujeita o indivíduo a uma inibição contrária à natureza.

— Claro. Aprendi isso na escola. Ou algo parecido.

— Por sorte, a resistência inicial à monumental descoberta de Freud foi vencida. É claro que ele enfrentou uma oposição ferrenha. Porém agora, felizmente, ela quase não existe mais. Hoje em dia, é raro encontrar uma pessoa estudada falando em sexo e sexualidade. Uso esses termos meramente no sentido clínico, para descrever uma condição clínica anormal.

Com esperança, Hamilton perguntou:

— Você disse que há resquícios desse pensamento tradicional nas classes mais baixas?

— Bem, vai levar um tempo até alcançarmos todos — admitiu Tillingford. Ele foi se animando, o entusiasmo retornando. — E é esse nosso trabalho, rapaz. É esta a função da técnica eletrônica.

— Da técnica — murmurou Hamilton.

— Não chega a ser uma arte, infelizmente, mas não está longe disso. Nossa tarefa, meu rapaz, é continuar a buscar o *meio de comunicação perfeito,* o dispositivo que não deixará pedra sobre pedra. Através dele, todos os seres humanos sobre a face da Terra serão defrontados com as relíquias culturais e artísticas da civilização. Está me acompanhando?

— Já estou lá. Faz anos que tenho uma aparelhagem de alta fidelidade.

— De alta fidelidade. Não sabia que você se interessava por música. — Tillingford ficou encantado.

— Apenas por som.

Ignorando-o, Tillingford avançou à toda.

— Então você vai ter que entrar para a orquestra sinfônica da empresa. Desafiamos a orquestra do coronel T. E. Edwards para uma competição no começo de dezembro. Imagina só, você vai ter a chance de competir contra sua ex-empresa. Que instrumento você toca?

— Ukulele.

— É iniciante, hein? E sua esposa? Ela toca alguma coisa?

— A rabeca.

Confuso, Tillingford deixou o assunto morrer.

— Bem, podemos conversar sobre isso mais tarde. Imagino que esteja ansioso para começar o trabalho.

Às cinco e meia da tarde, Hamilton foi autorizado a deixar seus projetos e suas ferramentas de trabalho. Junto com os demais funcionários, ele saiu da fábrica aliviado, trilhando o caminho de cascalho ladeado de árvores que levava à rua.

Estava procurando pela estação de trem quando um carro azul familiar veio margeando o meio-fio e parou bem ao lado dele. Atrás do volante de seu Ford cupê estava Silky.

— Que diabo... — disse ele; ou pensou ter dito. O que saiu de sua boca foi "Que *diacho*". — O que está fazendo aqui? Eu já estava para ir atrás de você.

Sorrindo, Silky empurrou a porta do carro, abrindo-a para ele.

— Peguei seu nome e endereço no registro do veículo. — Ela apontou o papelzinho branco na coluna de direção. — Parece que estava falando a verdade, no fim das contas. O que o W do seu nome quer dizer?

— Willibald.

— Você não existe.

Quando Hamilton entrou, desconfiado, sentando-se ao lado dela, ele observou:

— Mas aqui não diz onde eu trabalho.

— Não. Liguei para a sua esposa e ela me disse onde te encontrar — admitiu Silky.

Enquanto Hamilton a olhava em pânico atônito, Silky engatou a primeira marcha e andou com o carro.

— Você não se importa se eu dirigir, né? Eu adoro esse seu carro pequeno... tão bonitinho, limpinho, fácil de dirigir.

— Pode dirigir. Você... ligou para a Marsha? — perguntou Hamilton, ainda espantado.

— Batemos um papo bem longo, bem franco — informou Silky calmamente.

— Sobre o quê?

— Sobre você.

— Falando o que de mim?

— Do que você gosta. O que você faz. Ah, tudo a seu respeito. Você sabe como as mulheres conversam.

Reduzido a um silêncio impotente, Hamilton olhava cegamente para a El Camino Real e o fluxo de carros que descia a península na direção das várias cidades suburbanas. A seu lado, Silky dirigia feliz, seu rosto afilado e pequenino satisfeito. Naquele mundo imaculado, Silky sofrera transformações radicais. Seu cabelo loiro pendia em duas tranças amarelas, que lhe desciam pelas costas. Ela usava uma blusa larga à marinheira e uma saia azul-escura bastante conservadora. Nos pés havia mocassins comuns, sem qualquer adorno. Em todos os aspectos, ela se assemelhava a uma jovem colegial inocente. Não havia sinal de maquiagem. O jeito sedutor e predatório estava ausente. E o corpo dela, assim como o de Marsha, estava totalmente imaturo.

— Como você está? — perguntou Hamilton, seco.

— Bem, ué.

— Você se lembra de quando nos vimos pela última vez? Lembra o que estava acontecendo? — perguntou ele com cuidado.

— Claro. Você, eu e Charley McFeyffe fomos de carro para São Francisco — disse Silky com confiança.

— Para quê?

— O sr. McFeyffe queria que você visitasse a igreja dele.

— E visitei?

— Acho que sim. Vocês dois sumiram lá dentro.

— E depois, o que houve?

— Não faço a menor ideia. Peguei no sono no carro.

— Você... não viu nada?

— Tipo o quê?

Teria sido esquisito dizer "dois homens ascendendo aos céus rebocados por um guarda-chuva", então ele optou por não falar nada. Em vez disso, perguntou:

— Aonde vamos? Para Belmont?

— É claro. Para onde mais?

— Para a minha casa? Você, eu e Marsha... — Ia ser um longo processo ajustar-se àquele mundo.

— O jantar já está pronto. Ou vai estar quando chegarmos lá. Marsha telefonou para o meu trabalho, me disse o que queria do mercado e eu comprei — disse Silky.

— No trabalho? Hã... Em que ramo você trabalha? — perguntou ele, fascinado.

Silky olhou de esguelha para ele, perplexa.

— Jack, você é tão estranho.

— Hum.

Perturbada, Silky continuou olhando para ele até que o ruído abafado de uma freada a fez voltar a atenção para a estrada.

— Buzine — instruiu Hamilton.

Um caminhão de gasolina gigantesco à direita comia um pedaço de sua faixa.

— O quê? — perguntou Silky.

Irritado, Hamilton esticou-se e tocou a buzina. Nada aconteceu; não saiu som algum.

— Por que você fez isso? — perguntou Silky, curiosa, desacelerando para dar espaço ao caminhão à sua frente.

Voltando ao estado meditativo, Hamilton arquivou mais um dado em seu armazém de informação. Naquele mundo, a categoria *buzina de carro* fora abolida. E, com aquele tráfego pesado de pessoas voltando para casa, deveria ter buzina ecoando a torto e a direito.

Ao higienizar os males do mundo, Edith Pritchet havia erradicado não apenas objetos, mas classes inteiras de objetos. Provavelmente, em algum momento e lugar distantes do passado, ela se irritara com uma buzina de carro. Agora, em sua versão fantasiosa de um mundo agradável, esse tipo de coisa não estava incluído. Simplesmente *não existia*.

Sua lista de contrariedades devia ser, sem dúvida, enorme. E não havia como saber o que estava ou não incluído. Ele não parava de pensar na música de Koko em *O Mikado*:

*"Mas não importa muito quem você puser na lista
Nenhum vai fazer falta, nem mesmo ao saudosista!"*

Não era um pensamento tranquilizador. Nos cinquenta e poucos anos de vida daquela mulher, qualquer objeto, coisa ou acontecimento que houvesse perturbado a superfície mansa de seu contentamento enfadonho fora simplesmente limado da existência. Ele poderia arriscar alguns palpites. Lixeiros que faziam muito barulho com as latas de lixo. Vendedores de porta em porta. Contas e formulários de imposto. Bebês chorões (talvez *todos* os bebês). Bêbados. Sujeira. Pobreza. Qualquer tipo de sofrimento.

Era espantoso que tivesse sobrado alguma coisa.

— O que houve? Você está se sentindo mal? — perguntou Silky, condoída.

— É a poluição. Sempre me deixa um pouco enjoado.

— O que é poluição? Que palavra esquisita.

Ficaram em silêncio por um bom tempo. Hamilton simplesmente ficou ali sentado, tentando inutilmente se agarrar à sua sanidade mental.

— Quer que eu pare em algum lugar no caminho? Para você beber uma limonada? — perguntou Silky, simpática.

— Dá para calar a boca?

Hesitando, Silky o olhou assustada.

— Desculpe. — Cabisbaixo, Hamilton procurou as palavras para tentar se desculpar. — Emprego novo é difícil.

— Posso imaginar.

— É mesmo? — Ele não conseguiu impedir um cinismo gélido de transparecer na voz. — Aliás, você não chegou a falar. Em que ramo você está hoje em dia?

— No mesmo de sempre.

— E que raios é o de sempre?

— Continuo trabalhando no Safe Harbor.

Ouvindo isso, Hamilton recuperou um pouco da confiança. Pelo menos, algumas coisas haviam perdurado. Ainda existia o Safe Harbor. Alguns pequenos fragmentos de realidade o acompanharam àquele universo, e aquilo o acalmava.

— Vamos passar lá. Uma cerveja antes de irmos para casa — disse ele, ávido.

* * *

150

Ao chegarem a Belmont, Silky parou o carro do outro lado da rua, em frente ao bar. De onde estava, Hamilton fez uma inspeção crítica. Aquela distância, o bar não parecia ter sofrido muitas alterações. Um pouco mais limpo, talvez. Mais bem cuidado. O elemento náutico havia se intensificado; as alusões a álcool pareciam ter sido sutilmente reduzidas. Na verdade, ele achou a placa da *Golden Glow* difícil de ler. As letras vermelhas de néon pareciam fundidas numa espécie de borrão indistinto. Se ele já não soubesse o que a placa dizia...

— Jack. Queria que você me dissesse o que é que está acontecendo — disse Silky em um tom de voz baixo e perturbado.

— Como assim?

— Eu... não sei. — Ela ofereceu um sorriso hesitante. — Eu me sinto tão *esquisita*. Parece que tem um monte de lembranças confusas na minha cabeça; nada que eu consiga distinguir, só umas imagens vagas.

— Sobre o quê?

— Sobre nós dois.

— Ah. — Ele assentiu. — Isso. E o McFeyffe?

— O Charley também. E o Billy Laws. Parece que aconteceu faz muito tempo. Mas não é possível, é? Eu não acabei de conhecer você? — Ela comprimiu a têmpora dolorida com os dedos finos; ele percebeu que ela não estava com esmalte nas unhas. — É confuso pra caramba.

— Queria poder ajudar, mas eu mesmo ando um pouco sem entender nestes últimos dias — disse ele com sinceridade.

— Está tudo bem? Eu sinto como se fosse passar direto pela calçada. Sabe... como se, ao baixar meu pé, ele fosse afundar no chão. Deve estar na hora de trocar de terapeuta. — Ela soltou um riso nervoso.

— Trocar? Você tem um agora?

— É claro. É disso que estou falando. Quando você diz esse tipo de coisa, eu fico tão insegura. Você não deveria me perguntar esse tipo de coisa, Jack; não é certo. Machuca demais.

— Desculpa. A culpa não é sua; não tem motivo para eu ficar te atazanando — disse ele, sem jeito.

— Culpa minha? Pelo quê?

— Deixe pra lá. Vamos entrar e beber a nossa cerveja. — Abrindo a porta do carro, ele desceu para a calçada escura.

O Safe Harbor havia sofrido uma metamorfose interna. Pequenas mesas retangulares cobertas com toalhas brancas engomadas estavam dispostas a espaços perfeitamente regulares. Em cada mesa, uma vela acesa pingava cera. Nas paredes, havia uma série de ilustrações de Currier & Ives. Uns poucos casais de meia-idade comiam saladas de alface em silêncio.

— Lá atrás é mais agradável — disse Silky, levando-o por entre as mesas.

Logo estavam sentados numa cabine escura nos fundos do restaurante com os cardápios abertos à frente.

Quando chegou a cerveja, foi a melhor cerveja que já bebera na vida. Examinando o cardápio, ele descobriu que todos os produtos eram legítimos: a cerveja era uma *bock* alemã autêntica, do tipo que ele quase nunca conseguia achar. Pela primeira vez desde que entrara naquele mundo, começou a se sentir otimista, até mesmo feliz.

— À sua saúde — disse ele a Silky, erguendo o caneco.

Sorrindo, Silky fez o mesmo.

— É bom estar aqui de novo com você — disse ela, tomando um gole.

— Também acho.

Remexendo a bebida, Silky perguntou:

— Você tem algum analista para recomendar? Já fui a centenas... Vivo trocando de analista. Tentando encontrar o melhor. Todo mundo tem um para recomendar.

— Eu, não.

— É mesmo? Que exótico. — Ela olhou por cima do ombro dele, observando a ilustração de Currier & Ives na parede atrás da mesa, que mostrava uma cena de inverno de 1845 na Nova Inglaterra. — Acho que vou passar na AMHM e ver o consultor deles. Eles normalmente conseguem ajudar.

152

— O que é a AMHM?

— A Associação de Mobilização pela Higiene Mental. Você não é membro? Todo mundo é membro.

— Eu sou meio marginal.

Silky tirou da bolsa a carteirinha de membro e mostrou para ele.

— Eles tratam de todos os problemas de saúde mental. É maravilhoso... Análise a qualquer hora do dia e da noite.

— E remédios normais também?

— Está falando de psicossomáticos?

— Imagino que sim.

— Eles cuidam disso também. E têm um serviço dietético 24 horas.

Hamilton soltou um resmungo.

— O (Tetragrama) era melhor.

— (Tetragrama)? Eu conheço esse nome? O que isso quer dizer? Tenho uma vaga impressão de que... — De repente, Silky pareceu perdida. Ela balançou a cabeça, triste. — Não consigo resolver isso.

— Me conte desse serviço dietético.

— Bem, eles cuidam da sua dieta.

— Isso eu entendi.

— É importante se alimentar corretamente. No momento, estou vivendo só de melado e queijo *cottage*.

— Por mim, viveria de contrafilé — disse Hamilton, com firmeza.

Em choque, Silky olhou para ele horrorizada.

— Filé? Carne animal?

— Pode crer. E muita. Acebolada, com batata cozida e ervilhas, e um café preto bem quente.

O horror de Silky virou nojo.

— *Ah, Jack!*

— O que houve?

— Você é um... *bruto*.

153

Debruçando-se sobre a mesa na direção da moça, Hamilton disse:

— O que você me diz de a gente ir embora daqui? Vamos estacionar numa ruazinha escondida e ter relações sexuais.

O rosto da moça demonstrou apenas uma confusa indiferença.

— Não entendi.

Hamilton ficou desanimado.

— Esquece.

— Mas...

— Esquece! — Irritado, ele virou o que restava da cerveja. — Vamos, vamos lá para casa jantar. Marsha deve estar se perguntando o motivo da nossa demora.

10

Quando entraram na pequena sala bem iluminada, Marsha os recebeu com alívio.

— Bem na hora — disse ela a Hamilton, ficando na ponta dos pés para beijá-lo. De avental e vestido estampado, ela estava linda, esbelta, cálida e cheirosa. — Vá se lavar e venha se sentar.

— Posso ajudar em alguma coisa? — perguntou Silky, educada.

— Não, nada. Jack, pegue o casaco dela.

— Não precisa. Eu mesma coloco lá no quarto. — E ela saiu andando, deixando-os a sós por um momento.

— Mas que coisa mais engraçada — disse Hamilton, seguindo a esposa na direção da cozinha.

— Está falando dela?

— Estou.

— Quando se conheceram?

— Semana passada. É amiga do McFeyffe.

— Ela é uma graça. Tão meiguinha, virginal. — Inclinando-se, Marsha ergueu uma travessa fumegante de guisado do forno.

— Amor, ela é uma prostituta.

— Ah. — Marsha hesitou. — É mesmo? Ela não parece uma... o que você falou.

— Claro que não parece. Esse mundo não tem essas coisas.

Marsha se alegrou.

— Então ela não é. Não pode ser.

Exasperado, Hamilton barrou o caminho da esposa quando ela fez menção de levar o guisado para a sala.

— Ela é, *sim*. No mundo real, ela é uma rata de bar, uma mulher de vida fácil que fica em bares bebendo e se oferecendo para os homens.

— Ah, está bem — disse Marsha, não muito convencida. — Não acredito. A gente conversou tanto no telefone. Ela é garçonete ou coisa assim. Uma mocinha muito simpática.

— Querida, quando o equipamento dela estava intacto... — Ele se interrompeu, visto que Silky reaparecera, alegre e fofa em seu uniforme de colegial.

— Me admira isso vindo de você. Você devia se envergonhar — disse Marsha ao marido, retornando para a cozinha.

Ele saiu desanimado, murmurando:

— Que inferno.

Pegando o *Oakland Tribune* vespertino, ele se jogou no sofá, do lado oposto a Silky, e começou a passar os olhos pelas manchetes.

FEINBERG ANUNCIA NOVA DESCOBERTA:
CURA PERMANENTE PARA A ASMA!

O artigo, na primeira página, mostrava a foto de um médico sorridente, já ficando careca, vestido de branco — saído direto de um anúncio de pasta de dentes. O artigo versava sobre sua descoberta que mudaria o mundo. Primeira coluna da primeira página.

Na segunda coluna da primeira página, havia um artigo sobre descobertas arqueológicas recentes no Oriente Médio. Potes, pratos e cântaros haviam sido desenterrados; uma cidade inteira da Idade do Ferro fora localizada. A humanidade toda acompanhava com grande empolgação.

Uma curiosidade mórbida tomou conta dele. O que acontecera com a Guerra Fria com a Rússia? Aliás, o que será que acontecera com a Rússia? Rapidamente, ele passou os olhos pelas outras páginas. O que descobriu arrepiou seus pelos da nuca.

A Rússia, enquanto categoria, havia sido abolida. Era desagradável demais. Milhões de homens e mulheres, milhões de quilômetros quadrados de terra — *desaparecidos!* O que restara no lugar deles? Uma planície árida? Uma névoa vazia? Um enorme buraco?

De certa forma, não havia seção principal no jornal... Ele começava com o segundo caderno: o mundo feminino. Moda, eventos sociais, casamentos e noivados, atividades culturais, jogos. A seção de quadrinhos? Em parte, estava ali — e em parte, não estava. As tirinhas de humor cordial permaneciam, as engraçadinhas e feitas para crianças. Mas as tirinhas de detetive, as violentas e as feitas para mocinhas não existiam mais. Não que aquilo fizesse muita diferença. Exceto pelos estranhos espaços em branco em meio ao jornal, que lhe provocavam um vago incômodo.

Devia ser como o norte da Ásia estava agora. Uma gigantesca faixa de papel-jornal em branco onde antes, bem ou mal, viviam milhões de pessoas. Pelo jeito, viviam mal — segundo uma mulher de meia-idade acima do peso chamada Edith Pritchet. A Rússia a incomodava; como um mosquito impertinente, o país atazanava sua vida.

Por falar nisso, ele não vira mais mosquitos e nem moscas. Nem aranhas. Nem qualquer tipo de praga. Quando a sra. Pritchet tivesse terminado, aquele mundo ia ser uma delícia para se viver... caso sobrasse alguma coisa.

— Isso não incomoda você? Que não exista mais a Rússia? — perguntou de repente a Silky.

— Não exista mais o quê? — devolveu Silky, erguendo o olhar de sua revista.

— Esquece. — Jogando o jornal na mesa, ele foi até a cozinha, irritado, e disse à esposa: — É essa parte que eu não aguento.

— Qual parte, querido?

— Eles não ligam!

— Aqui, a Rússia nunca existiu. Como poderiam ligar para isso? — observou Marsha gentilmente.

— Mas tinham que ligar. Se a sra. Pritchet abolisse a escrita, eles não iam se importar. Não sentiriam a falta. Não perceberiam que desapareceu.

— Se eles não perceberam, então que mal faz? — disse Marsha, ponderando.

Isso não passara pela cabeça dele. Enquanto as mulheres botavam a mesa para o jantar, Hamilton pensou mais a respeito.

— É pior. Isso é que é o pior. Edith Pritchet adultera o mundo das pessoas, modifica a vida delas e elas nem sequer percebem. É horrível — disse ele a Marsha.

— Por quê? Talvez não seja tão ruim assim — rebateu Marsha, inflamando-se. Baixando a voz, ela indicou Silky com a cabeça. — Isso aí é horrível? Antes ela estava muito melhor?

— A questão não é essa. A questão é... — Ele seguiu na cola dela, com raiva. — É que agora essa não é mais a Silky. É outra pessoa. Um boneco de cera que a sra. Pritchet moldou para tomar o lugar da Silky.

— Para mim, parece a Silky.

— Você não a conhecia antes.

— Graças a Deus — respondeu Marsha, com ênfase.

Aos poucos, uma terrível suspeita começou a dominá-lo.

— Você gosta disso. Você *prefere* assim — disse ele baixinho.

— Eu não diria isso — respondeu Marsha, evasiva.

— Você prefere! Você gostou dessas... dessas *reformas*.

À porta da cozinha, Marsha se deteve, as mãos cheias de colheres e garfos.

— Passei o dia pensando nisso. De vários jeitos, as coisas estão bem mais limpas e asseadas. Nada de desordem. As coisas estão... Ora, bem mais simples. Organizadas.

— Bem, não há *tantas* coisas assim.

— E qual é o problema?

— Talvez um dia nós nos tornemos elementos indesejáveis. Já pensou nisso? Não é seguro. Olhe para nós; já fomos remodelados. Não temos mais órgãos sexuais. Está gostando disso?

Não houve resposta.

— *Está*. Você prefere assim — disse Hamilton, agastado.

— Mais tarde a gente conversa sobre isso — disse Marsha, saindo com os talheres.

Segurando-a pelo braço, Hamilton a puxou de volta, bruto.

— Me responde! Você gosta do mundo dela, não é? Você gosta de uma velha gorda e enjoada limpando o mundo de tudo que é sexual e indecente.

— Bem, acho que o mundo poderia se beneficiar de uma limpeza, sim — disse Marsha, pensativa. — E se vocês, homens, não conseguiram fazer isso, ou se não *quiseram*...

— Vou contar um segredinho para você — disse Hamilton, agressivo. — Não importa quão rápido Edith Pritchet decida abolir categorias, eu vou restaurar todas na mesma velocidade. A primeira categoria que vou restaurar vai ser o sexo. A partir de hoje, eu vou recolocar o sexo no mundo.

— Bem o tipo de coisa que você faria, não é? Algo que você quer; em que pensa constantemente.

— Aquela garota ali. — Hamilton inclinou a cabeça na direção da sala, onde Silky arrumava guardanapos alegremente ao redor da mesa. — Vou levar essa garota lá para baixo e me deitar com ela.

— Querido, você não pode — disse Marsha, prática.

— Por que não?

— Ela... Ela não tem o equipamento. — Marsha fez um gesto junto ao corpo.

— Você não liga nem um pouco?

— É um absurdo. É como falar sobre avestruzes roxas. Simplesmente não existem.

Entrando a passos largos na sala, Hamilton pegou com firmeza na mão de Silky.

159

— Vem comigo. Vamos descer para a sala de alta fidelidade e ouvir uns quartetos de Beethoven — ordenou ele.

Atônita, Silky foi tropeçando atrás dele, sendo puxada.

— Mas e o jantar?

— Que se dane o jantar. Vamos lá para baixo antes que ela se lembre de abolir a música — respondeu ele, abrindo a porta que levava às escadas.

O porão era frio e úmido. Hamilton ligou o aquecedor elétrico e baixou as persianas da janela. Enquanto o ambiente ia se aquecendo, se tornando mais aconchegante, ele abriu as portas do armário de discos e começou a tirar vários LPs.

— Quer escutar o quê? — indagou ele, agressivo.

Assustada, Silky permaneceu junto à porta.

— Eu quero jantar. E a Marsha fez um jantar tão agradável...

— Só quem come são animais. É desagradável. Não fica bem. Declaro isso abolido — murmurou Hamilton.

— Não entendi — protestou Silky, tristonha.

Mexendo no aparelho de som, Hamilton ajustou a elaborada miríade de controles.

— O que acha da minha aparelhagem? — perguntou ele.

— Muito... bonita.

— Saída paralela *push-pull*. Sem distorção até 30 mil hertz. Quatro *woofers* de quinze polegadas. Oito cornetas de cinema, para os agudos. Rede divisora de quatrocentos hertz. Transformadores enrolados à mão. Agulhas de diamante e cápsula de ouro com torque líquido. O motor é capaz de girar até 10 toneladas sem ficar abaixo de 33 rotações e um terço. Nada mau, não? — contou ao colocar o LP no toca-discos.

— M-maravilha.

A música era "Daphnis et Chloé". Mais ou menos metade da sua coleção de LPs havia desaparecido misteriosamente; na maior parte, o que estava ausente eram obras modernas atonais e de

160

percussão experimental. A sra. Pritchet preferia os bons clássicos de sempre: Beethoven e Schumann, a orquestração pesada familiar ao frequentador burguês de concertos. Dar pela falta de sua preciosa coleção de Bartók, por algum motivo, incitou a ira de Hamilton mais do que qualquer coisa até então. Era uma invasão à sua intimidade, uma intromissão nas camadas mais profundas de sua personalidade. Não havia como viver no mundo da sra. Pritchet; ela era ainda pior do que o (Tetragrama).

— Que tal? — perguntou ele, de forma automática, ao reduzir a iluminação da sala quase a zero. — Agora não está mais machucando sua vista, não é?

— Não estava antes, Jack — disse Silky, perturbada. Uma pequena fagulha de memória penetrou em sua mente purificada. — Caramba, não estou conseguindo ver nada enquanto ando... Tenho medo de cair.

— Não vá cair muito longe — redarguiu Hamilton, irônico. — Quer beber o quê? Por acaso tenho uma garrafa de uísque em algum lugar por aqui.

Abrindo a porta do armário de bebidas, ele tateou o interior com desenvoltura. Seus dedos se fecharam no gargalo de uma garrafa; puxando-a para fora, ele se curvou para procurar os copos. Estranhamente, a garrafa parecia-lhe diferente ao tato. Examinando-a de perto, ele confirmou; ao que parecia, não estava segurando uísque nenhum.

— Vamos tomar *crème de menthe*. Tudo bem? — corrigiu ele, resignado. De certa maneira, era até melhor.

O som exuberante de "Daphnis et Chloé" tomava conta do recinto escuro quando Hamilton foi até Silky, a conduziu até o sofá e a fez se sentar. Obedientemente, ela aceitou a bebida e tomou um pequeno gole, em seu rosto uma expressão branda e humilde. Rondando pelo aposento, Hamilton fez vários ajustes finos de *connoisseur*, endireitando um quadro aqui, aumentando o som um pouco ali, reduzindo ainda mais a luz, afofando uma almofada do sofá, confirmando se a porta no alto da escada estava fechada

161

e trancada. Ele ouvia Marsha andando de um lado para o outro no andar de cima. Bem, escolha dela.

— Feche os olhos e fique tranquila — ordenou ele, com raiva.

— Eu estou tranquila. Não basta? — Silky ainda estava amedrontada.

— Claro. Está ótimo. Vou dar uma ideia: tente tirar os sapatos e colocar os pés no sofá. Assim você sente melhor o Ravel.

Silky retirou obedientemente os mocassins brancos e ergueu os pés descalços, sentando-se sobre eles.

— Gostei disso — disse ela baixo.

— Muito melhor, não é?

— Muito.

De repente, uma enorme e profunda tristeza se abateu sobre Hamilton.

— Não adianta. Não tem como — disse ele, derrotado.

— Não tem como o quê, Jack?

— Você não entenderia.

Os dois ficaram em silêncio por um tempo. Depois, devagar, baixinho, Silky estendeu a mão e tocou na dele.

— Sinto muito.

— Eu também.

— A culpa é minha, não é?

— Mais ou menos. De certa forma. Uma forma muito difusa e abstrata.

Após um momento de hesitação, Silky perguntou:

— Posso... pedir uma coisa para você?

— Claro. Qualquer coisa.

— Você... — Ela falava tão baixo que ele mal conseguia ouvi-la. Silky tinha os olhos fixos nele, olhos grandes e escuros naquela luz baixa. — Jack, será que você me beijaria? Só uma vez?

Envolvendo-a com os braços, ele a puxou para si e, erguendo seu rosto afilado e pequenino, beijou-a. Ela correspondeu, com seu corpo frágil e leve, tão aviltantemente magro. Apertando-a, abraçando-a com toda a sua força, ele ficou ali por um momento

162

infinito, até que por fim ela se afastou dele, cansada e desolada, quase perdida na penumbra melancólica.

— Me sinto tão mal — murmurou ela.

— Não se sinta.

— Estou tão... vazia. Dói aqui dentro. *Por quê*, Jack? O que é? Por que me sinto assim tão mal?

— Deixe pra lá — disse ele, tenso.

— Não quero me sentir assim. Eu quero me entregar a você. Mas não tenho nada para entregar. *Eu* não passo de um vazio, não é? Uma espécie de quarto vago.

— Não inteiramente.

Um movimento ecoou no escuro. Ela havia ficado de pé; estava na frente dele, mexendo-se rápida e repentinamente, a ponto de virar um borrão. Quando ele olhou de novo, descobriu que ela havia tirado a roupa toda, que jazia a seu lado em uma pequena e ordenada pilha.

— Você me quer? — perguntou ela, hesitante.

— Bem, de forma meio abstrata, sim.

— Você pode, sabe.

Ele deu um sorriso de ironia.

— Posso?

— Pelo menos, eu deixo.

Hamilton pegou a pilha de roupas e as devolveu para ela.

— Vista-se e vamos subir. Estamos perdendo tempo e o jantar está esfriando.

— Não adianta insistir?

— Não — respondeu ele, pesaroso, tentando não reparar na lisura estéril do corpo dela. — Não adianta nada. Mas você fez o melhor que pôde. Fez o que podia.

Assim que ela estava vestida, ele a pegou pela mão e a levou à porta. Atrás deles, o fonógrafo ainda emitia alto os sons lúbricos e inúteis de "Daphnis et Chloé". Nenhum dos dois prestava atenção enquanto, infelizes, enfrentavam os degraus de subida.

— Sinto muito se decepcionei você — disse Silky.

163

— Esquece.

— Talvez algum dia eu possa compensar você de algum jeito. Talvez eu possa...

A voz da moça se desvaneceu. E, na mão dele, a sensação dos dedinhos secos dela se dissolveu em nada. Espantado, ele deu meia-volta e estreitou os olhos para ver na escuridão.

Silky sumira. Esvaíra-se daquele mundo.

Incrédulo, ele ainda estava parado, perplexo, quando a porta acima dele se abriu e Marsha apareceu no alto da escada.

— Ah. Olha você aí. Suba; temos visitas — disse ela.

— Visitas — murmurou ele.

— A sra. Pritchet. E trouxe um bando de gente com ela, parece até uma festa. Todos animados, dando risada.

Hamilton subiu atordoado os degraus que faltavam e entrou na sala de estar. Foi recebido por uma confusão de vozes e agitação. No centro das atenções, estava uma mulher enorme usando um espalhafatoso casaco de peles, um chapéu ornamentado com penachos grotescos e o cabelo oxigenado em tom platinado recaindo em camadas sobre o pescoço e as bochechas gordas.

— Olha você aí. Surpresa! Surpresa! — gritou alegre a sra. Pritchet assim que o viu. Erguendo uma caixa quadrada de cartolina abarrotada, ela confidenciou aos berros: — Trouxe aqui os bolinhos mais gostosos que já provou na vida, umas preciosidades. E as frutas cristalizadas mais deliciosas que já...

— O que você fez com ela? Onde ela está?— perguntou Hamilton com voz roufenha, partindo para cima da mulher.

Por um instante, a sra. Pritchet ficou atônita. Depois as pregas de carne do seu rosto manchado relaxaram num sutil sorriso dissimulado.

— Oras, eu a aboli, meu caro. Eliminei a categoria dela. Você não sabia?

11

Enquanto Hamilton, parado em frente à mulher, a olhava fixamente, Marsha chegou perto discretamente e cochichou em seu ouvido:

— Cuidado, Jack. *Cuidado*.

Ele se virou para a esposa.

— Você sabia disso?

— Acho que sim. — Ela deu de ombros. — Edith me perguntou onde você estava e eu contei. Não em detalhes... só a ideia geral.

— Em que categoria a Silky se encaixava?

Marsha sorriu.

— Edith colocou muito bem. Acho que a chamou de "garotinha enjoada".

— Devem ter sido muitas. Valeu a pena? — perguntou Hamilton.

Atrás de Edith Pritchet vinham Bill Laws e Charley McFeyffe. Os dois estavam com os braços abarrotados de compras.

— Uma grande comemoração — revelou Laws, cumprimentando Hamilton com um aceno de cabeça cauteloso, como quem pede desculpas. — Onde está a cozinha? Quero largar essas coisas.

— Como vai, amigo? — disse McFeyffe astuciosamente, com uma piscadela significativa. — Está se divertindo? Estou com vinte cervejas nessa bolsa; estamos feitos.

— Ótimo — disse Hamilton, ainda atordoado.

— Basta estalar os dedos. Quer dizer, basta *ela* estalar — acrescentou McFeyffe, o rosto largo corado e suado.

Atrás de McFeyffe apareceu a figura pequena e sisuda de Joan Reiss. O menino, David Pritchet, estava com ela. Por último, vinha mancando o amargurado e digno veterano de guerra, com o rosto enrugado sem demonstrar a menor expressão.

— Todo mundo? — perguntou Hamilton, consternado.

— Vamos brincar de mímica — respondeu Edith Pritchet com alegria. — Dei uma passada aqui esta tarde. Tive uma conversa longa e franca com sua esposa; uma gracinha, ela.

— Sra. Pritchet... — Hamilton começou a falar, mas foi interrompido por Marsha.

— Venha aqui na cozinha me ajudar a preparar as coisas — pediu ela de forma clara e autoritária.

Relutante, ele foi atrás. Na cozinha, McFeyffe e Bill Laws os rondavam, sem jeito, sem saber muito bem como se ocupar. Laws deu um breve sorriso, um muxoxo com um toque de apreensão e talvez um pouco de culpa. Hamilton não tinha como saber com certeza; apressadamente, Laws deu meia-volta e ocupou-se em desembrulhar frios e pastinhas para sanduíches. A sra. Pritchet adorava uma comida de couvert.

— Vamos jogar bridge — dizia a sra. Pritchet enfaticamente no outro aposento. — Mas precisamos de pelo menos quatro pessoas. Podemos contar com você, srta. Reiss?

— Infelizmente não sou muito boa em bridge. Mas vou fazer o meu melhor — respondeu a srta. Reiss com sua voz átona.

— Laws. Você é inteligente demais para engolir uma coisa dessas. O McFeyffe eu entendo, mas você, não — disse Hamilton.

Laws não olhou diretamente para ele.

— Você se preocupe com a sua vida e deixe que eu me preocupo com a minha — disse ele, áspero.

— Você não percebe que...

— Ah, sinhô Hamilton. Eu só faço o que o sinhô mandar. Se eu fizer assim, vou até viver mais — parodiou Laws.

— Para com isso. Não vem com essa palhaçada para cima de mim — disse Hamilton, ressentido e corando.

Com os olhos escuros zombeteiros e hostis, Laws virou as costas para ele. Mas o guia estava trêmulo; suas mãos tremiam tanto que Marsha tirou delas o toucinho defumado.

— Deixe ele em paz. A vida é dele — ralhou ela com o marido.

— Aí é que você se engana. A vida é *dela*. Você consegue subsistir só de frios e pastinhas? — perguntou Hamilton.

— Não é tão ruim assim. Acorda, meu amigo. Esse mundo pertence àquela velha, certo? Quem manda aqui é ela; a chefe é ela — comentou McFeyffe.

Arthur Silvester apareceu na beira da porta.

— Podem me dar um copo de água morna com bicarbonato de sódio, por favor? Estou sentindo um pouco de azia hoje...

Apoiando as mãos sobre os ombros frágeis de Silvester, Hamilton disse para ele:

— Arthur, seu Deus não habita esse mundo; você não vai gostar desse lugar.

Sem uma palavra, Silvester passou por ele com um esbarrão e foi até a pia. Lá, recebeu de Marsha seu copo de água morna com bicarbonato; isolando-se num canto, ele se concentrou em beber, ignorando as coisas ao redor.

— Ainda não consigo acreditar — disse Hamilton à esposa.

— Acreditar no quê, querido?

— A Silky. Sumiu. Desapareceu. Feito uma mariposa esmagada.

Marsha deu de ombros, indiferente.

— Bem, ela está em algum lugar por aí, em outro mundo. No mundo *real* ela ainda está filando bebidas e se mostrando. — O jeito como ela pronunciou "real" fez a palavra soar obscena, contaminada.

— Posso ajudar? — Toda afetada, Edith Pritchet apareceu na entrada da cozinha, um amontoado de carne flácida envolto em um vestido de seda com uma extravagante estampa floral.

— Onde encontro um avental?

— No armário, Edith — disse Marsha, mostrando-lhe o lugar.

Com aversão instintiva, Hamilton se afastou da criatura quando ela passou por ele. A sra. Pritchet deu um sorriso presunçoso, com uma expressão matreira.

— Sem cara feia, hein, sr. Hamilton. Não vá estragar a nossa festa.

Quando ela saiu da cozinha e voltou para a sala, Hamilton encurralou Laws.

— Você vai deixar esse monstro controlar a sua vida?

Laws deu de ombros.

— Eu nunca tive uma vida. Por acaso ser guia no Bevatron é vida? Gente que não entende patavinas daquilo, que simplesmente estava passando na rua e resolveu entrar, um bando de turistas sem competência técnica...

— O que você está fazendo agora?

Um estremecimento de orgulho desafiador passou por Laws.

— Sou o chefe de pesquisa da Companhia de Sabão Lackman, lá em San Jose.

— Nunca ouvi falar.

— A sra. Pritchet a inventou. Fabrica sabonetes chiques, perfumados — explicou ele, sem encarar Hamilton.

— Meu Deus.

— Não é grande coisa, né? Pra você, pelo menos. Você não trabalharia nisso nem morto.

— Não, eu não fabricaria sabão perfumado para Edith Pritchet.

— Então faz uma coisa: experimente viver na minha pele negra por um tempo. Experimente baixar a cabeça e dizer "sim, senhor" para qualquer branco que aparecer, qualquer branquelo da Geórgia tão ignorante que escarra no chão, tão imbecil que não consegue achar o banheiro sem um guia para ajudar. E *eu* que sou esse guia. Só falta ter que mostrar para ele como baixar as calças. Experimente viver assim durante algum tempo. Experimente se

168

sustentar por seis anos de faculdade lavando pratos de brancos numa espelunca imunda. Já ouvi falar de você; o seu pai era um físico famoso. Você tinha bastante dinheiro; não teve que trabalhar numa espelunca. Experimente estudar do jeito que eu estudei. Experimente procurar emprego com o diploma na mão por meses. E acabar virando guia turístico com uma braçadeira colorida na manga. Como as que os judeus usavam em campos de concentração. E então, quem sabe, você não se importe de ser pesquisador numa fábrica de sabonete perfumado — disse Laws, num tom grave, alterado.

— Mesmo que essa fábrica de sabonete não exista?

— *Aqui,* ela existe. E é aqui que eu estou. E, já que estou aqui, vou tentar fazer o melhor que posso. — O rosto afilado e escuro de Laws estava tomado de indignação.

— Mas isso é uma ilusão.

— Ilusão? — Laws deu um sorriso sarcástico; fechando o punho, deu um soco forte na parede da cozinha. — Para mim, parece perfeitamente real.

— Estamos na mente de Edith Pritchet. Um homem com o seu intelecto...

— Me poupe — cortou Laws, brutal. — Não quero saber. Lá, antes, você não estava tão preocupado com o meu intelecto. Você não se importava nem um pouco de eu ser o guia, não parecia nada incomodado.

— Milhares de pessoas trabalham como guias — disse Hamilton, desconfortável.

— Pessoas como eu, talvez. Mas não pessoas como você. Quer saber por que estou melhor aqui? Por *sua* causa, Hamilton. É sua culpa, não minha. Pense bem nisso. Se você tivesse feito alguma tentativa, no outro mundo... mas não fez. Você tinha esposa, casa, gato, carro e emprego. Você estava bem... É claro que *você* quer voltar. Mas eu, não; eu não estava tão bem assim. E não quero voltar.

— Mas você vai, se esse mundo acabar — disse Hamilton.

169

Um ódio frio e cáustico surgiu na expressão de Laws.

— Você acabaria com isso aqui?

— Com toda a certeza.

— Você quer que eu volte para aquele uniforme, não é? Você é como os outros; nem um pouco diferente. Nunca confie num branco; sempre me disseram isso. Mas pensei que fosse meu amigo.

— Laws, você é o filho da mãe mais neurótico que já conheci.

— Se eu sou assim, a culpa é sua.

— Sinto muito por você se sentir assim.

— É a verdade — enfatizou Laws.

— Não exatamente. Em parte, é verdade. Parte do que você disse tem um fundo de verdade. Talvez você esteja certo; talvez deva ficar por aqui. Talvez esse lugar seja melhor para você: a sra. Pritchet vai cuidar de você, se topar ficar de quatro pra ela e sempre fizer tudo que ela quiser. Se andar um metro atrás dela e jamais contrariá-la. Lá no mundo real, você teria que continuar brigando contra o mundo inteiro. Talvez seja melhor tirar um descanso. Provavelmente não ia conseguir ganhar, mesmo.

— Para de encher o saco dele. É só um preto preguiçoso — disse McFeyffe, ouvindo a conversa.

— Você está errado. Ele é um ser humano cansado de perder. Mas aqui ele não vai vencer; nem mais ninguém. Aqui, a única pessoa que ganha é Edith Pritchet. — disse Hamilton a McFeyffe. E concluiu dizendo a Laws: — Isso vai ser pior do que ser dominado por homens brancos... Neste mundo, você vai estar nas mãos de uma *mulher* branca, gorda e de meia-idade.

— O jantar está pronto. Venham logo — gritou Marsha da sala.

Um a um, eles foram entrando na sala. Hamilton saiu no exato momento em que Ninny Energúmeno, atraído pelo cheiro de comida, apareceu na porta. Amarrotado depois de tirar uma soneca numa caixa de sapatos no armário, Ninny passou bem na frente de Edith Pritchet.

170

Irritada, quase tropeçando nele, a sra. Pritchet disse:

— Minha nossa.

E Ninny Energúmeno, que se preparava para subir no colo de alguém, desapareceu. A sra. Pritchet seguiu em frente sem nem perceber, sustendo uma bandeja de *petit fours* nos dedos gordos e rosados.

— Ela deu sumiço no seu gato — gritou David Pritchet num tom agudo, acusador.

— Não se preocupe com isso. Tem muitos outros — disse Marsha distraidamente.

— Não, não tem. Lembra? Lá se vai toda a categoria dos gatos — corrigiu Hamilton.

— O que você disse? Que palavra foi essa? Não entendi — perguntou a sra. Pritchet.

— Deixe pra lá — disse Marsha rapidamente, sentando-se à mesa e começando a servir a comida.

Os demais tomaram seus lugares. O último a aparecer foi Arthur Silvester. Tendo bebido seu copo de água com bicarbonato, ele chegou da cozinha carregando uma jarra de chá.

— Onde eu coloco isso? — perguntou ele, lamuriento, caçando um lugar na mesa repleta, com a enorme jarra suada e escorregadia nas mãos debilitadas.

— Pode deixar comigo — disse a sra. Pritchet, sorrindo sem prestar atenção.

Quando Silvester se aproximou, ela ergueu as mãos para pegar a jarra. Com a maior tranquilidade, Silvester ergueu a jarra e a baixou, com toda a força atrofiada que possuía, na cabeça da mulher. Todos à mesa se levantaram e exclamaram, incrédulos.

Um instante antes de a jarra acertar a sra. Pritchet, Arthur Silvester foi obliterado da existência. E a jarra, caindo de suas mãos ausentes, saiu rolando e se estilhaçando pelo tapete. O chá que se derramou por todo lado formou uma mancha feia, da cor de urina.

— Ai, mas que coisa — disse a sra. Pritchet, incomodada. Junto com Arthur Silvester, a jarra quebrada e a poça de chá fumegante deixaram de existir.

— Que desagradável — conseguiu murmurar Marsha, depois de um tempo.

— Ainda bem que acabou. Essa... foi por pouco — disse Laws baixinho, as mãos tremendo.

De repente, Joan Reiss se levantou da mesa.

— Não estou me sentindo bem. Já volto. — Virando-se rápido, ela saiu apressada da sala, desceu o corredor e sumiu quarto adentro.

— O que houve? — quis saber a sra. Pritchet, ansiosa, olhando ao redor da mesa. — Algo fez mal à moça? Talvez eu possa...

— Srta. Reiss. Volte aqui, por favor. Estamos no meio do jantar — gritou Marsha num tom penetrante e urgente.

— Preciso ver o que ela tem — suspirou a sra. Pritchet, começando a se pôr de pé com esforço.

Mas Hamilton já estava saindo do cômodo.

— Eu cuido disso — disse ele olhando para trás.

No quarto, a srta. Reiss estava sentada com as mãos juntas no colo, com casaco, chapéu e bolsa a seu lado.

— Falei para ele não fazer aquilo — disse ela, baixinho. Ela tirara os óculos de aro de tartaruga, que descansavam frouxamente entre os dedos. Os olhos dela, agora à vista, eram pálidos e fracos, quase sem cor. — Não é assim que se faz.

— Então isso foi *planejado*?

— É claro. Arthur, o menino e eu nos encontramos hoje. Não podemos contar com mais ninguém. Ficamos receosos de falar com você por causa da sua esposa.

— Podem contar comigo — disse Hamilton.

Da bolsa, a srta. Reiss tirou um frasquinho e o colocou ao lado na cama.

— Vamos colocar Edith para dormir. Ela é velha e fraca — disse ela, sem emoção na voz.

172

Hamilton pegou o frasco e o examinou perto da luz. Era uma solução líquida de clorofórmio, usada para a preparação de material biológico.

— Mas isso vai matar Edith.

— Não vai, não.

David, o menino, apareceu ansioso na porta.

— É melhor vocês voltarem. Minha mãe não está contente.

Levantando-se, a srta. Reiss pegou o frasco de volta e o enfiou na bolsa.

— Já estou melhor. Foi o choque. Ele prometeu que não faria aquilo... mas esses soldados das antigas...

— Deixe que eu cuido disso — prometeu Hamilton.

— Por quê?

— Não quero que você mate Edith. E sei que você vai matar.

Eles se olharam por um momento. Então, com uma súbita fisgada de impaciência, a srta. Reiss pescou o frasco da bolsa e o enfiou nas mãos dele.

— Então faça o trabalho direito. E esta noite.

— Não. Amanhã. Ao ar livre. Vamos convidar Edith para um piquenique. Nas montanhas, bem cedo. Assim que raiar o dia.

— Não se assuste e dê para trás.

— Não vou — disse ele, colocando o frasco no bolso.

Ele falava a sério.

12

Apesar de frio, o sol de outubro brilhava no céu e um traço de geada ainda cobria os gramados. Era o início da manhã e a cidade de Belmont repousava placidamente sob uma névoa opaca levemente azulada. Na rodovia, veículos fluíam em bloco península acima, na direção de São Francisco, para-choque com para-choque.

— Minha nossa. Que engarrafamento — disse a sra. Pritchet, angustiada.

— Não vamos para esse lado. Vamos descer por Los Gatos — disse Hamilton ao tirar o Ford cupê da rodovia Bayshore e entrar numa estrada lateral.

— E depois? — perguntou a sra. Pritchet com expectativa quase infantil. — Gente, nunca fui para *aquelas* bandas.

— Depois vamos direto para o mar. Vamos descer a rodovia, à beira-mar, até o Big Sur — disse Marsha, corada de animação.

— Onde fica isso? — perguntou a sra. Pritchet, incerta.

— Nas montanhas Santa Lucia, pouco depois de Monterey. Não vai demorar muito e é um ótimo lugar para um piquenique.

— Tudo bem — concordou a sra. Pritchet, recostando-se no assento e juntando as mãos sobe o colo. — É muito gentil da sua parte me convidar para um piquenique.

— Imagina — disse Hamilton, pisando com raiva no pedal do acelerador.

— Não sei qual o problema com o parque Golden Gate — interveio McFeyffe, desconfiado.

— Tem gente demais. O Big Sur faz parte de uma reserva federal. Ainda é preservado — argumentou a srta. Reiss.

A srta. Pritchet fez cara de apreensão.

— Vai ser seguro para nós?

— Com toda a certeza. Vai dar tudo certo — garantiu-lhe a srta. Reiss.

— Você não deveria estar no trabalho, sr. Hamilton? Hoje não é feriado, é? O sr. Laws está trabalhando — comentou a sra. Pritchet.

— Tirei a manhã de folga para poder servir de motorista à senhora — respondeu Hamilton, sardônico.

— Ah, mas que simpático! — exclamou a sra. Pritchet, agitando as mãos polpudas sobre o colo.

Entre baforadas rabugentas no charuto, McFeyffe disse:

— O que está acontecendo, Hamilton? Você está tentando passar a perna em alguém, por acaso?

Um filete da fumaça enjoativa do charuto foi parar no banco de trás, onde estava a sra. Pritchet. Franzindo o cenho, ela aboliu charutos. McFeyffe se viu segurando o ar. Por um momento, seu rosto ficou vermelho feito um tomate, mas aos poucos voltou à cor normal.

— Hum — resmungou ele.

— O que você ia dizendo? — indagou a sra. Pritchet.

McFeyffe foi incapaz de responder; estava apalpando os bolsos desajeitadamente, torcendo para que, por milagre, um charuto tivesse sido poupado.

Como quem não quer nada, Hamilton disse:

— Sra. Pritchet, já lhe ocorreu que os irlandeses nunca contribuíram em nada para a cultura? Não existem pintores irlandeses, músicos irlandeses...

— Meu Jesus — disse McFeyffe, alarmado.

175

— Não têm nenhum músico? Puxa, será mesmo? Nunca tinha percebido — disse a sra. Pritchet, surpresa.

— Os irlandeses são uns bárbaros — continuou Hamilton, com um prazer sádico. — Eles só sabem...

— George Bernard Shaw! — bradou McFeyffe, assustado. — O maior dramaturgo do mundo! William Butler Yeats, maior poeta de todos. James Joyce, o... — Ele se interrompeu abruptamente. — Um poeta, também.

— Autor de *Ulisses*. Proibido por anos devido a seus trechos lascivos e vulgares — acrescentou Hamilton.

— É arte de primeira linha — resmungou McFeyffe.

A sra. Pritchet refletiu.

— Verdade. Aquele tal juiz declarou que era arte. Não, sr. Hamilton, creio que o senhor está redondamente enganado. Os irlandeses possuem grandes talentos do teatro e da poesia — concordou ela, por fim, proferindo sua sentença.

— Swift. Escreveu *As viagens de Gulliver*. Um livro espetacular — sussurrou McFeyffe, encorajado.

— Tudo bem. Bandeira branca — concordou Hamilton amistosamente.

Quase desmaiando de pavor, McFeyffe ofegava e suava, o rosto pálido.

— Como você me apronta uma dessas? Seu... monstro — acusou Marsha, falando ao pé do ouvido do marido.

Achando graça, a srta. Reiss agora contemplava Hamilton com respeito renovado.

— Foi por pouco.

— Tão perto quanto eu gostaria — respondeu Hamilton, um pouco chocado consigo mesmo, após parar para pensar. — Desculpa, Charley.

— Deixa pra lá — murmurou McFeyffe, roufenho.

À direita da estrada, via-se uma planície árida. Enquanto dirigia, Hamilton esquadrinhou a memória; ali não costumava ter alguma coisa? Depois de muito esforço, finalmente lembrou.

176

Aquela era uma área industrial barulhenta e movimentada, com fábricas e refinarias. Produziam tinta, sebo, produtos químicos, plásticos, madeira... Agora tinham virado fumaça. Só restara o campo aberto.

— Já passei aqui uma vez. Eu aboli aquilo tudo. Aqueles lugares feios, fedorentos, barulhentos — disse a sra. Pritchet ao ver a expressão dele.

— Então não existem mais fábricas? Bill Laws deve ter ficado triste sem a fábrica de sabonete — dise Hamilton.

— Eu deixei as fábricas de sabonete. Pelo menos, as que têm cheiro bom — continuou a sra. Pritchet num tom hipócrita.

De uma maneira meio perversa, Hamilton estava quase começando a se divertir. Aquilo tudo era tão tosco, tão estropiado e precário. A sra. Pritchet apagava regiões industriais inteiras, do mundo inteiro, com um aceno de mão. Não era possível que aquela fantasia fosse durar muito mais. Sua estrutura subjacente básica estava ruindo, desmoronando toda. Ninguém nascia, nada era fabricado... Categorias vitais inteiras simplesmente não existiam. Sexo e procriação eram uma condição mórbida conhecida apenas pelos médicos. Aquela fantasia, por sua própria lógica interna, estava desabando.

Aquilo lhe deu uma ideia. Talvez ele estivesse fazendo força para o lado errado. Afinal, quem não tinha cão caçava com gato — e poderia até ser mais fácil e rápido com o gato.

Mas não existiam mais gatos. Ao se lembrar de Ninny Energúmeno, uma fúria triste e impotente lhe subiu pela garganta, deixando um nó. Tudo porque o gato tinha acidentalmente cruzado o caminho dela... Mas, pelo menos, no mundo real os gatos ainda existiam. Arthur Silvester, Ninny Energúmeno, mosquitos, fábricas de tinta e a Rússia ainda prosseguiam no mundo de verdade. Pensar naquilo o animou.

Ninny não gostaria daquele mundo em que estavam, de qualquer maneira. Ratos, moscas e toupeiras já haviam sido eliminados. E, naquela vida deturpada, não existia conjunção carnal nos telhados.

— Olha só. Que desgraça. Estou indignado — disse Hamilton, como um experimento inicial. Haviam entrado em uma cidadezinha degradada de beira de estrada. Salões de bilhar, lojas de engraxates, motéis xexelentos.

Salões de bilhar, lojas de engraxates e motéis xexelentos deixaram de existir. Pelo mundo, abriram-se ainda mais lacunas na matéria do real.

— Ficou melhor assim. Mas, Jack, talvez fosse melhor se... Quer dizer, deixar a sra. Pritchet decidir sozinha — comentou Marsha, um pouco perturbada.

— Estou tentando ajudar. Afinal de contas, também quero ajudar as massas a ganhar cultura — disse Hamilton, cordial.

A srta. Reiss logo entendeu o recado.

— Olhe aquele policial. Multando aquele pobre motorista. Como é que ele pode fazer uma coisa dessas? — observou ela.

— Tadinho daquele motorista. Nas garras daquele brucutu. Aposto que também é irlandês. Eles são todos assim — disse Hamilton com veemência.

— Para mim tem mais cara de italiano — comentou a sra. Pritchet, com olho clínico. — Mas a polícia não faz o bem, sr. Hamilton? Sempre tive a impressão de que...

— A polícia, sim, mas os guardas de trânsito, não. É diferente — concordou Hamilton.

— Ah, entendi — disse a sra. Pritchet, assentindo. Guardas de trânsito, inclusive o que estava à esquerda deles, deixaram de existir. Todos, menos McFeyffe, respiraram com mais tranquilidade.

— Não ponha a culpa em mim. Foi a srta. Reiss — disse Hamilton.

— Vamos abolir a srta. Reiss — disse McFeyffe, aborrecido.

— Ah, Charley. Cadê o espírito humanista? — Hamilton sorriu.

— É verdade. Estou surpresa com você, sr. McFeyffe — concordou a sra. Pritchet, severa.

Recaindo numa fúria silenciosa, McFeyffe virou o rosto para a janela e ficou observando a paisagem de cara amarrada.

— Alguém devia se livrar dessas planícies de lama. Fedem que é uma beleza — anunciou ele.

As planícies lamacentas pararam de feder. Na verdade, não existiam mais. No lugar, uma espécie de vaga depressão ladeava a beira da estrada. Olhando para ela, Hamilton se perguntou até onde iria. Talvez tivesse apenas alguns metros... O pântano não era tão grande assim. Voando melancolicamente pela beira da estrada, veio um bando de pássaros silvestres: os moradores da planície de lama abolida.

— Até que isso é divertido — disse David Pritchet.

— Ajude a gente. Do que você anda cansado? — convidou Hamilton.

Ponderando um pouco, David disse:

— Não estou cansado de nada. Quero poder ver de tudo.

Aquilo trouxe Hamilton de volta à razão.

— Você é esperto. Não deixe que mudem isso — disse ele ao garoto.

— Como vou virar cientista se não tem nada para examinar? Onde vou arrumar água de lago para pôr no meu microscópio? Todos os lagos de água parada sumiram — disse David.

— Lagos de água parada — repetiu a sra. Pritchet com certo esforço. — O que é isso, David? Não sei se...

— E não tem mais garrafas quebradas pelos terrenos baldios. Nem encontro mais nenhum besouro para colocar na minha coleção. E você acabou com as cobras, então agora não tenho mais como montar armadilhas para pegar elas. O que vou fazer em vez de ficar olhando os homens carregarem o trem com carvão? Não existe mais carvão. E eu gostava de passar na fábrica de tintas Parker... agora não existe mais. Você não vai deixar sobrar *nada*?

— Só as coisas boas. Vai ter muitas coisas boas em que pensar. Você não quer brincar com coisas nojentas e desagradáveis, quer? — perguntou a mãe em tom de reprovação.

179

David continuou, impetuoso:

— E tem mais. A Eleanor Root, a menina que se mudou para o outro lado da rua, ia me mostrar uma coisa que ela tinha e eu não, se eu fosse com ela na garagem, e eu fui e no final ela não tinha coisa nenhuma. Não gostei nadinha disso.

Ruborizada, por um momento a sra. Pritchet não soube o que dizer.

— David Pritchet! Que cabeça suja! Que menino depravado. O que foi que deu em você? Como foi ficar assim? — gritou ela.

— Deve ter puxado ao pai. Sangue ruim — conjecturou Hamilton.

— Só pode ser. — Respirando com dificuldade, a sra. Pritchet se apressou em dizer: — De mim é que não foi. David, quando a gente chegar em casa, vou dar a maior surra que você já viu. Vai passar uma semana sem conseguir se sentar. Sinceramente, eu nunca...

— E se você o abolisse? — sugeriu a srta. Reiss, com ar filosófico.

— Não me abole, não! Acho bom você não fazer isso; estou falando — rugiu David, em fúria.

— Mais tarde a gente conversa. Agora não tenho mais nada a tratar com você, rapazinho — cortou a mãe, erguendo o queixo com os olhos em chamas.

— Caramba — reclamou David, desanimado.

— Eu converso com você — ofereceu Hamilton.

— Prefiro que não faça isso. Quero que ele aprenda que não vai poder socializar com gente decente se ficar insistindo nesse tipo de sujeira — disse a sra. Pritchet depressa.

— Eu mesmo tenho lá minhas sujeiras — começou Hamilton, mas Marsha deu-lhe um cutucão e ele acabou se calando.

— Se eu fosse você, não me gabaria disso — disse Marsha, baixinho.

Perturbada e desconcertada, a sra. Pritchet contemplou em silêncio a paisagem da janela e foi sistematicamente abolindo diversas categorias. Velhas casas de fazenda com moinhos dilapidados deixaram de existir. Automóveis antigos e enferrujados foram limados daquela versão do universo. Casinhas utilizadas como banheiros externos desapareceram, junto com árvores secas, celeiros capengas, montes de lixo e roceiros malvestidos.

— O que é aquela coisa? — perguntou a sra. Pritchet em tom irritado.

À direita do carro havia um prédio feio e quadrado de concreto.

— Aquilo é uma usina elétrica da Pacific Gas and Electric Company. Transmite energia por cabos de alta voltagem — respondeu Hamilton.

— Bem, isso parece útil — admitiu a sra. Pritchet.

— Algumas pessoas acreditam que sim — respondeu Hamilton.

— Podiam deixar ela mais bonita — disse a sra. Pritchet. Quando passavam pelo prédio, suas linhas retas vacilaram e se mexeram. Quando o ultrapassaram, a usina já se transformara em um gracioso chalé coberto com telhas e nastúrcios subindo pelas paredes em tom pastel.

— Que lindo — murmurou Marsha.

— Espere até os eletricistas aparecerem para conferir os cabos. Vão ter uma surpresa — disse Hamilton.

— Não. Não vão notar é nada — disse a srta. Reiss, dando um sorriso sem alegria.

Ainda não era nem meio-dia quando Hamilton tirou o Ford da rodovia, adentrando a caótica massa verde da floresta Los Padres. Enormes sequoias os rodeavam, majestosas; descampados frios e melancólicos assomavam nas laterais da via estreita que entrava nas profundezas do parque Big Sur e levava à subida do pico Cone.

— É assustador — proclamou David.

A estrada subia. Chegaram a um declive amplo com arbustos e moitas verdejantes, com pedras espalhadas aqui e ali entre as árvores altas e perenes. E as flores preferidas de Edith Pritchet, as papoulas-da-califórnia, brotavam aos milhares. Ao ver aquilo, a sra. Pritchet deu um gritinho de alegria.

— Ah, que lugar lindo! Vamos fazer o piquenique aqui!

Obediente, Hamilton deixou a estrada e entrou com o Ford no prado propriamente dito. O carro foi sacolejando até lá, bump-bump, antes que a sra. Pritchet tivesse o ensejo de abolir calombos no solo. Pouco depois eles pararam e Hamilton desligou o carro. Não se ouvia mais nenhum som a não ser o radiador esfriando baixinho e o gorjeio dos pássaros.

— Bem, chegamos — disse Hamilton.

Todos saíram animados do carro. Os homens descarregaram as cestas de comida do porta-malas. Marsha carregou a toalha e a câmera. A srta. Reiss levou a garrafa térmica com chá quente. David, correndo e pulando pelo campo, batia nos arbustos com um galho grande, espantando uma família inteira de codornas.

— Que gracinha. Olha só os filhotinhos — notou a sra. Pritchet.

Não havia mais ninguém ali. Somente a extensa floresta verde se derramando pela encosta até a margem do oceano Pacífico, a interminável serpente cor de chumbo da estrada esburacada lá embaixo e, abaixo dela, as poderosas ondas que deixaram até David impressionado.

— Nossa, como é grande — sussurrou ele.

A sra. Pritchet escolheu o lugar exato em que seria o piquenique e ali a toalha foi devidamente desdobrada. Abriram-se as cestas. Guardanapos, pratos de papel, garfos e copos foram alegremente passados de mão em mão.

Ali perto, à parte, à sombra dos pinheiros, Hamilton estava preparando o clorofórmio. Ninguém prestava atenção nele, que desdobrou o lenço de bolso e o saturou com a solução. O vento fresco do meio-dia soprava o cheiro para longe. Não colocaria ninguém em risco: só o nariz, a boca e o aparelho respiratório de uma pessoa seriam ameaçados. O serviço seria rápido, seguro e eficaz.

— O que está fazendo aí, Jack? — perguntou Marsha de repente em seu ouvido. Assustado, ele deu um pulo cheio de culpa, quase deixando o frasco cair.

— Nada. Volte para lá e comece a descascar os ovos cozidos — respondeu ele bruscamente.

— Você está aprontando alguma, sim. — Franzindo o cenho, Marsha espiou por cima do ombro largo do marido. — Jack! Isso é... veneno de rato?

Ele deu um sorriso amarelo.

— Remédio para tosse. Estou com catarro.

Arregalando os olhos castanhos, Marsha disse:

— Você vai aprontar alguma. Eu sei. Você sempre fica com esse jeito suspeito quando está prestes a tramar algo.

— Eu vou dar fim nessa história ridícula. Não aguento mais — afirmou Hamilton em tom fatalista.

Os dedos firmes e esguios de Marsha fecharam-se ao redor do pulso dele.

— Jack, por minha...

— Você gosta tanto assim disso aqui? Você e Laws e McFeyffe. Se divertindo muito, querendo ficar aqui para o resto da vida. Enquanto aquela bruxa acaba com gente, animais, insetos... tudo em que a cabeça limitada dela consegue pensar. — Amargurado, ele se afastou dela.

— Jack, *não faça nada*. Por favor, não faça. Me promete!

— Sinto muito. Já está decidido. O plano já está em marcha — disse ele.

Estreitando os olhos míopes para enxergá-los do outro lado da campina, a sra. Pritchet gritou:

— Venham logo, Jack e Marsha. Temos frios e iogurte. Rápido, antes que acabe!

Barrando o caminho dele, Marsha respondeu depressa:

— Não vou permitir. Você não pode fazer isso, Jack, de jeito nenhum. Não está entendendo? Lembre-se de Arthur Silvester; lembre-se de...

— Saia da minha frente. Esse negócio evapora rápido — interrompeu ele, impaciente.

De repente, para surpresa dele, os olhos dela ficaram marejados.

— Meu Deus, amor. O que é que eu faço? Se ela abolir você, eu não vou aguentar. Eu morro, juro que morro.

O coração de Hamilton amoleceu.

— Sua boba.

— É verdade.

As lágrimas escorriam-lhe pela face. Agarrando as roupas dele, Marsha tentou impedi-lo, mas o esforço era inútil. A srta. Reiss conseguira manobrar Edith Pritchet de forma a deixá-la de costas para Hamilton. David, falando com empolgação, conseguia manter a atenção da mãe, brandindo uma pedra curiosa que tinha desencavado e ao mesmo tempo apontando para longe. A situação estava armada e esperando por ele; não haveria uma segunda chance.

— Fique afastada. Se não quiser olhar, vire de costas — disse Hamilton, amável. Com firmeza, ele se livrou dos dedos dela e a empurrou para longe. — É por você também. Por você, por Laws, Ninny, por todos os outros. Pelos charutos do McFeyffe.

— Eu amo você, Jack — disse Marsha, trêmula.

— E eu estou com pressa. Tudo bem? — respondeu ele.

Ela fez que sim.

— Tudo bem. Boa sorte.

— Obrigado. — Enquanto andava para a área do piquenique, acrescentou: — Estou contente que tenha me perdoado pela Silky.

— E você, me perdoou?

— Não. Mas talvez perdoe quando vir Silky de novo — rebateu ele, frio.

— Espero que sim — disse Marsha melancolicamente.

— Agora, cruze os dedos.

A passos largos, ele se afastou, vencendo o chão macio em direção às costas amorfas e corcundas de Edith Pritchet. A sra. Pritchet estava virando um copo inteiro de chá quente de flor de laranjeira. Na mão esquerda segurava meio ovo cozido. No vasto colo havia um prato com salada de batata e damascos. Quando Hamilton se aproximou e se abaixou com pressa, a srta. Reiss disse alto para a sra. Pritchet:

— Sra. Pritchet, pode me passar o açúcar?

— Mas claro, querida — respondeu a mulher com educação, abandonando o restante de seu ovo cozido e tateando a toalha de piquenique em busca do embrulho de papel encerado que continha o açúcar. — Minha nossa, mas que cheiro estranho é esse? — disse ela, franzindo o nariz.

E, nas mãos trêmulas de Hamilton, o tecido impregnado de clorofórmio se dissolveu. O frasco, que lhe pressionava o bolso junto ao quadril, parou de incomodá-lo; de repente, sumira do seu corpo. A sra. Pritchet depositou o embrulho do açúcar com toda a educação nas mãos da srta. Reiss e voltou a comer seu ovo cozido.

Já era. A estratégia fora por água abaixo, sem o menor alarde.

— Esse chá está uma delícia. Meus parabéns, querida. Você é uma cozinheira nata — exclamou a sra. Pritchet enquanto Marsha se aproximava devagar.

— Bem, então é isso — disse Hamilton. Sentando-se no chão, ele esfregou as mãos e contemplou a variedade de alimentos. — O que temos aqui?

De olhos arregalados, boquiaberto, David Pritchet o encarava.

— O frasco sumiu! Ela acabou com ele! — berrou ele.

Ignorando-o, Hamilton começou a se servir de uma porção de comida.

— Acho que vou provar de tudo um pouco. Está com uma cara ótima — disse ele com entusiasmo.

185

— Fique à vontade. Não deixe de pegar o aipo com requeijão. Está uma maravilha — disse a sra. Pritchet, orgulhosa, cheia de ovo cozido na boca.

— Obrigado. Vou provar — respondeu Hamilton.

David Pritchet, histérico de desespero, ficou de pé num pulo, apontou o dedo para a mãe e guinchou:

— Sua sapa velha! Você roubou nosso clorofórmio! Deu um fim nele! E agora, o que é que vamos fazer?

— Sim, filho. Era uma substância química fedorenta e desagradável, e eu francamente não vejo o que você pode fazer. Por que não termina seu lanche e depois vai ver quantas samambaias consegue identificar? — disse a sra. Pritchet, sem rodeios.

Num tom esquisito e forçado, a srta. Reiss disse:

— Sra. Pritchet, o que você vai fazer conosco?

— Nossa, mas que tipo de pergunta é essa? Coma mais, menina. Você está muito magrinha, precisa ganhar mais corpo — entoou a sra. Pritchet, servindo-se de mais salada de batata.

O grupo continuou comendo no automático. Só a sra. Pritchet parecia estar gostando da refeição, comendo com prazer... e em grandes quantidades.

— Aqui é tão tranquilo. Só se ouve o vento soprando nos pinheiros — observou ela.

A distância, um avião zumbiu baixinho, uma aeronave da Guarda Costeira subindo o litoral.

— Minha nossa. Que intromissão mais importuna — disse a sra. Pritchet, as sobrancelhas se franzindo, agastadas. E o avião, junto com todos os demais membros do gênero *avião*, deixou de existir.

— Ora, lá se foi isso. Qual será o próximo? — disse Hamilton, fingindo tranquilidade.

— Umidade — respondeu enfaticamente a sra. Pritchet.

— Perdão?

— Umidade. Estou sentindo a umidade do solo. Muito desagradável — Com desconforto, a mulher se remexeu na almofada em que estava sentada.

186

— Você consegue abolir uma abstração? — inquiriu a srta. Reiss.

— Consigo sim, querida. — O solo sob as seis pessoas ficou quente e seco feito uma torrada. — E o vento; está meio gelado, não acham? — O vento virou uma carícia morna. — O que acham dele agora?

Um impulso irresistível tomou conta de Hamilton. O que mais ele tinha a perder? Não havia mais nada; estavam no fim da linha.

— Esse mar não tem uma cor horrorosa? Pessoalmente, acho ofensivo — anunciou ele.

O mar deixou de ser cor de chumbo e opaco. Ganhou um tom de verde pastel, bem alegre.

— Muito melhor — crocitou Marsha. Sentada junto do seu marido, ela apertava a mão dele convulsivamente. — Ai, querido...

Puxando-a para perto, Hamilton disse:

— Veja só aquela gaivota no céu.

— Está procurando por peixes — comentou a srta. Reiss.

— Que pássaro ruim. Assassinando peixinhos inocentes — declarou Hamilton.

A gaivota se esvaneceu.

— Mas os peixes merecem. São predadores das formas de vida marinhas minúsculas; os protozoários simples, unicelulares — lembrou de acrescentar a srta. Reiss.

— Que peixes cruéis. Quanta maldade — disse Hamilton com vivacidade.

Uma leve marola atravessou a água. Peixes, enquanto categoria, haviam deixado de existir. No meio da toalha de piquenique, a pequena pilha de arenque defumado se dissolveu no ar.

— Ah, puxa, esse peixe era importado da Noruega — disse Marsha.

— Deve ter custado uma grana. Essas coisas importadas costumam ser os olhos da cara — murmurou McFeyffe fracamente.

— Quem quer dinheiro? — indagou Hamilton. Pegando um punhado de moedas, ele as atirou morro abaixo. As pequenas partículas de metal cintilaram sob o sol vespertino. — Que coisa suja.

Os pontos brilhantes desapareceram. No bolso dele, a carteira se compactou, produzindo um ruído abafado. As cédulas haviam sumido.

— Estou adorando isso. Que gentileza a de vocês em me ajudar. Às vezes, fico sem ter o que abolir — disse a sra. Pritchet entre risadinhas.

Muito abaixo deles, no declive, via-se uma vaca andando morosamente. Quando olharam, a vaca tomou uma atitude inominável.

— Acabe com as vacas! — clamou a srta. Reiss, mas nem era preciso. Edith Pritchet já não gostara do que vira; a vaca sumiu.

E além dela, notou Hamilton, o seu cinto. E o sapato da sua esposa. E a bolsa da srta. Reiss. Todos feitos de couro. E, sobre a toalha de piquenique, o iogurte e o creme de leite também haviam sumido.

Inclinando-se de lado, a srta. Reiss repuxou uma irritante touceira de ervas daninhas desalinhadas e secas.

— Que plantas mais irritantes. Uma delas me espetou — reclamou ela.

As ervas daninhas sumiram. Assim como a maior parte da grama seca na campina onde antes as vacas haviam pastado. Agora, só se viam pedras nuas e terra estéril.

Correndo em círculos histéricos, David gritou:

— Achei carvalho venenoso! Venenoso!

— As florestas estão cheias disso. E urtigas. E heras venenosas — revelou Hamilton.

À direita deles, o bosque farfalhou. Toda a floresta ao redor teve um pequeno espasmo, quase que imperceptível. A vegetação ficou visivelmente mais esparsa.

Chocada, Marsha descalçou o pouco que restava de seus sapatos. Havia sobrado apenas o bordado no tecido e os grampos de metal.

— Não é uma tristeza? — lamentou ela a Hamilton.

— Acabe com os sapatos — sugeriu Hamilton.

— De fato, uma boa ideia. Sapatos oprimem os pés — concordou a sra. Pritchet, se entusiasmando.

Os resíduos de sapato nas mãos de Marsha desapareceram, junto com os demais sapatos do grupo. As longas e espalhafatosas meias de McFeyffe chamaram a atenção sob o sol forte. Envergonhado, ele as escondeu sob o corpo para tirá-las de vista.

No horizonte, era possível distinguir ao longe a fumaça de um cargueiro a vapor.

— Que coisa mais crassa, esses navios comerciais. Suma com eles do mapa — declarou Hamilton.

A névoa de fumaça preta se esvaneceu. Era o fim da navegação comercial.

— O mundo está muito mais limpo — comentou a srta. Reiss.

Um carro deslizava pela estrada. O rádio do veículo, nas alturas, chegava até eles distorcido.

— Acabe com rádios — pediu Hamilton. O ruído parou. — E estúdios de TV e cinema. — A mudança não foi visível para eles, mas estava consumada, de todo modo. — E instrumentos musicais vagabundos, como acordeões, gaitas, banjos e vibrafones.

No mundo inteiro, esses instrumentos se foram.

— Propagandas — gritou a srta. Reiss, quando um pesado caminhão oval veio se arrastando pela estrada, as laterais cheias de palavras pintadas. As palavras desapareceram. — E caminhões. — O caminhão foi-se também, atirando o motorista na vala na beira da estrada.

— Ele se machucou — disse Marsha com voz fraca. O motorista encrencado se esvaneceu na mesma hora.

— Gasolina. Era isso que o caminhão estava transportando — disse Hamilton.

No mundo inteiro, a gasolina sumiu do mapa.

— Óleo e terebintina — acrescentou a srta. Reiss.

— Cerveja, álcool etílico e chá — sugeriu Hamilton.

— Calda de panqueca, mel e sidra — ofereceu a srta. Reiss.

— Maçãs, laranjas, limões, damascos e peras — disse Marsha baixinho.

— Uvas-passas e pêssegos — resmungou McFeyffe, mal-humorado.

— Todos os tipos de nozes, inhame e batata-doce — disse Hamilton.

Obedientemente, a sra. Pritchet aboliu essas categorias da face da Terra. Todos os copos de chá ficaram vazios. O sortimento de comida do piquenique diminuía a olhos vistos.

— Ovos e salsichas — gritou as srta. Reiss, levantando-se em um pulo.

— Queijo, maçanetas e cabides de casaco — acrescentou Hamilton, fazendo o mesmo que ela.

Às risadinhas, a sra. Pritchet adicionou as categorias citadas.

— Ora, será que não estamos exagerando? — disse ela, ofegante de tanto rir.

— Cebolas, torradeiras elétricas e escovas de dente — disse Marsha em voz clara.

— Enxofre, lápis, tomates e farinha — interpelou David, entendendo o espírito da coisa.

— Ervas, automóveis e arados — bradou a srta. Reiss. Às costas deles, o Ford cupê silenciosamente se desvaneceu. Nas montanhas e colinas serpeantes do parque Big Sur, a vegetação ficou ainda mais rala.

— Calçadas — sugeriu Hamilton.

— Bebedouros e relógios de parede — acrescentou Marsha.

— Lustra-móveis — gritou David, remexendo-se em agitação.

— Escovas de cabelo — disse a srta. Reiss.

— Gibis — mencionou McFeyffe. — E aqueles doces de confeitaria melequentos com um monte de coisa escrita. Aqueles franceses.

— Cadeiras — disse Hamilton de supetão, surpreendido com a própria audácia. — E sofás.

— Sofás são imorais — concordou a srta. Reiss, pisando na garrafa térmica de tanta empolgação. — Vamos dar um fim neles. E vidro. Tudo que for feito de vidro.

Obediente, a sra. Pritchet aboliu os próprios óculos e todos os artigos similares por todo o universo.

— Metal — gritou Hamilton num tom anêmico e perturbado.

O zíper de suas calças desapareceu. O pouco que havia sobrado da garrafa térmica — uma carcaça de metal — desapareceu. O reloginho de pulso de Marsha, as obturações de todas as pessoas; as talas e os colchetes da roupa íntima das mulheres deixaram de existir.

Frenético, David corria e gritava:

— Roupas!

No mesmo instante, estavam como vieram ao mundo. Mas pouco importava, o sexo havia desaparecido há muito tempo.

— Vegetação — disse Marsha, levantando-se com dificuldade e postando-se, amedrontada, ao lado do marido. Daquela vez, a mudança foi alarmante. As colinas, a amplidão de montanhas ao redor, ficou tudo nu feito uma lápide de pedra. Não restava nada a não ser a terra outonal castanha, assando sob o sol frio e pálido.

— Nuvens — disse a srta. Reiss, o rosto contorcido. Os poucos flocos de um branco delicado que flutuavam sobre a cabeça deles de repente não estavam mais lá. — E neblina! — Instantaneamente o sol bateu com toda a força neles.

— Oceanos — disse Hamilton. A planície verde-pastel sumiu num piscar de olhos; só restou um buraco de areia seca incrivelmente profundo estendendo-se a perder de vista. Abalado, ele hesitou por um instante, dando à srta. Reiss tempo de gritar:

— Areia!

O buraco titânico se aprofundou. Não se via mais o fundo. Um rumor abafado e tenebroso sacudiu o solo em que pisavam; o equilíbrio básico da Terra fora alterado.

— Rápido. O que mais? O que sobrou? — ofegou a srta. Reiss, em êxtase.

— Cidades — sugeriu David.

Impaciente, Hamilton fez um gesto de desdém.

— Barrancos — gritou ele. Na mesma hora, se viram em uma planície uniforme. Era como se todas as depressões houvessem sido passadas a ferro. Seis figuras nuas e pálidas de pesos e formatos diferentes, todas olhando ansiosamente ao redor.

— Todos os animais menos o homem — arquejou a srta. Reiss, quase sem fôlego.

E assim foi.

— Todas as *formas de vida* menos o homem. — Hamilton a superou.

— Ácidos! — gritou a srta. Reiss, caindo de joelhos em seguida, o rosto contorcido de dor. Todos se retorciam num êxtase de agonia; a química básica do corpo humano havia sido alterada.

— Certos sais metálicos! — gritou Hamilton. Todos foram novamente acometidos de terríveis desconfortos.

— Nitratos específicos! — acrescentou a srta. Reiss com voz aguda.

— Fósforo!

— Cloreto de sódio!

— Iodo!

— Cálcio! — A srta. Reiss caiu sobre os cotovelos, semiconsciente. Estavam todos estendidos no chão, com dores e sem poder fazer nada. O corpo inflado e palpitante de Edith Pritchet dava espasmos; os lábios frouxos soltavam um fio de baba enquanto ela fazia força para se concentrar nas diversas categorias enumeradas.

— Hélio! — rouquejou Hamilton.

— Dióxido de carbono! — sussurrou a srta. Reiss baixinho.

— Neônio — conseguiu pronunciar Hamilton. Tudo ao redor dele tremulava e fenecia; ele girava em meio a um caos tenebroso, infinito. — Gás freon. Gleon.

— Hidrogênio — formularam os lábios descorados da srta. Reiss, se confundindo com as sombras adjacentes.

— Nitrogênio — invocou Hamilton enquanto o turbilhão de não-ser fechava o cerco sobre eles.

Com um último esforço débil, a srta. Reiss se compeliu a articular:

— Ar!

A atmosfera daquele mundo foi varrida da existência. Sem nada nos pulmões, Hamilton descambou para um torpor de morte. Enquanto o universo se dissolvia ao longe, ele viu a forma inerte de Edith Pritchet rolar com um espasmo reflexo: a consciência e a personalidade dela haviam se evaporado.

Vitória. Era o fim do domínio dela sobre eles. Deram um fim nela, estavam finalmente livres, ainda que agonizantes...

Ele estava vivo. Deitado, espraiado, sem energia para se mexer, o peito subindo e descendo, dedos agarrando o chão. Mas onde diabos estava?

Fazendo um esforço tremendo, conseguiu abrir os olhos.

Hamilton não estava mais no mundo da sra. Pritchet. Em volta, a escuridão opaca ainda pulsava, palpitante. Uma corrente revolta e agourenta que rondava, ondeava e pressionava seu corpo. Mas, aos poucos, ele distinguiu outras formas, corpos, espalhados aqui e ali.

Marsha estava deitada ali perto, inerte e em silêncio. Atrás dela jazia o corpanzil de Charles McFeyffe, boca aberta, olhos vidrados. E, vagamente, no turbilhão escuro que os engolia, conseguiu identificar Arthur Silvester, David Pritchet, a forma indefesa de Bill Laws e a ampla forma deselegante de Edith Pritchet, ainda inconsciente.

Será que estava de volta ao Bevatron? Uma breve centelha de alegria e emoção o tocou... mas logo foi embora. Não. Ali não era o Bevatron. Em sua garganta, um urro borbulhante se formou, forçando passagem até sair pela boca. Fraco, desesperado, ele lutou para se arrastar para longe da coisa que pairava sobre ele, a forma de vida delgada e ossuda que se agregou, aos poucos, numa pilha até se ver inteira e inclinada sobre ele.

A coisa começou a sussurrar de forma ríspida e intensa em seu ouvido. Com uma vibração oca, o som martelou e ecoou dentro dele, voltando a insistir até que ele não conseguisse mais gritar na tentativa de não o ouvir, de seu esforço inútil para afastá-lo.

— Agradeço muito. Você cumpriu seu papel muito bem. Aconteceu exatamente como planejei — disse o ser metálico.

— Vai embora! — guinchou ele.

— Eu vou. Eu quero que você se levante e vá viver sua vida normalmente. Eu só quero observar. Vocês todos são muito interessantes, já venho observando a todos tem algum tempo, mas não do jeito que eu quero. Quero olhar bem de perto. Quero olhar o tempo todo. Quero ver tudo o que fizerem. Quero estar perto de vocês, bem dentro de vocês, para poder estar com vocês sempre que for preciso. Quero poder tocá-los. Quero poder fazer com que façam coisas. Quero ver como reagem. Eu quero. Eu quero...

Agora ele sabia onde estava; sabia em que mundo tinham ido parar. Ele reconheceu o sussurro metálico e plácido que martelava incessantemente em seu ouvido e cérebro.

Era a voz de Joan Reiss.

13

— Graças a Deus. Voltamos. Voltamos ao mundo real. — Era o que dizia uma voz, lenta e metodicamente. Uma voz séria e feminina.

As trevas nebulosas haviam sumido. O cenário anterior, com florestas e oceanos, estendia-se por toda a parte; o panorama verdejante do parque Big Sur e a estrada sinuosa ao pé do pico Cone haviam recuperado a existência.

Acima de sua cabeça estava o céu azul firme da tarde. As papoulas-da-califórnia cintilavam sob o clima úmido do outono. Lá estava a toalha de piquenique, os potes e as travessas e os pratos de papel e copos. À direita de Hamilton, o bosque de pinheiros estava onde deveria. O Ford cupê, com o metal lustroso, brilhava feito um velho amigo no exato local em que fora estacionado, não muito longe, na ponta da campina.

Uma gaivota furou a neblina que se acumulava junto do horizonte. Um caminhão a diesel cortou a estrada, barulhento, expelindo nuvens de fumaça preta. Na touceira de arbustos secos à distância no declive, um esquilo ziguezagueava para chegar até sua velha e dilapidada toca.

Ao redor de Hamilton, os outros despertavam do torpor. Eram sete, ao todo: Bill Laws estava em algum lugar de San Jose, lamentando ter perdido sua fábrica de sabonetes. Em meio à dor lancinante que o assolava, Hamilton conseguiu distinguir a forma de sua esposa; trêmula, Marsha havia ficado de joelhos e olhava ao redor com olhos vidrados. A pouca distância dela, jazia Edith Pritchet, ainda imóvel. Depois estavam Arthur Silvester e David Pritchet. Na ponta da toalha de piquenique, Charley McFeyffe havia começado a ter leves espasmos de consciência.

Perto de Hamilton, a silhueta esguia de Joan Reiss já estava sentada. Metodicamente, a mulher recolhia seus óculos e sua bolsa, o rosto praticamente sem expressão enquanto apalpava o coque repuxado, circunspecta.

— Graças a Deus. Agora acabou — repetiu ela, ficando de pé com agilidade.

Fora a voz dela que o despertara.

McFeyffe, de onde estava, encarava a mulher de maneira ausente, o rosto inexpressivo, tamanho era o choque.

— Voltamos — repetiu ele, sem compreender o que dizia.

— Voltamos ao mundo real. Não é uma maravilha? — disse a srta. Reiss num tom corriqueiro. Ao monturo imóvel estendido na grama úmida a seu lado, ela disse: — Pode ir se levantando, sra. Pritchet. Você não tem mais poder sobre nós. — Inclinando-se, ela beliscou o braço da mulher. — Está tudo de volta a como era antes.

— Graças a Deus — murmurou lastimosamente Arthur Silvester enquanto se esforçava para ficar de pé. — Meu Deus, aquela voz terrível.

— Acabou? — murmurou Marsha, seus olhos castanhos marejados de desconfiança e alívio. Tremendo, com dificuldade, ela conseguiu se pôr de pé, mas cambaleante. — Aquele pesadelo horrível no final... Lembro de pouca coisa.

— O que era aquilo? Aquele lugar e aquela voz falando com a gente... — disse David Pritchet, arrepiado de medo.

— Já passou. Estamos seguros — respondeu McFeyffe fracamente, com um fervor de oração.

196

— Vou ajudar você a levantar, sr. Hamilton — disse a srta. Reiss, aproximando-se dele. Estendendo a mão esguia e ossuda, ela abriu seu sorriso apático. — Que tal estar de volta ao mundo real?

Ele não conseguiu falar nada. Apenas continuou deitado, petrificado de terror.

— Venha. Você vai ter que se levantar alguma hora — disse a srta. Reiss com serenidade. Apontando para o Ford, ela explicou: — Quero que nos leve de volta a Belmont. Quanto mais cedo todos estiverem em casa, sãos e salvos, mais feliz eu vou ficar. Quero ver todo mundo de volta ao que era, de volta ao seu lugar. Não vou ficar satisfeita até que isso aconteça — acrescentou sem um traço de sentimento no rosto afilado.

Ele dirigia, como fazia tudo o mais, mecânica e rigidamente, uma ação reflexiva, sem vontade. À frente deles a rodovia estadual se estendia tranquila, muito bem cuidada, entre colinas cinzentas sem-fim. Muito ocasionalmente, outros carros passavam por eles; estavam se aproximando da rodovia Bayshore.

— Falta pouco. Já estamos quase de volta a Belmont — disse a srta. Reiss, cheia de expectativa.

— Escute aqui. Pode parar de fingir. Deixe de lado esse joguinho sádico — disse Hamilton, rouco.

— De que joguinho está falando? Não estou entendendo, sr. Hamilton — indagou a srta. Reiss com voz suave.

— Nós não voltamos ao mundo real. Estamos no seu mundo, no seu mundo paranoico, deturpado...

— Mas eu *criei* o mundo real para vocês. Não estão vendo? Olhem ao redor. Não fiz um ótimo trabalho? Já tinha tudo planejado há muito tempo. Vocês vão ver como está cada coisa em seu lugar; não esqueci nada — replicou candidamente a srta. Reiss.

Com as mãos brancas de tanto esganar o volante, Hamilton interpelou:

— Você estava esperando? Sabia que ia passar para você depois da sra. Pritchet?

— É claro. — Mal contendo o orgulho, a srta. Reiss explicou em voz baixa: — Você não pensou bem nas coisas, sr. Hamilton. Lembra como Arthur Silvester ganhou o controle primeiro, antes de qualquer um de nós? É porque ele nem chegou a perder a consciência. E por que Edith Pritchet foi em seguida?

— Ela estava se mexendo. Lá no piso do Bevatron. Eu... Nós a vimos quando sonhamos — disse Marsha, tensa.

— Você devia ter prestado mais atenção nos seus sonhos, sra. Hamilton. Poderia ter visto quem era a próxima da fila. Depois da sra. Pritchet, era eu a mais próxima da consciência — observou a srta. Reiss.

— E depois de você? — quis saber Hamilton.

— Não importa quem vem depois de mim, sr. Hamilton, porque eu serei a última. Vocês estão de volta... Sua viagem chegou ao fim. Eis o mundinho de vocês; não é uma beleza? E pertence a cada um de vocês. Foi por isso que eu o criei: para vocês terem tudo do jeito que queriam. Vão ver como está tudo intacto... Espero que retomem a vida exatamente como era antes.

— Acho que teremos de fazer isso. Não temos escolha — disse Marsha de imediato.

— Por que você não nos liberta? — indagou McFeyffe inutilmente.

— Não posso libertar vocês, sr. McFeyffe. Para isso, eu teria que deixar de existir — respondeu a srta. Reiss.

— Não completamente — objetou McFeyffe, em tom ansioso e atabalhoado. — Você pode nos deixar usar alguma coisa em você. Aquele clorofórmio... Algo para fazer você desmaiar. Algo para...

— Sr. McFeyffe. Eu trabalhei bastante nisso daqui. Estou planejando faz muito tempo, desde que tivemos o acidente no Bevatron. Desde que descobri que minha vez chegaria. Não seria uma pena desperdiçar todo esse esforço? Talvez nunca tenhamos outra chance... Não, essa oportunidade é valiosa demais para ser desperdiçada. Valiosa e única.

Depois de algum tempo, David Pritchet apontou e disse:

— Chegamos a Belmont.

— Vai ser bom estar de volta. É uma cidadezinha tão charmosa — disse Edith Pritchet em tom vacilante.

Um a um, seguindo as instruções da srta. Reiss, Hamilton foi deixando as pessoas em casa. Ele e Marsha foram os últimos. Os dois ficaram no cupê estacionado em frente ao apartamento da srta. Reiss enquanto, ágil, ela juntava suas coisas e subia na calçada.

— Podem ir para casa. Um banho quente e ir direto para a cama faria muito bem a vocês agora — disse ela, prestativa.

— Obrigada — respondeu Marsha, quase inaudível.

— Tentem descansar e se divertir. E, por favor, tentem esquecer tudo o que aconteceu. Já está no passado. Tentem se lembrar disso — instruiu a srta. Reiss.

— Está bem. Vamos nos lembrar — repetiu Marsha, respondendo mecanicamente ao tom professoral, seco e desapaixonado da outra.

Quando atravessava a calçada para chegar à escadaria de entrada do prédio de apartamentos, a srta. Reiss se deteve de supetão. Enfurnada em seu casaco de veludo cotelê, ela não fazia uma figura especialmente imponente ou marcante. Segurando junto ao corpo a bolsa, as luvas e uma cópia da revista *New Yorker* que parara para comprar numa lojinha, era a personificação de uma secretária de classe média qualquer voltando para casa depois de um dia no escritório. O vento frio do início de noite bagunçava seu cabelo cor de areia. Por detrás dos óculos de aro de tartaruga, seus olhos pareceram enormes e distorcidos quando ela se virou e mirou intensamente os dois ocupantes do carro.

— Talvez eu passe para fazer uma visitar a vocês em alguns dias. Uma noite tranquila, só para bater um papo — disse ela, hesitante.

199

— É... uma ótima ideia — conseguiu dizer Marsha.

— Boa noite — disse a srta. Reiss, encerrando o assunto. Assentindo com firmeza, ela deu meia-volta e subiu as escadas, destrancou a porta enorme da portaria e sumiu pelo saguão sombrio e acarpetado.

— Toca para casa — disse Marsha num tom baixo e sobressaltado. — Jack, toca para casa. Por favor, depressa, para casa.

Ele foi, o mais rápido que pôde. Com um solavanco, o cupê subiu na entrada da garagem e ele travou o freio de mão, arrancou a chave da ignição e escancarou a porta com violência.

— Chegamos — disse ele.

Marsha permaneceu imóvel a seu lado, a pele pálida e fria feito cera. Com suavidade e firmeza, ele a ergueu e a retirou do carro; com ela nos braços, foi dando a volta na casa até chegar à entrada principal.

— Pelo menos o Ninny Energúmeno vai estar de volta. E o sexo também deve ter voltado. Tudo vai ter voltado, né? Não vai ser quase a mesma coisa? — perguntou Marsha com voz trêmula.

Hamilton ficou em silêncio. No momento, se ocupava em abrir a porta da frente.

— Ela quer poder sobre nós. Mas tudo bem ela querer, né? Nós temos o nosso mundo; ela de fato recriou o mundo real para nós. A mim parece igual; você vê alguma diferença? Jack, pelo amor de Deus, *fala alguma coisa* — continuou Marsha.

Ele empurrou a porta com o ombro e ligou o interruptor da sala de estar.

— Estamos em casa — disse Marsha, lançando olhares tímidos para os lados enquanto, sem a menor cerimônia, ele a largava de volta no chão.

— É, estamos. — Hamilton bateu a porta, fechando-a.

— É mesmo a nossa casa, né? Igualzinha como era antes... disso tudo. — Começando a desabotoar o casaco, Marsha perambulou pela sala, examinando as cortinas, os livros, as reproduções nas paredes, a mobília. — Que sensação boa, né? Que alívio... Tudo aqui é familiar. Ninguém mandando chuva de cobras, ninguém abolindo categorias... Não é melhor?

— É sensacional — respondeu Hamilton com amargura.

— Jack. — Ela se aproximou com o casaco dobrado sobre o braço, falando baixo. — Não vamos conseguir passar a perna nela. Não vai ser como a sra. Pritchet; ela é muito inteligente. Estamos indo com a farinha e ela já está voltando com o bolo.

— Põe bolo nisso. Ela já tinha tudo planejado. Pensando, ponderando, tramando, maquinando... apenas aguardando a chance para poder nos controlar.

No bolso, ele encontrou um cilindro rígido; furioso, de um ímpeto, ele o puxou e arremessou contra a parede do outro lado da sala. O frasco vazio de clorofórmio quicou no tapete, rolou para o lado e por fim parou, sem se quebrar.

— Isso não vai servir para nada aqui. O melhor seria desistirmos logo. Desta vez estamos mesmo feitos — disse ele.

Marsha pegou um cabide do armário e ajeitou o casaco nele.

— Bill Laws vai ficar mal.

— Ele devia me matar.

— Não. A culpa não é sua — discordou Marsha.

— Não vou conseguir nem olhar na cara dele. Na cara de nenhum de vocês. Vocês queriam ficar no mundo da Edith Pritchet; eu trouxe vocês para cá. Caí na tramoia daquela psicótica.

— Não fique pensando nisso, Jack. Não vai fazer nenhum bem.

— Não. Não vai mesmo — admitiu Jack.

— Vou fazer um café quentinho pra gente. — À porta da cozinha, Marsha se voltou, desanimada: — Quer que ponha conhaque no seu?

— Claro. Joia.

Com um sorriso forçado, Marsha sumiu cozinha adentro. Por algum tempo, reinou o silêncio.

Então ela começou a gritar.

Hamilton pôs-se de pé de um pulo; correu pelo corredor e parou à porta da cozinha. No início, não viu nada de mais; Marsha, apoiada na mesa da cozinha, obstruía em parte sua visão.

Só quando foi até ela para acalmá-la foi que viu. A cena ficou gravada em seu cérebro, sendo interrompida quando ele fechou os olhos, arrastando a esposa para fora dali. Com uma das mãos sobre a boca de Marsha, ele tentava abafar os uivos angustiados que ela soltava, tentando não fazer o mesmo, tentando, com toda a força de vontade que possuía, controlar suas emoções.

A srta. Reiss nunca gostara de gatos. Tinha medo deles. Gatos eram seus inimigos.

A coisa no chão era Ninny Energúmeno. Ele fora virado do avesso. Mas ainda estava vivo; o emaranhado de vísceras ainda era um organismo funcional. A srta. Reiss fizera questão; não ia deixar o animal escapar dessa.

Trêmulo e palpitante, o amontoado úmido e brilhoso de tecido e ossos ondulava indistintamente pelo piso da cozinha. Seu movimento lento e contínuo se dava já havia algum tempo, provavelmente desde a criação do mundo da srta. Reiss. A massa grotesca, em três horas e meia, conseguira rastejar por metade da cozinha, em uma espécie de onda peristáltica.

— Não pode ser. Isso não pode estar vivo — gemeu Marsha.

Indo buscar uma pá no quintal, Hamilton pegou a criatura e a levou para o lado de fora. Rezando para que aquilo fosse passível de matar, ele encheu um balde de zinco com água e depositou nele o aglomerado de órgãos, ossos e tecido. Por algum tempo, os resíduos pareceram estar tentando nadar, manando fluidos e se agarrando nas bordas, procurando por uma maneira de sair do balde. Então, gradualmente, com um estertor final, a coisa se afogou, expirando.

Ele queimou os restos mortais, cavou rapidamente uma cova e os enterrou. Lavando as mãos e guardando a pá, voltou para dentro de casa. Aquilo demorara apenas alguns minutos... Parecera bem mais.

Marsha estava calada, sentada na sala, com as mãos unidas e olhando fixamente para a frente. Ela não olhou para ele quando o marido entrou.

— Querida.

— Acabou?

— Acabou. Ele está morto. E isso é bom. Ela não pode fazer mais nada contra ele.

— Estou com inveja dele. Ela ainda nem começou com a gente.

— Mas ela odiava gatos. Ela não nos odeia.

Marsha se virou levemente.

— Lembra o que você disse para ela naquela noite? Você a assustou. E ela lembra.

— É, deve lembrar mesmo. Aposto que não se esquece de nada.

Voltando à cozinha, ele começou a fazer café. Estava enchendo as xícaras quando Marsha entrou em silêncio e foi pegar o creme e o açúcar.

— Bem, já temos a nossa resposta — disse ela.

— A resposta a quê?

— À pergunta: dá para viver? A resposta é não. É pior do que não.

— Não há nada pior do que não — disse ele, mas até para si próprio aquilo não soou convincente.

— Ela é louca, não é?

— Parece que sim. É paranoica, com delírios conspiratórios e persecutórios. Tudo que ela vê tem algum significado, faz parte da conspiração contra ela.

— E agora ela não precisa mais se preocupar. Porque, pela primeira vez na vida, tem poder para combater isso — disse Marsha.

Enquanto bebericava o café escaldante, Hamilton disse:

— Acho que ela realmente acredita que esse mundo é uma réplica do mundo real. Pelo menos, do mundo real *dela*. Meu Deus do céu, o mundo real dela deve ir muito além das fantasias mais loucas que qualquer um de nós poderia... — Ele ficou em silêncio um instante e depois acrescentou: — Aquela coisa em que ela transformou o Ninny. Ela deve achar que nós faríamos aquilo com ela. Deve pensar que isso acontece o tempo todo.

Ficando de pé, Hamilton começou a perambular pela casa, baixando as persianas. Estava de noite; o sol já se pusera no horizonte. Do lado de fora, as ruas estavam frias e às escuras.

Da gaveta com chave de sua escrivaninha, ele tirou sua pistola automática .45 e começou a carregá-la.

— Só porque ela manda nesse mundo, não quer dizer que seja onipotente — disse ele à esposa, que o observava, tensa.

Ele guardou a arma no bolso interno do paletó. Uma vez guardada, ela formou um evidente calombo no tecido. Marsha deu um sorriso débil.

— Você parece um bandido.

— Não, um detetive particular.

— E cadê sua secretária peituda?

— É você — disse Hamilton, devolvendo o sorriso.

Encabulada, Marsha ergueu as mãos.

— Fiquei me perguntando se você ia perceber que estou... inteira de volta.

— Percebi, sim.

— E que tal? — perguntou ela timidamente.

— Estou disposto a tolerar. Pelos velhos tempos.

— Que coisa esquisita... Me sinto quase vulgar. Nada ascética. — Apertando os lábios numa linha fina, ela andou em círculo pela sala. — Será que vou me acostumar de novo? Mas ainda acho estranho... Ainda devo estar um pouco sob a influência da Edith Pritchet.

Irônico, Hamilton falou:

— Isso foi no último mundo. Essa gaiola aqui é diferente.

Deliciada, mas tímida, Marsha fez pouco-caso do que ele disse:

— Vamos lá para baixo, Jack. Para a sala de alta fidelidade. Lá talvez a gente possa... relaxar e ouvir música. — Aproximando-se dele, Marsha ergueu as mãos delicadas e acariciou os ombros do marido. — Podemos? Por favor?

Afastando-se com rudeza, ele disse:

— Outra hora.

Abalada, Marsha o encarou com mágoa e surpresa.

— Qual é o problema?

— Você não lembra?

— Ah. — Ela fez que sim. — Aquela moça, a tal da garçonete. Ela desapareceu, não é? Enquanto você estava lá embaixo com ela.

— Ela não era garçonete.

— Imagino que não. — A expressão de Marsha ficou mais animada. — Bem, agora ela deve estar de volta. Então tudo bem. Não é? E... — Ela olhou nos olhos dele com esperança. — Eu não me chateei por causa dela. Eu entendo.

Ele não sabia se ficava chateado ou se ria.

— Você entende o quê?

— Como você se sentiu. Quer dizer, na verdade não tinha nada a ver com ela em si; ela foi só uma forma de você asseverar sua posição. O que você fez foi um *protesto*.

Enlaçando-a com os braços, ele a puxou para junto de si.

— Você tem uma mente incrivelmente aberta.

— Acredito em enxergar as coisas com uma ótica moderna — declarou Marsha com confiança.

— Bom saber disso.

Desenlaçando-se dele, Marsha repuxou o colarinho de Hamilton com um pedido:

— Então vamos? Faz meses que você não bota música para mim... Não como fazíamos antigamente. Fiquei morrendo de ciúme quando vocês desceram juntos. Queria voltar a ouvir aquelas músicas de que a gente gostava.

— Está falando de Tchaikóvski? Geralmente é o que você quer dizer quando fala nas "que a gente gostava".

— Vá acendendo a luz e ligando o aquecedor. Deixe bem convidativo, bem quentinho, na luz certa. Assim, quando eu descer, vai estar bem gostoso.

205

Inclinando a cabeça, ele lhe deu um beijo na boca.

— Vai irradiar erotismo.

Marsha franziu o nariz ao ouvir isso.

— Ai, esses cientistas.

A escada estava fria e escura. Tateando o caminho com cuidado, Hamilton foi descendo pela escuridão, degrau por degrau. Sentia-se um pouco melhor ao retomar aquela rotina amorosa tão familiar. Cantarolando baixinho, foi descendo para o porão escuro, achando o caminho por puro reflexo condicionado.

Algo áspero e gosmento roçou em sua perna e grudou-se ali. Um filamento grosso, com textura de corda, todo melado. Com violência ele afastou a perna para se descolar. Abaixo, no fim das escadas algo peludo e pesado recuou para o meio da sala de alta fidelidade e lá ficou.

Sem sair do lugar, Hamilton apoiou-se na parede das escadas. Estendendo o braço, procurou o interruptor, logo abaixo. Seus dedos o encontraram pelo tato; ele o acionou de uma vez e preparou-se para o choque. A luz piscou algumas vezes até se acender, mortiça, produzindo uma leve clareira amarela no meio do recinto.

Em frente às escadas para o porão pendia um emaranhado de fios, alguns rompidos, muitos emendados num cordame cinza amorfo. Uma teia, tecida de forma amadora e descuidada, às pressas, sem finesse, por um ser imenso, largo e bestial. Os degraus sob seus pés estavam recobertos de pó. O teto estava imundo, manchado com longas trilhas visguentas, como se a dona da teia tivesse se arrastado por toda a parte, explorando cada cantinho.

Perdendo as forças, Hamilton caiu sentado no degrau. Ele a sentia ali, logo abaixo, à sua espera na escuridão fétida da sala de alta fidelidade. Ao esbarrar na teia em construção, ele a assustara e espantara. A teia não tinha força para retê-lo; ele ainda podia se debater, se libertar.

Foi o que fez, bem devagar, com o máximo de cuidado, balançando a teia o mínimo possível. Os fios descolaram e sua perna ficou livre. Sua calça estava coberta por uma boa quantidade daquela goma grossa, como se uma lesma gigante tivesse passado por cima dela. Estremecendo de nojo, Hamilton segurou o corrimão e começou a subir as escadas.

Ele mal subira dois degraus quando suas pernas, por vontade própria, se recusaram a levá-lo adiante. Seu corpo compreendia o que sua cabeça se recusava a entender. Ele estava voltando lá para baixo. Para a sala de alta fidelidade.

Atônito, aterrorizado, deu meia-volta e tentou correr na direção oposta. E de novo a coisa monstruosa aconteceu, o pesadelo escabroso e grudento. Ele continuava descendo... Abaixo, as sombras se alongavam em meio aos rastros de gosma e detritos.

Ele estava preso ali.

Quando se agachou, como que hipnotizado, para contemplar a escada sob seus pés, ouviu um barulho. Atrás dele, no alto da escada, estava Marsha.

— Jack? — chamou ela, hesitante.

— Não desça aqui — rosnou ele, girando o rosto aos poucos até finalmente conseguir ver a silhueta iluminada do corpo dela. — Fique longe da escada.

— Mas...

— Não saia daí. — Respirando pesado, ele se agarrou ao degrau em que estava, segurando com força o corrimão e tentando recobrar o juízo. Precisava ir devagar; teve que se obrigar a não dar um salto e correr sem pensar na direção da porta iluminada atrás de si e da silhueta esbelta da esposa.

— Me diga o que é — ordenou Marsha.

— Não consigo.

— Me diga, senão desço aí. — Ela falava sério, a voz soava decidida.

— Querida, não consigo subir a escada — disse ele, roufenho.

— Você se machucou? Caiu?

— Não me machuquei. Alguma coisa aconteceu. Quando tento voltar para cima... — Ele inspirou fundo, estremecendo num frêmito. — Termino descendo de novo.

— Será... que tem algo que eu possa fazer? Não quer se virar para mim? Precisa ficar de costas?

Hamilton soltou uma gargalhada histérica.

— Claro que posso me virar para você.

Agarrado ao corrimão, ele deu uma meia-volta cuidadosa... e descobriu que ainda estava de frente para a gruta lúgubre, sombria e empoeirada.

— Por favor. Por favor, se vire para mim — implorou Marsha.

O ódio subiu à cabeça de Hamilton... Uma fúria impotente que não conseguia nem expressar. Praguejando, ele se pôs de pé.

— Vai pro inferno — explodiu ele. — Vai para o in...

Veio o som distante da campainha da porta da frente.

— Tem alguém batendo na porta — disse Marsha, frenética.

— Bem, vá atender. — Ele não queria saber de mais nada; jogara a toalha.

Por um momento, Marsha hesitou. Mas após um instante ela se foi, a saia farfalhando. As costas de Hamilton foram inundadas pela luz do vestíbulo, o que projetou uma longa sombra agourenta pela escada abaixo. A sombra dele mesmo, só que alongada e gigantesca...

— Deus do céu. O que você está fazendo aí embaixo, Jack? — perguntou uma voz masculina.

Olhando para trás, ele distinguiu o vulto austero e bem aprumado de Bill Laws.

— Me ajude — pediu Hamilton baixinho.

— Com certeza. — De imediato, Laws se virou para Marsha, que estava ao lado. — Fique aqui no alto. Segure em alguma coisa para não cair. — Apertando a mão de Marsha, ele firmou os dedos dela ao redor da quina da parede. — Consegue se segurar nisso aqui?

Marsha fez que sim com a cabeça.

— Acho... que sim.

Segurando a outra mão dela, Laws entrou cautelosamente na escada. Foi descendo, degrau por degrau, sem soltar a mão de

Marsha. Quando descera o máximo que conseguia, ele se agachou e esticou a mão para Hamilton.

— Consegue vir até mim? — murmurou ele.

Hamilton, sem se virar, colocou o braço para trás e o esticou com a maior força que pôde. Não via Bill Laws, mas o sentia atrás de si, e ouvia o ofegar rápido do rapaz acima dele, encarapitado no degrau, tentando agarrar os seus dedos, que tateavam pelo ar.

— Não deu. Você está longe demais — disse Laws sem emoção.

Desistindo, Hamilton recolheu o braço dolorido e voltou a se sentar no degrau.

— Espere aí onde está. Eu já volto.

Laws subiu os degraus depressa, fazendo barulho, até chegar ao vestíbulo e pegar Marsha pela mão, desaparecendo em seguida.

Quando voltou, trazia consigo David Pritchet.

— Segure bem na mão da sra. Hamilton. Não faça perguntas, apenas faça o que eu estou mandando — instruiu ao menino.

Segurando o canto da parede no alto da escada, Marsha fechou os dedos ao redor da mãozinha do menino. Laws guiou o menino escada abaixo o máximo que conseguia. Por fim, segurando na outra mão de David, ele mesmo desceu.

— Lá vou eu. Pronto, Jack? — grunhiu ele.

Segurando firme o corrimão, Hamilton esticou a outra mão para trás, na direção do invisível às suas costas. O ofegar de Laws parecia próximo; agora conseguia sentir o tremor dos passos dele a cada degrau. Então, por incrível que pareça, a mão firme e suada de Laws encontrou a sua e se fechou ao redor dela. Dando um puxão forte, Laws o extraiu do cativeiro junto ao corrimão e o arrastou escada acima.

Ofegantes e esbaforidos, Hamilton e Laws desabaram no vestíbulo. David saiu correndo, assustado; Marsha levantou-se com esforço e foi abraçar o marido, que tremia.

— O que aconteceu? O que estava acontecendo lá embaixo? — perguntou Laws quando foi capaz de falar.

— Eu... — As palavras mal saíam da sua boca. — Eu não conseguia subir. Não importava para que lado eu me virasse. — Após um instante, ele acrescentou: — Todos os lados eram para baixo.

— Tinha alguma coisa lá embaixo. Eu vi — disse Laws.

Hamilton fez que sim.

— Ela estava me esperando.

— *Ela?*

— Foi onde eu a deixei. Ela estava bem na escada quando Edith Pritchet a aboliu.

Marsha arquejou.

— Ele está falando da garçonete.

— Ela voltou. Mas não é garçonete. Não nesse mundo — disse Hamilton.

— Podemos tapar a entrada da escada com tábuas — sugeriu Laws.

— Isso. Com tábuas. Fechar aquilo ali para que ela não consiga me pegar — concordou Hamilton.

— Faremos isso — tranquilizou-o Laws; ele e Marsha seguravam Hamilton com firmeza enquanto ele olhava fixamente para as profundezas da escadaria obscura e as teias que lá existiam.

— Vamos tapar com tábuas. Não vamos deixar nada pegar você.

14

— Precisamos apanhar a srta. Reiss — declarou Hamilton quando todo o restante do grupo já estava presente na sua sala de estar. — E depois precisamos matar a srta. Reiss. De um jeito rápido e certeiro. Sem hesitação. Assim que conseguirmos pôr as mãos nela.

— Ela vai nos destruir — murmurou McFeyffe.

— Não todos nós. Talvez apenas a maioria.

— Mas seria melhor — afirmou Laws.

— É. Seria bem melhor do que ficar aqui sentado à espera. Esse mundo precisa acabar — disse Hamilton.

— Alguém discorda disso? — inquiriu Arthur Silvester.

— Não. Ninguém discorda — disse Marsha.

— E você, sra. Pritchet? O que acha? — perguntou Hamilton.

— É claro que ela precisa ser sacrificada. A pobrezinha... — disse a sra. Pritchet.

— Pobrezinha?

— Esse é o mundo em que ela sempre viveu. Esse mundo louco, esse horror. Imaginem... Anos e anos disso. Um mundo cheio de predadores horripilantes.

De olhos fixos na porta do porão, agora vedada com tábuas, David Pritchet perguntou, nervoso:

— Aquela coisa consegue subir aqui?

— Não. Não consegue. Vai ficar lá embaixo até morrer de fome. Ou até destruirmos a srta. Reiss — respondeu Laws.

— Então estamos todos de acordo — concluiu Hamilton peremptoriamente. — Já é alguma coisa, pelo menos. Nenhum de nós deseja ficar nesse mundo.

— Tudo bem. Já decidimos o que queremos fazer. Agora, como vamos fazer? — perguntou Marsha.

— Boa pergunta. Não vai ser fácil — disse Arthur Silvester.

— Mas não é impossível. Conseguimos com você; conseguimos com Edith Pritchet — argumentou Hamilton.

— Vocês já perceberam que está ficando cada vez mais difícil? Agora estamos pensando que preferíamos ter ficado no mundo da sra. Pritchet... — disse Silvester, pensativo.

— E quando estávamos no mundo dela, pensamos que seria melhor ter continuado no dele — concluiu McFeyffe, taciturno.

— O que vocês querem dizer com isso? — perguntou Hamilton, incomodado.

— Talvez desejemos o mesmo quando chegarmos no próximo mundo — comentou Silvester.

— O próximo mundo deve ser o verdadeiro. Uma hora temos que escapar dessa doideira — disse Hamilton.

— Mas ainda não. Somos oito e só passamos por três mundos. Será que ainda vamos ver mais cinco? — perguntou Marsha.

— Já passamos por três mundos de fantasia. Três mundos fechados na própria lógica, sem qualquer relação com a realidade. Quando entramos neles, ficamos presos, sem saída. Até agora, não tivemos sorte. — Reflexivo, Hamilton acrescentou: — Mas não acho que o restante de nós vive em fantasias deslavadas.

Após um instante, Laws disse:

— Que filho da mãe convencido.

— Talvez seja verdade.

— É possível.

212

— Isso inclui você.

— Não, obrigado!

— Você é neurótico e cínico, mas também é realista. Eu também. Marsha também. McFeyffe também. David Pritchet também. Acho que estamos quase livres dos reinos de fantasia — disse Hamilton.

— Como assim, sr. Hamilton? Não estou entendendo — falou a sra. Pritchet, perturbada.

— Não achei que entenderia. Não é necessário — devolveu Hamilton.

— Interessante. Você pode estar certo. Concordo quanto a você, a mim, ao Laws e ao menino. Mas quanto a Marsha, não. Desculpe, sra. Hamilton — comentou McFeyffe.

Pálida, Marsha disse:

— Você não esqueceu, não é?

— É essa a minha ideia de mundo de fantasia.

— Também é a minha ideia de um mundo de fantasia. — Com os lábios pálidos, Marsha disse: — O tipo de pessoa que você é...

— Do que eles estão falando? — perguntou Laws a Hamilton.

— Nada importante — disse Hamilton, impaciente.

— Talvez seja. Do que vocês estão falando?

Marsha trocou olhares com o marido.

— Não tenho medo de lavar essa roupa suja em público. McFeyffe já criou caso, mesmo.

— Precisamos criar caso. Nossa vida depende disso — disse McFeyffe gravemente.

— Marsha foi acusada de ser comunista. Foi McFeyffe quem lançou as acusações. Totalmente infundadas, é claro — explicou Hamilton.

Laws refletiu por um momento.

— Isso pode ser sério. Eu não gostaria de ir parar numa fantasia dessas.

— E não vai — garantiu Hamilton.

O rosto de Laws se franziu em uma careta amargurada.

— Você já me decepcionou uma vez, Jack.

— Sinto muito por isso.

— Não. Acho que você tinha razão. Eu teria enjoado do cheiro de sabonete perfumado em pouco tempo. Mas... — Laws deu de ombros. — Quanto a isso, você está redondamente enganado. Até conseguirmos sair dessa encrenca... Vamos esquecer o passado e tratar do aqui e do agora. Temos muito que resolver.

— Mais uma coisa. Depois podemos esquecer tudo — disse Hamilton.

— O que é?

— Obrigado por ter me resgatado daquela escada.

Laws deu um sorriso fugaz.

— Não foi nada. Você parecia tão pequeno lá embaixo, todo encolhido, acabrunhado. Acho que eu teria descido, mesmo que não pudesse subir de volta. Você não estava mais inteiro lá, naquele degrau. Não com aquela coisa que vi lá embaixo.

Virando na direção da cozinha, Marsha disse:

— Vou fazer mais café. Alguém quer algo para comer?

— Estou com bastante fome. Vim direto de San Jose assim que a fábrica desapareceu — disse Laws, alerta.

— O que surgiu no lugar? — perguntou Hamilton enquanto atravessavam o corredor junto com Marsha.

— Alguma coisa que não consegui entender. Uma espécie de fábrica de ferramentas. Tenazes, torqueses, coisas de pinçar e fixar, feito instrumentos cirúrgicos. Peguei algumas e dei uma boa examinada, mas na verdade não tinham serventia nenhuma.

— Eram produtos que não existem?

— Não no mundo real. Deve ser alguma coisa que a srta. Reiss viu de longe. Algo que nunca entendeu para o que servia.

— Instrumentos de tortura — conjecturou Hamilton.

— Há uma boa chance. Fui embora às pressas, é lógico, e peguei o ônibus no caminho da península.

Subindo em uma pequena escada, Marsha abriu os armários sobre a pia da cozinha.

— Que tal uns pêssegos em calda?

— Ótimo. Qualquer coisa que seja prática — disse Laws.

Quando Marsha pôs a mão dentro do armário, a lata escorregou da pilha, rolou para fora e caiu no pé dela, esmagando-o. Gemendo de dor, Marsha pulou para longe. Uma nova lata rolou, retumbante, aguardou um momento na beiradinha da prateleira, e por fim tombou direto ao chão. Girando o corpo para um lado, Marsha conseguiu evitá-la, mas por muito pouco.

— Feche os armários — ordenou Hamilton energicamente, dando um passo à frente. Sem usar a escada, ele conseguiu alcançar as portas e empurrá-las para se fecharem. Ouvia-se o rumor abafado do metal pesado das latas atrás da porta, batendo contra ela. O som continuou por mais um tempo; então, relutante, acabou.

— Um acidente — comentou a sra. Pritchet com leveza.

— Vamos tentar encontrar uma explicação racional. Isso acontece o tempo todo — disse Laws.

— Mas esse mundo não é o mundo normal. Esse é o mundo da srta. Reiss — observou Arthur Silvester.

— E, se isso acontecesse com a srta. Reiss, ela não acharia que foi um acidente — concordou Hamilton.

— Então foi de propósito? — questionou Marsha em voz baixa, encurvada, massageando o pé machucado. — Essa lata de pêssego...

Hamilton apanhou a lata do chão e a levou para o abridor de latas afixado na parede.

— Vamos ter que tomar cuidado. De agora em diante, estamos propensos a acidentes. Dos graves.

Na primeira mordida do seu prato de pêssegos em calda, Laws fez uma careta e depositou o prato ao lado da pia.

— Entendi o que você quis dizer.

Cuidadosamente, Hamilton provou um pêssego. Em vez do gosto suave de fruta enlatada, sentiu na boca um gosto ruim, acre e metálico, de dar engulhos. Ele cuspiu tudo dentro da pia.

— Ácido — tossiu ele.

— Veneno. Vamos ter que ter cuidado com isso também — disse Laws com calma.

— Talvez seja melhor fazermos um levantamento. Tentarmos descobrir como cada coisa está funcionando — disse a sra. Pritchet, inquieta.

— Boa ideia. Para não termos surpresas — concordou Marsha, com um arrepio de medo. Dolorida, ela voltou a calçar seus sapatos e foi mancando para perto do marido. — Tudo ganhando vida própria, ficando maldoso e vingativo, tentando nos machucar...

Quando estavam começando a voltar pelo corredor, a luz da sala se extinguiu sem emitir ruído. A sala ficou no breu.

— Bem, mais um acidente para a conta. A lâmpada queimou. Quem quer ir lá trocar? — perguntou Hamilton.

Ninguém se ofereceu.

— Vamos deixar assim. Não vale a pena. Amanhã de dia eu cuido disso — decidiu Hamilton.

— O que vai acontecer se todas as lâmpadas queimarem? — perguntou Marsha.

— Boa pergunta. Não sei a resposta. Imagino que teremos que correr atrás de velas. Fontes de luz independentes, como lanternas, isqueiros — disse Hamilton.

— Coitada, tão maluquinha. Pense só: toda vez que cai a energia, ela fica sentada no escuro esperando os monstros a pegarem. Sempre pensando que tudo faz parte de uma enorme conspiração — murmurou Marsha.

— Como nós estamos pensando agora — disse McFeyffe, amargo.

— Mas é. Este mundo é o dela. Aqui, quando as luzes se apagam — comentou Laws.

No escuro da sala, o telefone começou a tocar.

— E essa agora. O que você acha que ela pensa quando toca o telefone? Melhor nos precavermos; o que um telefone tocando significa para um paranoico? — perguntou Hamilton.

— Acho que depende do paranoico — respondeu Marsha.

— Obviamente, nesse caso é para atrair alguém para a sala escura. Então não vamos lá atender.

Ficaram esperando. Imediatamente, o telefone parou de tocar. Todos os sete respiraram aliviados.

— Melhor ficarmos aqui na cozinha — sugeriu Laws, virando-se e começando a voltar. — Ela não vai nos machucar; é um cômodo sossegado e confortável.

— Uma espécie de fortaleza — disse Hamilton, mórbido.

Quando Marsha tentou guardar a segunda lata de pêssego na geladeira, a porta se recusou a abrir. Ela ficou ali parada feito boba, segurando a lata, puxando e repuxando a maçaneta inútil até o marido chegar e tirá-la dali com gentileza.

— Estou só nervosa. Não deve estar com defeito nenhum. A porta sempre prende um pouco mesmo — murmurou ela.

— Alguém ligou a torradeira? Está mais quente que um forno — perguntou a sra. Pritchet. Na mesinha da cozinha, a torradeira zumbia em pleno funcionamento.

Hamilton aproximou-se e a inspecionou. Depois de futucar o termostato por alguns instantes, sem obter resultado, ele acabou desistindo e puxou o plugue da tomada. A resistência da torradeira se apagou e escureceu.

— Em que podemos confiar? — questionou a sra. Pritchet, assustada.

— Em nada — respondeu Hamilton.

— Que... grotesco — protestou Marsha.

Pensativo, Laws abriu a gaveta junto à pia.

— Talvez a gente precise de algo para nos proteger.

Ele remexeu nos talheres até encontrar o que queria: uma faca de aço, com o cabo grosso, de cortar carne. Quando estava fechando a mão em volta do cabo, Hamilton se aproximou e afastou o braço dele do objeto.

— Cuidado. Lembra da lata de pêssegos? — alertou ele.

— Mas a gente precisa disso — rebateu Laws, irritado. Desviando de Hamilton, ele tomou a faca nas mãos. — Eu preciso ter alguma defesa; pombas, você está com essa arma aí, fazendo volume feito um tijolo.

Por um instante, a faca permaneceu quieta na palma de sua mão, mas, de repente, com um volteio deliberado, ela se arqueou toda, retorcendo-se e arremetendo contra o abdômen do rapaz. Ágil, Laws evadiu o golpe; a faca se cravou no painel de madeira da pia. Rápido como um raio, Laws ergueu seu pesado sapato e pisoteou o cabo da faca. Com um tinido metálico, o cabo se quebrou, deixando a lâmina enfiada na madeira. E ali ela permaneceu, vibrando sem efeito.

— Viu? — apontou Hamilton, seco.

Fraca e com tontura, a sra. Pritchet se afundou numa das cadeiras junto à mesa.

— Minha nossa. O que vamos fazer? — Sua voz foi morrendo em um gemido indistinto. — Ah...

Escolhendo rapidamente um copo do secador de louças, Marsha foi pegar água da torneira.

— Vou levar um copo de água fria para você, sra. Pritchet.

Mas o fluido que saiu da torneira não foi água. Era espesso, quente e vermelho: era sangue.

— A casa — disse Marsha baixinho, cerrando o fluxo. Na pia esmaltada branca, uma poça de sangue sinistra descia vagarosa, relutantemente pelo ralo. — A casa está viva.

— Está. E nós estamos dentro dela — concordou Hamilton.

— Acho que todos concordamos que precisamos sair daqui. A questão é: será que *conseguimos*? — disse Arthur Silvester.

218

Indo para a porta dos fundos, Hamilton experimentou o trinco. Estava firmemente trancado; mesmo puxando-o com toda a força, ele foi incapaz de abri-lo.

— Não por aqui — respondeu ele.

— Essa porta sempre prendeu um pouco. Vamos tentar a porta da frente — disse Marsha.

— Mas isso significa ter que passar pela sala de estar — observou Laws.

— Você tem alguma ideia melhor?

— Não. Exceto que, seja lá o que tivermos de fazer, é melhor fazermos rápido — disse Laws.

Em fila única, os sete foram andando com cautela pelo corredor escuro na direção do breu que era a sala. Hamilton chefiava a procissão; ter percebido que, afinal de contas, aquela casa era sua lhe dera um pouco de coragem. Talvez — ele nutria uma tênue esperança — pudesse esperar um pouco de misericórdia.

A saída de ventilação da fornalha no corredor chiava ritmicamente. Detendo-se, Hamilton parou e ficou à escuta. O ar que soprava dali estava quente — e tinha cheiro! Não era o vento mortiço e seco de um aparelho mecânico, mas o hálito cálido e único de um organismo vivo. No porão, a fornalha estava realmente respirando. O ar ia e vinha no ritmo em que a casa-criatura inalava e expirava.

— Isso aí é... masculino ou feminino? — perguntou Marsha.

— Masculino. A srta. Reiss tem medo de homem — disse McFeyffe.

O ar que soprava da saída de ventilação cheirava forte a charuto, cerveja velha e suor masculino. Os intensos odores compostos que a srta. Reiss devia ter sentido em ônibus, elevadores, restaurantes. O fedor desagradável e recendente a alho de homens de meia-idade.

— Deve ser o cheiro de algum amigo, quando chega por trás dela — sugeriu Hamilton.

Marsha estremeceu.

219

— E então chegar em casa e sentir o cheiro por toda parte...

Provavelmente, àquela altura, a fiação elétrica da casa já era um sistema neurológico, transportando os impulsos nervosos da casa-criatura. Por que não? Os canos de água transportavam seu sangue; os tubos da fornalha levavam ar para seus pulmões, que ficavam no porão. Pela janela da sala, Hamilton conseguia distinguir a forma da hera trepadeira que Marsha tivera tanto trabalho para fazer chegar ao telhado. Sob a penumbra noturna, a trepadeira não era mais verde: era castanha e opaca.

Feito cabelo. Feito o cabelo grosso e cheio de caspa de um executivo de meia-idade. A trepadeira balançou de leve ao vento, um tremor agourento que fez chover terra e talos pelo gramado.

Sob os pés de Hamilton, o chão se mexia. Demorou a perceber; foi só quando a sra. Pritchet abriu o berreiro que ele identificou a leve ondulação.

Encurvando-se, ele tocou o ladrilho asfáltico com a palma da mão. O ladrilho estava morno — como pele humana.

As paredes também estavam mornas. E não eram mais duras. Não era mais uma superfície firme e rígida de tinta, papel, gesso e madeira — e sim uma superfície morna que cedia sob seus dedos.

— Vamos logo. Vamos, andem — disse Laws, tenso.

Cabreiros feito animais encurralados, os sete foram avançando até chegar à escuridão da sala de estar. O tapete sob seus pés se remexia sem parar. Ouviam por toda parte aquela presença viva e inquieta, bulindo, vibrando, ganhando vida aos poucos, contra a vontade.

Foi uma longa jornada às escuras pela sala de estar. Ao redor deles, abajures e livros se agitavam, irritadiços. No caminho, a sra. Pritchet chegou a soltar um grito de terror quando o fio da televisão se enroscou com agilidade em seu tornozelo. Bill Laws deu um puxão hábil, rompendo o fio e a libertando. Às costas deles, o fio cortado se debateu furioso, impotente.

— Estamos quase lá — disse Hamilton às silhuetas indistintas atrás de si. Ele já via a maçaneta e a porta; já esticava a mão para alcançá-las. Rezando em silêncio, foi avançando: falta 1 metro, meio metro, 30 centímetros...

Parecia que estava subindo uma ladeira.

Perplexo, ele recolheu a mão. Estava em uma rampa, uma plataforma que subia a olhos vistos, a ponto de já estar começando a escorregar. De repente, ele rolou e caiu para trás; debatendo os braços e lutando para ficar de pé. Todas as sete pessoas haviam escorregado e sido jogadas para o centro da sala de estar, perto do corredor, que estava uma escuridão só; até a luz da cozinha se apagara. Agora havia apenas o brilho fraco das estrelas nas janelas, minúsculas faíscas a uma distância enorme.

— É o tapete. Ele... nos lambeu para dentro — disse Bill Laws num sussurro incrédulo.

Embaixo deles, o tapete se agitava violentamente. Morna e esponjosa, a superfície já começava a se umedecer. Ficando de pé como pôde, Hamilton se chocou contra uma parede — e se retraiu. A parede estava coberta por uma gosma grossa; era como se fosse uma camada de saliva ávida.

A casa-criatura estava cheia de apetite.

Encolhendo-se contra a parede, Hamilton tentou se esgueirar para fora do tapete. A ponta dele, no entanto, se estirava e volteava à sua procura enquanto ele avançava, suando e tremendo, para a porta. Um passo. Dois. Três. Quatro. Atrás dele, vinham outras pessoas — mas não todas.

— Onde está Edith Pritchet? — indagou Hamilton.

— Já era. Rolou de volta para o... corredor — avisou Marsha.

— A garganta — disse a voz de Laws.

— Estamos na boca dele — disse David Pritchet baixinho.

A carne morna e molhada da boca do ser subia e empurrava Hamilton. Estar sendo apertado por aquilo o deixou arrepiado de nojo; avançando atabalhoadamente, ele tentou de novo segurar a maçaneta, concentrando-se na pequena bola de metal e em seu brilho fraco. Daquela vez, conseguiu agarrá-la; de uma puxada, ele escancarou a porta. As formas às suas costas ficaram boquiabertas perante a noite agora perfeitamente visível. Estrelas, a rua, casas às escuras do outro lado, árvores balançando ao vento... e o ar fresco e agradável.

Foi o pouco que viram. Sem aviso, o umbral quadrado da porta começou a se dobrar e encolher. A passagem foi diminuindo à medida que as paredes a espremiam, até sobrar apenas um buraquinho; como lábios, as paredes haviam se comprimido até se juntarem, trancando a saída por completo.

Às costas deles, o bafo rançoso de alho da criatura emanava do corredor. A língua ondulava, faminta. As paredes pingavam saliva. Na penumbra que cercava Hamilton, vozes humanas guinchavam de medo, mas de nada adiantava; ignorando-as, ele lutou para enfiar as mãos e os braços na cavidade cada vez menor que antes fora a porta. Por baixo dele, o piso começou a subir. E o teto, lenta e inexoravelmente, começou a descer. Com precisão ritmada, os dois tinham a intenção de se juntar; em pouco tempo conseguiriam.

— Está *mastigando*! — exclamou Marsha, a seu lado, na escuridão.

Hamilton chutou com toda a força que tinha. Pressionando o ombro contra a porta encolhida, ele batia, brigava, arranhava e golpeava a carne mole. Fragmentos da substância orgânica saíram na sua mão; ele começou a escavá-la, retirando grandes nacos por vez.

— Ajudem aqui! — gritou ele às sombras que o rodeavam. Bill Laws e Charley McFeyffe emergiram da poça de saliva e começaram a golpear freneticamente a porta. Uma fresta surgiu e, com a ajuda de Marsha e David Pritchet, eles conseguiram esculpir uma abertura circular naquela carne.

— Para fora — grunhiu Hamilton, empurrando a esposa pelo buraco. Marsha se escarrapachou em frente à porta e rolou para longe. — Próximo, você — disse Hamilton a Silvester. O idoso foi empurrado sem cerimônia pela abertura; depois dele vieram Laws e McFeyffe. Esforçando-se para enxergar à volta, Hamilton não viu outras formas além da sua e da de David Pritchet. O teto e o chão já estavam quase contíguos; não havia tempo para se preocupar com mais ninguém.

— Vá logo pra lá — bradou ele, alçando o menino de uma vez só pela brecha palpitante. Em seguida, se contorcendo e estremecendo, ele conseguiu passar também. Atrás deles, dentro da boca da criatura, o teto e o chão haviam se juntado. Ouviu-se o estalo forte das superfícies duras se encontrando. O ruído se repetia, num craquelar contínuo.

A sra. Pritchet, que não conseguira sair, estava sendo mastigada.

Os sobreviventes do grupo se reuniram no quintal, a uma distância segura da casa. Ficaram em silêncio enquanto assistiam à criatura se contrair e expandir metodicamente. A digestão estava em processo. Por fim, o movimento foi parando. Uma última onda de atividade espasmódica perpassou a criatura, e, por fim, ela parou.

Com um zunido abafado, as persianas desceram todas de uma vez, deixando as janelas opacas. E assim ficaram.

— Está dormindo — disse Marsha, distante.

Hamilton se perguntou, absurdamente, o que diriam os lixeiros quando viessem buscar o lixo. Uma pilha de ossos bem-organizada estaria à espera deles na porta de trás, ossos bem polidos, pois teriam sido limpos, chupados, e depois excretados. Quem sabe junto com alguns botões e colchetes metálicos.

— Então é isso — observou Laws.

Hamilton fez menção de ir até o carro.

— Vou ter muito prazer em matar essa mulher — declarou.

— De carro, não. Não podemos confiar — alertou Laws.

Detendo-se, Hamilton pensou melhor.

— Vamos ao apartamento dela a pé. Vou tentar atraí-la para fora; se conseguirmos pegá-la ao ar livre, sem precisar entrar em lugares fechados...

— Ela já deve estar ao ar livre. Essa mesma coisa daqui também estaria atuando contra ela. Talvez ela já esteja morta; talvez o apartamento dela a tenha devorado assim que ela entrou — disse Marsha.

— Morrer, ela não morreu. Ou nós já não estaríamos aqui — observou Laws, sardônico.

Das sombras junto à garagem surgiu uma silhueta esguia.

— Isso mesmo — disse ela, em voz baixa e monótona. Uma voz familiar. — Ainda estou viva.

Dentro do bolso do paletó, Hamilton segurou sua .45. Quando seus dedos tatearam em busca da trava de segurança, ele percebeu algo bizarro. Nunca em sua vida tinha usado aquela arma — ou até mesmo a visto. No mundo real, ele não tinha uma .45. A arma surgira junto com o mundo da srta. Reiss; fazia parte da personalidade e existência dele naquela fantasia patológica brutal.

— Você conseguiu fugir? — perguntou Bill Laws à srta. Reiss.

— Tive o bom senso de não subir as escadas. Percebi o que vocês tinham planejado assim que coloquei os pés no saguão de entrada. Vocês não são tão espertos quanto pensam. — Havia um quê de triunfo desvairado na voz dela.

— Meu Deus — disse Marsha. — Mas não fomos nós...

— Vocês vão tentar me matar, não é? Todos vocês, o grupo inteiro. Estão conspirando há tempos, não é? — inquiriu a srta. Reiss.

— Vamos. De fato — admitiu Laws de repente.

A srta. Reiss soltou uma risada, dura e sem alegria.

— Eu sabia. E nem têm medo de dizer isso bem na minha cara?

— Srta. Reiss — disse Hamilton —, é claro que estamos conspirando para matar você. Mas é impossível. Não tem um ser humano nesse mundo louco capaz de encostar um dedo em você. São esses terrores que você imaginou que...

— Mas... vocês não são humanos — interrompeu a srta. Reiss.

— O quê? — indagou Arthur Silvester.

— Claro que não são. Soube desde a primeira vez que vi vocês, no Bevatron, aquele dia. É por isso que todos sobreviveram à queda; foi uma óbvia tentativa de me colocar lá e me matar com a queda. Mas eu não morri. Também tenho meus recursos. — A srta. Reiss sorriu.

Pausadamente, Hamilton perguntou:

— Se nós não somos seres humanos, nós somos o quê?

Nesse momento, Bill Laws se mexeu. Zunindo pela grama umedecida, ele voou direto na direção do corpo magro e miúdo de Joan Reiss. Suas asas desfraldadas, poeirentas, finas como filigranas, bateram rumorosas na noite escura. Sua mira foi absolutamente certeira; ele estava em cima dela antes que a mulher conseguisse se mexer ou gritar.

O que antes fora um ser humano agora era um ente com exoesqueleto e juntas múltiplas, que zumbia e agitava as asas enquanto envolvia o corpo inteiro da srta. Reiss em meio aos frágeis protestos da mulher. A longa cauda da criatura se recurvou; de uma estocada, ela aguilhoou a mulher, manteve o ferrão lá dentro por certo tempo e, por fim, satisfeita, o recolheu. Gradualmente, as garras da criatura, que estalavam e arranhavam, a libertaram. Cambaleando, a srta. Reiss desabou sobre as mãos e os joelhos, atordoada e resfolegando na grama molhada.

— Ela vai fugir — disse Arthur Silvester, rápido.

Adiantando-se, ele saltou sobre o corpo que encolhia e o virou de barriga para cima. Rápida e eficientemente, ele espirrou cimento de secagem rápida ao redor dos quadris ossudos da mulher; girando-a, ele a envolveu toda em uma rede grossa de fibras resistentes. Quando terminou, o inseto comprido que antes fora Bill Laws a tomou em suas garras; sustentando o casulo ainda trêmulo, ele o manteve erguido enquanto Silvester tecia um longo fio e o jogava por cima de um galho de árvore. Em seguida, a forma semiparalisada de Joan Reiss pendia de cabeça para baixo em seu saco de teia visguenta, com os olhos vidrados e a boca entreaberta, balançando ao sabor do vento noturno.

— Isso deve funcionar — afirmou Hamilton com satisfação.

— Que bom que a deixaram viva. Não precisamos ter pressa com ela... Ela não pode fazer nada conosco — disse Marsha, ansiosa.

— Mas em algum momento teremos que acabar com ela. Quando estivermos satisfeitos — observou McFeyffe.

— Ela matou a minha mãe — disse David Pritchet em uma voz baixa e sibilante.

Antes que qualquer um pudesse detê-lo, ele avançou, agachou e pulou no casulo que balançava. Estendendo um sugadouro protuberante, ele afastou os fios do casulo, rasgou o vestido da mulher e perfurou brutalmente a pele descorada. Em pouco tempo já havia atingido as zonas úmidas mais profundas do corpo dela. Depois ele voltou a pousar no chão, inflado e zonzo, deixando para trás uma carcaça murcha e desidratada.

A carcaça ainda vivia, mas estava prestes a morrer. Olhos toldados de dor os encaravam sem enxergar. Joan Reiss estava além da compreensão; restava apenas uma centelha opaca de sua personalidade. O grupo a observava com gosto, consciente de que aqueles eram os segundos finais de sua agonia.

— Ela mereceu — disse Hamilton, hesitante.

Agora que o serviço estava feito, ele começava a ter suas dúvidas. A seu lado, o enorme inseto cascudo e pontiagudo que era Bill Laws assentiu.

— É claro que mereceu. Veja o que ela fez com Edith Pritchet. — A voz dele era rascante como um zumbido fino.

— Vai ser bom escapar desse mundo. Voltar ao nosso — disse Marsha.

— E às nossas formas normais — acrescentou Hamilton, com um olhar inquieto para Arthur Silvester.

— O que quer dizer com isso? — indagou Laws.

— Ele não entendeu — disse Silvester, como se achasse um pouco de graça. — Nossas formas *são* essas, Hamilton. Só não tinham aparecido antes. Pelo menos, não publicamente.

Laws deu uma risada tensa.

— Escuta só essa. Escuta só o que ele acha. Hamilton, você é tão interessante.

— Talvez a gente deva descobrir o que mais ele pensa — sugeriu Arthur Silvester.

— Vamos observar. Vamos chegar bem perto e ver o que ele tem a dizer. Vamos descobrir o que ele sabe fazer — concordou Laws.

Consternado, Hamilton falou:

— Matem ela e deem um fim nisso. Vocês não sabem, mas entraram na loucura dela.

— Será que ele é bom de corrida? — conjecturou Arthur Silvester, aproximando-se de Hamilton devagarinho.

— Fique longe de mim — disse Hamilton, procurando a arma no bolso.

— E a mulher dele. Vamos pregar um susto nela também — continuou Silvester.

— Eu quero ela — afirmou David Pritchet, guloso. — Deixem ela para mim. Podem segurar o corpo dela, se quiserem. Assim vocês a impedem de tentar...

Silenciosamente pendurada em seu casulo, a srta. Reiss expirou. E, sem um ruído, o mundo ao redor deles também expirou em partículas aleatórias.

Com as pernas fraquejando de alívio, Hamilton puxou o corpo obscurecido da esposa para junto de si.

— Graças a Deus. Escapamos — disse ele.

Marsha o abraçou com força.

— E bem na hora, né? — Sombras espiralavam ao redor dos dois; paciente, Hamilton aguardava acabar. Sabia que o que esperava por eles era a dor, porque voltariam ao piso de concreto cheio de detritos do Bevatron. Todos estavam machucados, e havia pela frente um período de sofrimento e de longa recuperação, com dias compridos e vazios no hospital. Mas valeria a pena. Valeria muito.

As sombras se dissiparam. Não estavam no Bevatron.

— Lá vamos nós outra vez — disse Charley McFeyffe, pesaroso. Ele se ergueu da grama molhada, apoiando-se no balaústre da varanda.

— Mas não pode ser. Não sobrou nenhum. Já passamos por todos — disse Hamilton de maneira obtusa.

— Você está errado. Desculpe, Jack, mas eu avisei. Falei sobre ela e você não quis me ouvir — disse McFeyffe.

Estacionado na calçada em frente à casa de Hamilton havia um carro preto agourento. As portas haviam sido abertas; do banco de trás, desceu uma figura corpulenta que veio gingando rapidamente pelo gramado e parou na frente dele. A figura foi seguida por homens robustos de cara amarrada, sobretudo e chapéu, mãos remexendo ameaçadoramente nos bolsos.

— Aí está você. Vamos lá, Hamilton. Venha conosco — proferiu o homem corpulento.

De início, Hamilton não os reconheceu. O rosto do homem era um amontoado massudo de carne, corrompido por um queixo pequeno e minúsculos olhinhos afundados em gordura. Seus dedos, que se fecharam de modo rude sobre o braço de Hamilton, eram garras adiposas; ele emanava um fedor de colônia cara, mas vencida — e, além disso, cheirava a sangue.

— Por que não foi trabalhar hoje? É uma pena, Jack. Eu era amigo do seu pai — grunhiu o marmanjo.

— Descobrimos sobre o seu piquenique — acrescentou um dos capangas da empresa.

— Tillingford. É você? — disse Hamilton, atônito.

Olhando-o com maldade, o dr. Guy Tillingford, capitalista balofo com sangue nas mãos, se virou e foi andando que nem um pato até o Cadillac dele, que estava estacionado.

— Tragam ele! — ordenou à gangue. — Preciso voltar aos laboratórios da Agência de Desenvolvimento de Epidemias. Temos novas toxinas bacterianas para testar. E ele vai dar uma boa cobaia.

15

A morte pesava sobre a escuridão fria da noite. No lusco-fusco, falecia um enorme organismo corroído. Todo rachado e partido, o corpanzil amarrotado vazava dolorosamente fluidos pela calçada e pelo meio-fio; ao redor dele, formava-se uma enorme poça de líquido brilhante e borbulhante, cada vez maior.

Por um momento, Hamilton não conseguiu identificar o que seria aquilo. Estremecendo de leve, a forma caiu para o lado e se assentou. O céu estrelado refletia levemente nas janelas estilhaçadas do veículo. Feito madeira podre, a estrutura abaulada do carro cedia, se vergando toda. Enquanto observava, o capô se abriu como se fosse um ovo; as peças enferrujadas se derramaram dele e se espalharam ao relento, meio afundadas na poça de óleo, água, gasolina e fluido de freio.

Por um momento, um brilho fugaz de solidez perpassou o chassi colossal do carro. Então, com um gemido de protesto, o pouco que sobrava do motor furou os suportes corroídos e tombou na calçada. O bloco do motor quebrou-se ao meio e começou a ruir lenta e metodicamente, transformando-se aos poucos em partículas imprecisas e obtusas.

— Bem, lá se vai meu carro — disse o motorista de Tillingford, resignado.

Amuado, Tillingford contemplou os destroços do que já fora o seu Cadillac. Pouco a pouco, uma indignação furiosa foi ganhando terreno em seu ânimo.

— Está tudo indo por água abaixo — disse ele.

Tillingford deu um chute irritado no que sobrara do carro; o Cadillac então se transmutou num bulbo de metal amorfo que desapareceu em meio às sombras da noite.

— Isso não vai ajudar em nada. Melhor deixar pra lá — comentou um de seus homens.

— Vai ser difícil voltar à fábrica. Tem um bairro operário no caminho — disse Tillingford, sacudindo gotas de óleo sujo da barra da calça.

— Eles podem ter fechado a estrada com barricadas — concordou o motorista. Na penumbra, os capangas da empresa eram indistinguíveis entre si; a Hamilton, todos pareciam o mesmo gigante germânico troncudo e comum, de rosto frio e brutal.

— Quantos homens temos conosco? — quis saber Tillingford.

— Trinta — foi a resposta.

— Melhor acender um sinalizador — sugeriu outro capanga da empresa, sem parecer ter muita certeza. — Está escuro demais para ver quando começarem a se mexer.

Abrindo caminho com o ombro até o dr. Tillingford, Hamilton disse bruscamente:

— Vocês estão falando sério? Acreditam mesmo que...

Ele se interrompeu, pois um tijolo bateu contra os restos do Cadillac. A distância, nas sombras profundas da noite, silhuetas obscuras correram e se esconderam.

— Entendi — disse ele, cheio de medo e compreensão.

— Ai, meu Deus — exclamou Marsha, a voz aguda de aflição. — Como vamos escapar disso?

— Talvez não escapemos — respondeu Hamilton.

Um segundo tijolo zuniu pelo ar em meio ao breu. Estremecendo de pavor, Marsha se agachou e foi até Hamilton.

— Este quase me pegou. Estamos bem no meio da briga; eles vão se matar na nossa frente.

— Pena que não acertou você. Aí estaríamos livres disso — disse Edith Pritchet baixo.

Consternada, Marsha soltou um gemido de desespero. À sua volta, à luz bruxuleante, mas contínua, do sinalizador da empresa, os rostos duros e hostis do grupo pareciam brancos feito cera.

— Então todos pensam isso de mim. Acham que sou... *comunista*.

Tillingford se virou rápido. Um terror quase histérico surgiu-lhe no rosto bruto e corrupto.

— Isso mesmo; eu tinha esquecido. Vocês foram a um piquenique do Partido.

Hamilton fez menção de negar, mas foi vencido pelo cansaço. De que adiantava? Provavelmente naquele mundo eles tinham feito um piquenique comunista, um comício esquerdista com danças típicas chinesas, canções da Espanha legalista, palavras de ordem, discursos e petições.

— Bem, nós avançamos bastante. Passamos por três mundos antes de chegar aqui — disse ele em voz baixa para a esposa.

— O que você quer dizer com isso? — disse Marsha, a voz vacilando.

— Gostaria que tivesse me contado.

Os olhos dela chamejaram.

— Você também não acredita em mim? — Na escuridão noturna, a mão pálida e pequenina de Marsha subiu, atacando rápido; surgiu no rosto dele uma dor aguda, que se espalhou pelo corpo feito fagulhas ofuscantes. O ato, porém, drenou o coração dela de todo rancor na mesma hora. — Não é verdade — disse ela, desesperançada.

Massageando a bochecha ardente e inchada, Hamilton disse:

— Mas não dá para negar que é interessante. Nós estávamos comentando sobre não ter como saber de nada até ter entrado na mente das pessoas. Bem, chegamos. Passamos pela mente do

Silvester; passamos pela mente da Edith Pritchet; passamos pela mente insana da srta. Reiss...

— Se a matarmos, saímos daqui — disse Silvester calmamente.

— Voltamos para o nosso mundo — disse McFeyffe.

— Fiquem longe dela. Ninguém encosta um dedo na minha esposa — alertou Hamilton.

Os dois estavam cercados pelo grupo, um círculo hostil estreito. Por certo tempo, ninguém se mexeu; os seis estavam paralisados de tensão, os braços rígidos ao lado do corpo. Por fim, Laws deu de ombros e relaxou. Dando as costas a eles, o rapaz saiu andando devagar.

— Deixa para lá. Deixem que o Jack cuide disso. Ela é problema dele — disse olhando para trás.

A respiração de Marsha começou a ficar curta e rápida.

— Que coisa horrível... Não estou entendendo. Isso não faz sentido nenhum. — Infeliz, ela balançava a cabeça.

Mais pedras haviam caído ao redor deles. No remoinho das sombras, ouviam-se sons fracos e ritmados, que foram crescendo até virarem um coro de passeata em marcha. Tillingford, com seus traços grotescos numa expressão cruel e amargurada, ficou escutando.

— Está ouvindo? Eles estão por aí, escondidos no escuro — disse ele a Hamilton. O rosto áspero se contorceu em uma careta de desprezo. — Animais.

— Doutor, não é possível que acredite nisso. Deve saber que você não é assim — protestou Hamilton.

Sem olhar para ele, Tillingford disse:

— Vá lá ficar com os seus camaradas.

— Então é assim?

— Você é um comunista. Sua esposa é uma comunista. Você é lixo humano. Não tem lugar para você na minha fábrica nem em nenhuma sociedade humana decente. Vá embora e fique longe! — declarou Tillingford. Passado um momento, ele acrescentou: — Volte pro seu piquenique comunista.

— Você vai lutar com eles?

— Mas é claro.

— Você vai mesmo atirar? Matar esses homens na rua?

— Se não atirarmos, eles é que nos matam. É assim que as coisas são; a culpa não é minha — argumentou Tillingford.

— Não tem como esse mundo ter futuro. São um bando de fantoches numa peça comunista de quinta categoria. É uma paródia fajuta da "vida americana". Dá quase para ver o mundo real transparecer — disse Laws para Hamilton, enojado.

Uma série sincopada de tiros irrompeu de repente. No telhado de uma casa próxima, os operários haviam silenciosamente montado uma metralhadora. Nuvens de pó de cimento iluminado subiam enquanto a linha de tiro se aproximava, ruidosa. Tillingford se pôs de quatro desajeitadamente e se escondeu atrás das ruínas do seu Cadillac. Seus homens, correndo agachados, começaram a devolver o fogo. Uma granada voou no escuro; Hamilton se curvou, abalado com o impacto da explosão que o atingiu bem nos olhos e no rosto. Quando o caos diminuiu, viu-se uma cratera enorme, preenchida em parte com detritos espalhados. Lá estavam vários dos capangas de Tillingford em meio aos escombros, com os corpos retorcidos em posturas bizarras.

Enquanto Hamilton assistia estarrecido à tentativa deles de se mexer, Laws sussurrou-lhe ao pé do ouvido:

— Eles não lembram alguém que você conhece? Olhe de perto.

No meio da escuridão esfumaçada, Hamilton não conseguia distingui-los com clareza. Mas uma das figuras inertes e alquebradas realmente parecia um pouco familiar. Atônito, ele a observou fixamente. Quem era aquela pessoa estirada em meio aos escombros, parcialmente soterrada por pedaços de piso quebrado e detritos carbonizados ainda em brasa?

— É você — disse Laws baixinho.

E era mesmo. Os contornos fugazes do mundo real tremulavam e cediam, visíveis por trás daquela fantasia distorcida. Como se até mesmo o criador do cenário nutrisse certas dúvidas

233

fundamentais sobre o seu conteúdo. O calçamento entulhado de detritos não era a rua, e sim o piso do Bevatron. Aqui e ali, repousavam outros rostos conhecidos. Mexendo-se fracamente, eles começavam a recuperar os sentidos.

Em meio às ruínas fumegantes, alguns socorristas e técnicos avançavam vagarosamente. Escolhiam com cautela onde pisar, movendo-se com uma lentidão agonizante, passo a passo, tomando cuidado para não se exporem. Descendo das casas próximas para o nível do chão, eles furtivamente iam pousando na rua destruída... mas seria mesmo uma rua? Agora parecia mais as paredes do Bevatron, com as passarelas de segurança que levavam ao seu piso. E as braçadeiras vermelhas dos operários mais pareciam braçadeiras da Cruz Vermelha. Confuso, Hamilton desistiu de tentar desembaralhar aquela montagem de pessoas e lugares.

— Não vai demorar muito. Essa conspiração aqui não é grande coisa. Está longe de ser tão bem construída quanto a última — disse baixo a srta. Reiss. Com o colapso do seu mundo, ela ressurgira exatamente como antes, de casaco comprido de veludo cotelê, óculos de aro de tartaruga e segurando sua preciosa bolsa.

— Você achou a última convincente? — indagou Hamilton com frieza.

— Ah, sim. No início, quase caí nela. Eu pensei... — A srta. Reiss sorriu com uma intensidade fanática. — Foi tão bem armado que eu quase pensei que o mundo era *meu*. Mas, claro, quando entrei na portaria do meu prédio, percebi o que era. Assim que encontrei as cartas ameaçadoras de sempre na mesa da portaria.

Trêmula, agachando-se junto do marido, Marsha disse:

— O que está havendo nesse mundo? Está tudo tão turvo.

— Ele está quase acabando — disse a srta. Reiss, distante.

Esperançosa, Marsha repuxou convulsivamente o braço do marido.

— Será? Vamos acordar, então?

— Talvez. Há quem diga — respondeu Hamilton.

— Que... maravilha.

— É?

O pânico perpassou o rosto dela.

— Claro que é. Odeio esse lugar... não suporto. É tão... bizarro. Tão hostil e pavoroso.

— Depois a gente conversa. — A atenção de Hamilton fora capturada por Tillingford; o portentoso chefe capitalista reunira seus capangas e conversava com eles de maneira suave e ponderada.

— Esses valentões ainda não terminaram o serviço. Antes de conseguirmos sair daqui, vai ter briga — disse Laws baixinho.

Tillingford encerrou a conversa. Apontando Laws com o polegar, disse:

— Enforquem ele. Vai ser menos um para atrapalhar.

Laws abriu um sorriso duro e amargo.

— Lá vão eles linchar mais um preto. Típico de capitalistas.

Incrédulo, Hamilton quase deu risada. Mas Tillingford falava sério; realmente sério. Tenso, ele disse:

— Doutor, isso aqui só existe porque é uma crença da Marsha. Você, essa briga, toda essa fantasia maluca... ela já está deixando ruir. Não é de verdade, faz tudo parte da ilusão dela. Ouve o que estou dizendo!

— E aquele comunista — disse Tillingford, cansado, enxugando a testa imunda de sangue e poeira com um lenço de seda. — E a vadia comunista. Joguem gasolina nos corpos quando pararem de se mexer. Deveríamos ter ficado na fábrica. Pelo menos ali teríamos segurança por algum tempo. E podíamos ter planejado melhor a defesa.

Os operários se esgueiravam feito fantasmas em meio aos destroços. Mais granadas explodiram; o ar estava pesado de tantos tipos de cinzas e fragmentos que continuavam a cair.

— Olha lá — disse David Pritchet, embasbacado.

Contra o céu noturno formavam-se letras enormes. Borrões luminosos indistintos que pouco a pouco se definiram no formato de palavras. Palavras de ordem reconfortantes, já meio desintegradas, garranchos escritos sobre a imensidão escura especialmente para eles.

Estamos chegando.
Aguentem firme.
Erguei-vos,
Guerreiros da paz!

— Muito reconfortante — comentou Hamilton, revoltado.

O coro abafado no meio da noite subira o tom. O vento frio levava palavras cantadas aos gritos ao grupo semiescondido.

— Talvez eles venham mesmo nos salvar. Mas essas palavras horríveis aí... me sinto estranha com elas — disse a sra. Pritchet, insegura.

Os homens de Tillingford corriam de lá para cá, catando destroços e materiais diversos para construir fortificações. Estavam praticamente perdidos em meio às nuvens turbulentas de poeira e fumaça; mal podiam ser vistos. De vez em quando, um rosto duro e ossudo se iluminava, tornando-se visível por um momento e depois desaparecendo na escuridão nebulosa. Quem eles lembravam, mesmo? Hamilton procurou pensar. O chapéu enterrado na cabeça, o nariz pontudo...

— Gângsteres. Gângsteres da Chicago dos anos 1930 — sugeriu Laws.

Hamilton assentiu.

— É isso.

— Tudo conforme a doutrinação. Ela deve ter decorado direitinho.

— Deixe ela em paz — avisou Hamilton, sem grandes convicções.

— E o que acontece depois? Os bandidos capitalistas enlouquecem de desespero? É isso? — perguntou Laws, irônico, à silhueta encolhida de Marsha Hamilton.

— Para mim, eles já parecem bem desesperados — comentou Arthur Silvester com seu jeito sombrio.

— Que aparência desagradável têm esses homens. Eu nem sabia que existiam homens assim — sibilou, apreensiva, a sra. Pritchet.

Nesse momento, uma das palavras de ordem incandescentes no céu explodiu. Choveram pedaços de palavra em chamas, tocando fogo nas pilhas de destroços. Xingando e batendo na própria roupa, Tillingford recuou, relutante; um pedaço de detrito flamejante caíra nele, incendiando seu sobretudo. À direita dele, o grupo de capangas fora soterrado por um enorme quadro do rosto de Bulganin, feito somente com contornos, que viera, em chamas, direto do céu para desabar em cima deles.

— Enterrados vivos — disse Laws com satisfação.

Mais e mais palavras despencavam. Uma gigantesca *Paz* em brasas tombou sobre a casinha arrumada de Hamilton; o telhado pegou fogo, assim como a garagem e o varal. Desolado, ele viu o fogaréu brilhante lançar altas labaredas no céu. Nenhuma sirene tocou na cidade às escuras; as ruas e casas perfilavam-se em total silêncio, fechadas e hostis àquela incineração.

— Deus do céu. Acho que aquela *Coexistência* enorme está se desprendendo — disse Marsha, com medo.

Agachado junto de seus homens, Tillingford havia perdido o controle da situação.

— Bombas e balas — repetia ele sem parar, em uma voz monótona e grave. Restavam poucos homens de sua gangue. — Bombas e balas não vão segurar essa gente. Eles estão começando a marchar.

Uma fileira de sombras avançava pela escuridão bruxuleante. O canto que entoavam se tornara uma empolgação febril e orgiástica; duro e sombrio, ele subia aos céus, precedendo os homens severos que avançavam desviando das pilhas de escombros em chamas.

— Vamos — disse Hamilton. Tomando a mão inerte da esposa, ele a conduziu com agilidade pelo meio do caos que se armava ao redor.

* * *

Encontrando o caminho por memória e instinto, Hamilton foi puxando a esposa pela lateral da casa em chamas e pelo cimentado que levava ao quintal. Parte da cerca havia se desintegrado, carbonizada; sem parar de puxar Marsha, ele abriu caminho por entre os fragmentos fumegantes até poderem passar para o quintal escuro que ficava mais além. As casas em volta eram silhuetas escuras e opressivas. Aqui e ali, vislumbravam homens correndo; operários sem rosto, intercambiáveis, que iam silenciosamente na direção do campo de batalha. Pouco a pouco, as silhuetas e o som das metralhadoras foram ficando para trás. O flamejar do fogo foi desaparecendo. Estavam fora do alcance imediato da batalha.

— Esperem. — Laws e McFeyffe haviam surgido atrás deles, quase sem fôlego. — Tillingford surtou. Meu Deus, aquilo virou um pesadelo — ofegou Laws.

— Não dá para acreditar — murmurou McFeyffe, seu rosto gordo suado e retorcido. — Estão todos de quatro, imundos, brigando banhados em sangue. Parecem bichos.

Mais à frente, a distância, luzes brilhavam e piscavam.

— O que será isso? — indagou Laws, desconfiado. — Melhor ficarmos longe da via principal.

O que estava à frente deles era a seção comercial de Belmont. Mas não do jeito como se lembravam.

— Bem, deveríamos ter previsto isso — disse Hamilton, ácido.

Agora ela era um enorme cortiço com iluminação instável na escuridão noturna. Espeluncas suspeitas despontavam feito cogumelos venenosos, feias e ostensivas. Bares, salões de bilhar, pistas de boliche, bordéis, lojas de armas... E, por cima de tudo, um grunhido metálico. O ruidoso jazz americano berrava a todo volume, emitido por alto-falantes à porta de espalhafatosas casas de fliperama. Placas de néon piscavam e repiscavam. Soldados armados perambulavam sem rumo, repassando as opções surradas daquele antro de devassidão em ruínas.

Hamilton viu algo muito estranho em uma vitrine. Eram armas e facas lado a lado, perfiladas em caixas de veludo.

— Por que não? É a ideia que os comunistas fazem dos Estados Unidos: cidades geridas por gângsteres, repletas de vícios e crimes — disse Laws.

— E, nas áreas rurais, há indígenas, chacinas e linchamentos. Bandoleiros, massacres, pura carnificina — disse Marsha, seca.

— Você parece bem-informada — observou Laws.

Abatida e em desespero, Marsha afundou sentada na calçada.

— Não consigo mais andar.

Os três homens ficaram de pé, constrangidos, sem saber o que fazer.

— Vamos logo. Você vai congelar — disse Hamilton, em tom rude.

Marsha não falou nada. Tremendo, ela estava curvada, o rosto voltado para baixo, envolvendo o corpo com os braços, pequenina e frágil contra o frio.

— Melhor a levarmos para um lugar fechado. Talvez um desses restaurantes — disse Laws.

— Não há razão para continuar, não é? — disse Marsha ao marido.

— Imagino que não — respondeu ele com simplicidade.

— Você não liga se voltarmos?

— Não.

— Tem algo que eu possa dizer em minha defesa?

Às costas dela, referindo-se ao mundo ao redor, Hamilton disse:

— Estou olhando para isso; não há mais nada a dizer.

— Sinto muito — disse McFeyffe, sem jeito.

— Não é culpa sua — respondeu Hamilton.

— Mas me sinto responsável.

— Esqueça. — Reclinando-se, Hamilton colocou a mão no ombro trêmulo da esposa. — Vamos, querida. Não dá para você ficar aí.

— Mesmo que não haja outro lugar para ir?

— Isso mesmo. Mesmo que não haja outro lugar para ir. Mesmo que cheguemos ao fim do mundo.

— E chegamos — comentou Laws, cruel.

Hamilton não tinha resposta para isso. Agachando-se, ele puxou a esposa para que se levantasse. Apática, ela se deixou alçar por ele. Naquela escuridão gelada, ela mais parecia um amontoado sem forma seguindo obedientemente na cola dele.

— Parece que foi há tanto tempo. Aquele dia em que encontrei você na recepção e contei que o coronel T. E. Edwards queria conversar comigo — refletiu Hamilton, segurando a mão dela.

Marsha assentiu.

— O dia em que visitamos o Bevatron.

— Pense. Se você não tivesse feito a visita, não teria descoberto — disse McFeyffe rispidamente.

Os restaurantes eram espalhafatosos e pomposos. Garçons de uniforme demonstravam um servilismo abjeto, deslizando como ratazanas prestativas por entre as mesas enfeitadas. Hamilton e seu grupo perambulavam sem rumo, a esmo. As calçadas estavam quase desertas. De vez em quando, uma silhueta esfarrapada passava por eles, alguém encurvado lutando contra o vento.

— Um iate — disse Laws sem entusiasmo.

— O quê?

— Um iate. — Laws apontou para uma vitrine iluminada do tamanho de um quarteirão. — Vários iates. Vai querer um?

Outras vitrines ostentavam casacos de pele luxuosos e joias. Perfumes, gêneros alimentícios importados... e os eternos restaurantes rococó com seus garçons servis e a suntuosa decoração. Grupos ocasionais de homens e mulheres em farrapos olhavam para dentro dos estabelecimentos, sem ter como bancar artigo nenhum. Enquanto avançavam pela rua sombria, chegaram até a ver uma carroça a cavalo. Na parte de trás da carroça, uma família de olhos cansados agarrava com firmeza os poucos pertences.

— Refugiados. Da seca no Kansas. Das tempestades de areia. Lembram? — conjecturou Laws.

240

Agora estavam bem na frente do extenso bairro da luz vermelha.

— Bem, o que me dizem? — perguntou Hamilton.

— Temos algo a perder? Andamos por toda parte; não sobrou mais nada — concordou Laws.

— Melhor irmos nos divertir enquanto ainda podemos. Antes que esse lugar diabólico se dilua de vez — murmurou McFeyffe.

Sem uma palavra, os quatro avançaram na direção dos espalhafatosos letreiros de néon, anúncios de cerveja, buzinas e toldos esfarrapados batendo ao vento. Na direção do velho e conhecido Safe Harbor.

Cansada, mas grata, Marsha afundou em uma mesa de canto.

— Está bom aqui. Está quentinho — comentou ela.

Hamilton ficou absorvendo a atmosfera amistosa do salão de luzes baixas: o conforto rústico dos cinzeiros abarrotados, as inúmeras garrafas de cerveja vazias, a zoeira incessante do jukebox. O Safe Harbor não havia mudado nada. No bar, o mesmo grupo de operários de sempre, silhuetas de expressão ausente curvadas sobre suas cervejas. O piso de tábuas estava coalhado de guimbas de cigarro. O rapaz do bar, passando languidamente o trapo sujo sobre o balcão, cumprimentou McFeyffe com a cabeça quando os três se sentaram ao redor de Marsha.

— É bom sentar um pouco — suspirou McFeyffe.

— Cerveja para todo mundo? — perguntou Laws. Todos fizeram que sim e ele partiu para o bar.

— Como a gente andou. Acho que nunca estive nesse lugar antes — disse Marsha fracamente, retirando o casaco.

— Provável que não — concordou Hamilton.

— Você costuma vir aqui?

— Era aqui que todo mundo vinha beber. Quando eu trabalhava para o coronel Edwards.

— Ah. Agora eu lembrei. Às vezes você falava desse lugar — disse Marsha.

Laws voltou com quatro garrafas de cerveja Golden Glow na mão e se sentou com cuidado.

— Podem pegar — ofereceu ele.

— Estão notando algo? Olhem só essa criançada — comentou Hamilton, dando um gole na cerveja.

Aqui e ali, nos recônditos obscuros do bar, via-se adolescentes. Fascinado, ele ficou observando uma mocinha, com não mais que 14 anos, ir direto para o bar. Aquilo era novidade; ele não se lembrava daquilo. No mundo real... que pareciam ter deixado para trás há tanto tempo. E, ainda assim, aquela fantasia comunista à sua volta vacilava, insubstancial e nebulosa. O bar, as fileiras de garrafas e copos, tudo terminava em um borrão indistinto. Os jovens bêbados, as mesas, as garrafas de cerveja espalhadas iam desaparecendo em meio à escuridão nebulosa; ele não conseguia enxergar o fundo do recinto. Não se viam as habituais placas de néon vermelho indicando *Damas* e *Cavalheiros*.

Estreitando os olhos, ele pôs a mão em pala na testa e espiou bem. Muito ao longe, depois das mesas cheias de fregueses, havia um fio de luz vermelha. Seriam as placas?

— O que está escrito ali? — perguntou ele a Laws, apontando.

Enunciando com os lábios, Laws leu:

— Parece ser *Saída de emergência*. — Passado um momento, ele acrescentou: — Está na parede do Bevatron. Para caso de incêndio.

— A mim parece mais com *Damas* e *Cavalheiros*. É o que dizia antes — falou McFeyffe.

— É o hábito — disse Hamilton.

— Por que tem criança bebendo? E se drogando. Olha só para eles: estão com maconha também, com certeza — disse Laws.

— Coca-cola, droga, bebida, sexo. A depravação moral do sistema. Devem estar trabalhando em minas de urânio. E, quando crescerem, vão virar gângsteres de escopeta na mão. — Hamilton não conseguia disfarçar a amargura na voz.

— Gângsteres de Chicago — especificou Laws.

— Depois, vão entrar para o exército para massacrar camponeses e tocar fogo nos casebres deles. É esse o sistema que temos; é esse o país que somos. Terreno fértil para assassinos e aproveitadores. — Virando-se para a esposa, ele disse: — Não é, querida? Crianças usando drogas, capitalistas sanguinários, mendigos famintos fuçando latas de lixo...

— Lá vem alguém que você conhece — comentou Marsha, baixo.

— Que eu conheço? — Surpreso, duvidando, Hamilton se virou na cadeira.

Em meio às sombras, esgueirando-se rapidamente por entre as mesas, vinha uma loira esbelta, lábios entreabertos como se estivesse sem ar, cabelos cascateando pelos ombros. De início, ele não a reconheceu. Ela usava uma blusa de alcinha amarrotada, com um grande decote. Seu rosto resplandecia com camadas e mais camadas de maquiagem. Sua saia justa tinha uma fenda que subia quase até as coxas. Ela não usava meia-calça, e no pé trazia um mocassim de salto baixo desleixado, sem meias. Seus seios eram enormes. Quando chegou à mesa deles, uma nuvem de calor e perfume o envolveu... Uma mistura complicada de aromas que trazia à tona lembranças igualmente complicadas.

— Olá — disse Silky com voz rouca e suave. Inclinando-se sobre ele, ela beijou de leve sua testa. — Estava esperando por você.

Levantando-se, Hamilton lhe ofereceu a cadeira.

— Sente aqui.

— Obrigada. — Sentando-se, Silky olhou para os demais. — Oi, sra. Hamilton. Oi, Charley. Oi, sr. Laws.

— Posso fazer uma pergunta? — disse Marsha bruscamente.

— Mas é claro.

— Que tamanho de sutiã você usa?

Sem se constranger, Silky baixou a blusa até que seus seios magníficos estivessem à mostra.

— Isso responde à sua pergunta? — retrucou ela. Ela não usava sutiã.

243

Corando, Marsha recuou.

— Responde, obrigada.

Contemplando com reverência descarada o amplo busto da moça, que por efeito de algum milagre se mantinha empinado, Hamilton disse:

— Imagino que o sutiã seja um engodo capitalista, criado para enganar as massas.

— Nem me fale nas massas — disse Marsha, desanimada, pois ver aquilo afetara sua vivacidade. — Você deve achar difícil encontrar algo que deixou cair — disse ela a Silky.

— Na sociedade comunista, o proletariado nunca deixa nada cair no chão — anunciou Laws.

Silky deu um sorriso ausente. Acariciando os próprios seios com os dedos compridos e afilados, ela ficou sentada com ar reflexivo. Depois, dando de ombros, ajeitou a blusa de volta, alisou o tecido e uniu as mãos sobre a mesa.

— Alguma novidade?

— Passamos por uma bela de uma batalha para os lados de lá. Vampirão de Wall Street *versus* operários heroicos e inteligentes, cantando palavras de ordem — disse Hamilton.

Silky olhou para ele em dúvida.

— Quem parecia estar ganhando?

— Bem, os chacais fascistas mentirosos foram soterrados por cartazes em chamas — admitiu Hamilton.

— Olha lá. Está vendo aquilo ali? — perguntou Laws de repente, apontando.

Em um canto do bar, via-se a máquina de cigarros.

— Lembra dela? — perguntou Laws a Hamilton.

— Claro.

— E lá está a outra. — Laws apontou para a máquina de doces, no canto oposto do bar, quase perdida em meio às sombras instáveis. — Lembra o que fizemos com elas?

— Eu lembro. Conseguimos fazer a lata-velha cuspir conhaque francês de primeira.

— A gente ia transformar a sociedade. Mudar o mundo. Pense no que podíamos ter feito, Jack — disse Laws.

— Estou pensando.

— Poderíamos ter fabricado tudo o que alguém pudesse sonhar. Comida, remédio, uísque, quadrinhos, arados, anticoncepcionais. Era um princípio e tanto.

— O Príncipio da Regeneração Divina. A Lei da Fissão Divinal. Isso serviria muito bem para esse mundo aqui — disse Hamilton.

— A gente poderia vencer o Partido. Eles precisam construir represas e indústrias de base. Nós só precisaríamos de uma barra de chocolate — concordou Laws.

— E de um pedaço de tubo de néon. Sim, teria sido a maior diversão.

— Você parece tão triste. Qual é o problema? — perguntou Silky.

— Nada. Nada mesmo — disse Hamilton, sucinto.

— Posso fazer alguma coisa por você?

— Não. Mas obrigado mesmo assim. — Ele deu um sorrisinho.

— Podemos subir e ir para a cama. — Cheia de vontade, ela passou a mão pela saia, expondo a coxa. — Eu sempre quis que você me possuísse.

Hamilton deu dois leves tapinhas no pulso dela.

— Você é uma boa moça. Mas isso não vai ajudar.

— Tem certeza? — De modo apelativo, ela lhe exibiu suas coxas nuas, luminosas e hidratadas. — Nós dois íamos nos sentir melhor... Você ia adorar...

— Talvez antes, mas agora não.

— Mas que papinho mais agradável — murmurou Marsha, rosto corado e amuado.

— É só brincadeira. Não queríamos ofender — respondeu Hamilton, gentil.

— Morte ao capitalismo monopolista — interveio Laws, com um arroto solene.

— Todo poder ao proletariado — replicou Hamilton obedientemente.

245

— Por uma democracia do povo nos Estados Unidos — proclamou Laws.

— Por uma cooperativa das Américas socialistas.

Ao redor, na penumbra do bar, alguns operários haviam erguido o olhar de suas cervejas.

— Falem baixo — alertou McFeyffe, inquieto.

— Apoiado! — bradou Laws, batendo na mesa com seu canivete. Ele o abriu e deixou à mostra, ameaçadoramente. — Vou esfolar vivo um desses abutres de Wall Street.

Hamilton o estudou, desconfiado.

— Homens negros não andam com canivetes. Isso é um estereótipo burguês.

— Eu ando — disse Laws, seco.

— Então você não pode ser negro. Você é um criptonegro que traiu seu grupo religioso — decidiu Hamilton.

— Grupo religioso? — repetiu Laws, fascinado.

— O conceito de *raça* é um conceito fascista. Os negros são um grupo religioso-cultural, nada mais — confidenciou Hamilton.

— Quem diria. Olha, até que essas ideias não são nada más — disse Laws, impressionado.

— Quer dançar comigo? — disse Silky a Hamilton, com intensidade repentina. — Queria poder fazer algo por você... Sinto um desespero tão grande em você.

— Eu vou sobreviver — respondeu ele, sucinto.

— O que podemos fazer pela revolução? Quem podemos matar? — quis saber Laws, empolgado.

— Não faz diferença. Quem passar na sua frente. Quem quer que saiba ler e escrever — respondeu Hamilton.

Silky e alguns dos operários que estavam prestando atenção trocaram olhares.

— Jack, não se deve brincar com essas coisas — disse Silky com voz preocupada.

— Não mesmo. Fomos quase linchados por aquele cão raivoso do monopólio financeiro, o Tillingford — contou Hamilton.

— Vamos liquidar o Tillingford — gritou Laws.

— Deixe comigo. Vou dissolver o corpo dele e despejar ralo abaixo — disse Hamilton.

— É tao estranho ouvir você falar desse jeito — disse Silky, os olhos desconfiados pregados nele. — Por favor, Jack, não fale assim. Me deixa com medo.

— Com medo? Por quê?

— Porque... — Ela fez um gesto hesitante. — Acho que você está sendo sarcástico.

Marsha emitiu um breve ganido de histeria.

— Meu Deus, *até ela*?

Alguns dos operários já tinham escorregado de seus banquinhos; esgueirando-se por entre as mesas, aproximando-se sorrateiramente deles. O burburinho do bar se evaporara. O jukebox estava num silêncio fúnebre. Ao fundo, os adolescentes haviam recuado para a penumbra.

— Jack, tenha cuidado. Por mim — disse Silky, apreensiva.

— Agora eu já vi de tudo nessa vida. Você, politizada! Uma moça honesta e caseira, não é? Corrompida pelo sistema? — apontou Hamilton.

— Pelo ouro capitalista. Seduzida por um empreendedor balofo. Provavelmente, um pastor. Emoldurou o hímen dela e pregou em cima da lareira da biblioteca, feito um troféu de caça — disse Laws, de mau humor, massageando as têmporas e emborcando sua cerveja vazia.

Observando o ambiente ao redor, Marsha disse:

— Isso não é um bar de verdade, né? Só parece um bar.

— É um bar na parte da frente. O que mais você quer? — perguntou Hamilton.

— Mas na parte de trás — disse Marsha, voz vacilante — é uma célula comunista. E essa *garota* aqui...

— Você trabalha para Guy Tillingford, não é? Eu busquei você lá, no outro dia — disse Silky a Hamilton.

— Isso mesmo. Mas Tillingford me demitiu. O coronel T. E. Edwards me demitiu, o Tillingford me demitiu... E acho que a lista ainda não acabou. — Com vago interesse, Hamilton notou que a roda de operários que os cercava estava armada. Naquele mundo, todos estavam armados. Todos pertenciam a um lado ou a outro. Até Silky. — Silky, você é a mesma Silky que eu conheço? — perguntou ele, alto.

Por um momento, a moça vacilou.

— É claro. Mas... — Ela balançou a cabeça, confusa, o cabelo loiro se derramando em cascatas pelos ombros. — Está tudo uma bagunça tão grande, poxa. Não consigo entender mais nada direito.

— É. Tem sido uma bagunça — concordou Hamilton.

— Pensei que fôssemos amigos. Pensei que estivéssemos do mesmo lado — disse Silky, tristonha.

— E estamos. Ou já estivemos, antes. Em algum outro lugar, longe daqui. Muito distante — disse Hamilton.

— Mas... você não tentou se aproveitar de mim?

— Minha querida — disse ele, com tristeza. — Venho tentando me aproveitar de você faz uma eternidade. Faz eras que estou tentando. Em todos os países e lugares, em todos os mundos. Em toda parte. Vou querer me aproveitar de você até o dia da minha morte. Quero mais é pegar você de jeito e me aproveitar até esse seu busto titânico balançar feito um álamo no vento.

— Foi o que pensei — disse Silky, a voz entrecortada. Por alguns momentos, ela manteve o corpo junto ao dele, o rosto apoiado em sua gravata. Desajeitado, ele tentou brincar com uma mecha de cabelo loiro que caíra sobre os olhos dela. — Eu queria que as coisas tivessem sido diferentes.

— Eu também. Talvez... eu possa passar aqui e beber alguma coisa com você, de vez em quando — disse Hamilton.

— Água com corante. É só isso. E o rapaz do bar me dá um mexedor — disse Silky.

Meio sem jeito, a roda de operários havia puxado seus rifles.

248

— Agora? — perguntou um deles.

Desembaraçando-se de Hamilton, Silky ficou de pé.

— Pode ser. Vamos lá. Acabem logo com isso — murmurou ela, quase sem som.

— Morte aos cães fascistas — disse Laws sem sinceridade.

— Morte aos iníquos. Podemos ficar de pé? — acrescentou Hamilton.

— É claro. Como quiserem. Eu queria que... Sinto muito, Jack. Sinto mesmo. Mas na realidade você não está conosco, né? — perguntou Silky.

— Sinto dizer que não — assentiu Hamilton, quase que com bom humor.

— Está contra nós?

— Devo estar. Não tem como eu estar alinhado com uma terceira posição. Não é?

— Vamos deixar que eles nos matem? — protestou Marsha.

— Eles são os seus amigos. Diga alguma coisa; faça alguma coisa. Não consegue argumentar com eles? — perguntou McFeyffe, com uma voz aflita e derrotada.

— Não levaria a nada. Eles não raciocinam — disse Hamilton. Voltando-se para a esposa, ele delicadamente a fez se levantar da cadeira. — Feche os olhos. E relaxe. Não vai doer muito.

— O que... você vai fazer? — cochichou Marsha.

— Vou nos tirar daqui. Usando o único método que sabemos que funciona.

Enquanto a roda de rifles apontava para eles, os mecanismos estalando, Hamilton afastou o punho, mirou cuidadosamente e deu um soco certeiro no queixo da esposa.

Com um breve tremor, Marsha desmaiou nos braços de Bill Laws. Hamilton segurou o corpo indefeso dela e, perturbado, a apertou forte. Perturbado porque os operários sem emoção permaneciam perfeitamente reais, carregando e ajustando suas armas.

249

— Meu Deus. Eles ainda estão aqui. Não voltamos ao Bevatron — disse Laws. Atônito, ele ajudou Hamilton a segurar Marsha, que estava inerte, totalmente desacordada. — Esse mundo aqui não é o da Marsha, afinal de contas.

16

— Mas não faz sentido — disse Hamilton sem jeito, segurando o corpo mole e cálido da esposa desmaiada. — Tem que ser o mundo da Marsha. Se não for dela, de quem é?

Então, com imenso alívio, ele percebeu.

Charley McFeyffe começara a se transformar. Era involuntário; McFeyffe não conseguia controlar. A metamorfose provinha da sua camada de crenças mais profunda, que era parte de, e portal para, como enxergava o mundo.

McFeyffe crescia visivelmente. Sob os olhares do grupo, ele foi deixando de ser um homem baixinho e pesado com barriga de cerveja e nariz de botão. Ele ficou alto, imponente. Uma nobreza divinal tomou conta do seu ser. Os braços eram sólidos pilares musculosos. O peitoral era maciço. Os olhos faiscavam de fogo purificador. O queixo quadrado, de moral implacável, ganhou um contorno firme e bem delineado enquanto ele lançava um olhar severo ao redor do ambiente.

A semelhança com o (Tetragrama) era assustadora. McFeyffe claramente não conseguira se libertar de todas as suas convicções religiosas.

— O que é isso? No que ele está se transformando? — perguntou Laws, fascinado.

— Estou me sentindo mal. Acho que vou tomar um sal de fruta — vociferou McFeyffe num tom retumbante, de divindade.

Os operários robustos haviam baixado as armas. Trêmulos, reverentes, olhavam para ele boquiabertos.

— Camarada Comissário. Não havíamos reconhecido você — murmurou um deles.

Enjoado, McFeyffe se virou para Hamilton.

— Idiotas! — trovejou ele em seu vozeirão autoritário.

— Ora, mas quem diria. Papai do Céu em pessoa — murmurou Hamilton.

McFeyffe abriu e fechou a boca heroica, sem emitir som.

— Está explicado. Quando o guarda-chuva chegou ao céu e o (Tetragrama) olhou para você bem de perto. Não é de admirar que você tenha ficado chocado. E nem que Ele tenha te lançado um raio — disse Hamilton.

— Foi uma surpresa. Não acreditava que Ele fosse mesmo estar lá em cima. Pensei que fosse mentira — admitiu McFeyffe depois de um instante.

— McFeyffe, você é comunista — disse Hamilton.

— Pois é, sou — vociferou McFeyffe, sem saída.

— Há quanto tempo?

— Há anos. Desde a Grande Depressão.

— O que foi? O Herbert Hoover matou seu irmão caçula a tiros?

— Não. Passei fome, não arrumava emprego e cansei de apanhar da vida.

— De certa forma, você não é mau sujeito — disse Hamilton. — Mas sua cabeça é totalmente deturpada. Você é mais doido do que a srta. Reiss. Mais pudico do que a sra. Pritchet. Mais obcecado pela figura do Pai do que o Silvester. Você é o pior de todos eles sintetizado num só. E muito mais. Mas, fora isso, até que você é boa gente.

— Não preciso dar ouvidos a você — disse, soberba, a divindade.

— E, além de tudo, você é podre. É subversivo, mente como se fosse a coisa mais natural do mundo, é um vigarista que faz de tudo para ganhar poder, e é podre até a alma. Como pôde fazer aquilo com a Marsha? Como pôde inventar tantas mentiras contra ela?

Após um momento, o ser radiante lhe respondeu:

— Dizem que os fins justificam os meios.

— É tática do Partido?

— Gente como sua esposa é perigosa.

— Por quê? — perguntou Hamilton.

— Não se ajustam a nenhum grupo. Gostam de bulir com todo tipo de ideia. E assim que viramos as costas...

— Então vocês os destroem, os entregam aos doidos patriotas.

— Os doidos patriotas nós entendemos. Mas a sua esposa, não. Ela assina petições do Partido pela paz e lê o *Chicago Tribune*. Gente como ela ameaça mais a disciplina do Partido do que qualquer outra, porque cultua o individualismo. O idealista que tem suas próprias leis, sua própria ética. Recusa-se a seguir qualquer autoridade. Isso solapa a sociedade. Desequilibra a estrutura inteira. Não se tem como construir nada sólido em cima. Gente como a sua esposa se recusa a seguir ordens — disse McFeyffe.

— McFeyffe, você vai ter que me perdoar — disse Hamilton.

— Por quê?

— Porque eu vou tomar uma atitude totalmente vã. Porque, mesmo sabendo que é inútil, vou encher você de porrada.

Ao arremeter contra McFeyffe, Hamilton viu aqueles músculos férreos e maciços se tensionarem. Era uma luta muito desigual; ele nem sequer chegou a arranhar aquele rosto perfeito. McFeyffe deu um passo atrás, recobrou-se, e começou a dar o troco sem piedade.

Fechando os olhos, Hamilton abraçou com força o corpo de McFeyffe, recusando-se a soltar. Machucado, com dentes a menos, manando sangue de um corte sobre o olho, as roupas um farrapo, ele continuou agarrado ao sujeito feito um rato esfrangalhado. Foi tomado por um frenesi quase religioso; ainda grudado ao outro, num êxtase de ódio, começou a bater sistematicamente o formoso crânio de McFeyffe contra a parede. Várias pessoas tentaram fazê-lo soltar aquela cabeça, fincando os dedos na pele dele, mas Hamilton não largou o osso.

Já tinha acabado; sua agressão caprichosa havia chegado ao fim sem efeito. Laws estava estirado no chão com a cabeça arrebentada, não muito longe da silhueta amarrotada de Marsha Hamilton. Ela jazia no local onde ele a largara. Hamilton, ainda de pé, distinguiu o cabo dos rifles se aproximando; agora chegara a hora para valer.

— Podem vir — convidou ele, ofegante. — Não faz a menor diferença. Mesmo que nos crivem de balas. Mesmo que façam picadinho da gente e construam trincheiras com o resto. Mesmo que nos usem como argamassa. Esse mundo não é o de Marsha, e é tudo o que me...

Uma coronhada de rifle o atingiu; fechando os olhos, ele procurou se resguardar da dor. Um dos operários do Partido chutou sua virilha; outro o acertava metodicamente na costela. Hamilton teve a sensação de que o corpo maciço de McFeyffe estava se soltando do dele. Em meio às trevas sinuosas, as silhuetas dos operários iam e vinham. Por fim, ele se viu de quatro, grunhindo e se arrastando pelo chão, tentando encontrar McFeyffe mesmo com a visão encoberta pelo sangue, e tentando fugir dos agressores.

Gritos. Batidas de cabos de rifle em sua cabeça. Ele estremeceu, tateando em meio à confusão que o rodeava, e, ao distinguir o contorno de uma pessoa estirada e inerte, foi se arrastando até ela.

— Solte ele — diziam. Ele ignorou e continuou tateando em busca de McFeyffe; aquela era Joan Reiss.

Depois de um tempo, encontrou McFeyffe. Frágil, débil, Hamilton vasculhou o entulho para encontrar algo capaz de matar seu oponente. Quando fechou os dedos ao redor de um pedaço de concreto, um forte chute o atordoou e jogou longe. O corpo inerte de McFeyffe sumiu; ele estava sozinho, rodopiando a esmo

254

em meio aos detritos e ao caos, perdido nas partículas suspensas aleatórias de cinza que choviam por toda parte.

Os escombros ao seu redor eram os do desastre no Bevatron. As pessoas vindo cautelosas em sua direção eram técnicos e socorristas da Cruz Vermelha.

Sob a chuva indiscriminada de coronhadas de rifle, McFeyffe fora nocauteado. Em meio à matança generalizada, ele não recebera salvo-conduto. Ninguém havia prestado atenção em nuances.

À direita de Hamilton estava o corpo inerte de sua esposa, com as roupas fumegando, chamuscadas. Um dos braços dela estava preso sob o corpo; de joelhos dobrados, mais parecia um montinho indefeso no piso de concreto queimado. E, mais à frente, jazia McFeyffe. Por reflexo, Hamilton rastejou na direção dele. No caminho, uma equipe médica o deteve e tentou colocá-lo em uma maca. Entorpecido, fora de si, mas ainda muito motivado, Hamilton empurrou os socorristas e ergueu o tronco, sentando-se no chão.

Nocauteado pelos valentões do próprio Partido, McFeyffe estava com uma expressão de pura fúria. Seu rosto ferido e disforme estava retorcido de ira e desalento. Dolorosamente, ele foi recuperando a consciência, mas a expressão permaneceu em seu rosto. A respiração ruidosa estava entrecortada. Resmungando, ele se debatia, lutando com o nada, os dedos atarracados se fechando ao redor de algo invisível.

Semissoterrada pelos escombros, a srta. Reiss já começava a se mexer. Ajoelhando-se aos poucos, ela tateava debilmente ao redor procurando o que quer que tivesse restado de seus óculos.

— Ai — disse ela baixinho, a vista embaçada piscando sem ver e escorrendo lágrimas de pavor. — Mas o que... — Defensivamente, ela puxou o casaco rasgado e chamuscado, se cobrindo com ele.

Um grupo de técnicos alcançara a sra. Pritchet; com destreza, eles retiraram os destroços esparramados sobre o corpo fumegante e arfante dela. Com esforço, Hamilton ficou de pé, foi devagarinho até a esposa e começou a estapear a fileira de fagulhas que percorria o vestido rasgado e carbonizado dela. O corpo de Marsha se sacudiu, estremecendo em reflexo.

— Não se mexa. Você pode ter quebrado alguma coisa — avisou ele.

Ela obedeceu e ficou parada, com os olhos fechados e o corpo rígido. Ao longe, perdido em meio às nuvens serpeantes de pó de cimento carbonizado, ressoava o choro assustado de David Pritchet. Todos estavam se mexendo e voltando à vida. Bill Laws tateava indistintamente enquanto socorristas de rosto pálido o rodeavam. Gritos, brados, o grito dos alarmes de emergência...

O rumor agressivo do mundo real. A fumaça acre dos equipamentos eletrônicos danificados. A tentativa desastrada de primeiros socorros prestados pela equipe médica nervosa.

— Nós voltamos. Está me ouvindo? — perguntou Hamilton à esposa.

— Estou. Estou ouvindo — disse Marsha.

— Está feliz? — perguntou ele.

— Estou. Não grite, querido. Estou muito feliz — disse Marsha baixinho.

O coronel T. E. Edwards ouviu com paciência, sem comentar, enquanto Hamilton prestava seu depoimento. Depois do resumo das acusações de Hamilton, a comprida e eficiente sala de reuniões permaneceu em silêncio. Ouviam-se apenas o ritmo monótono dos charutos sendo fumados e o tique-taque da taquígrafa.

— Você está acusando nosso responsável de segurança de ser membro do Partido Comunista? É isso mesmo? — perguntou Edwards, depois de um tempo refletindo com o cenho franzido.

— Não exatamente — respondeu Hamilton. Ele ainda estava um pouco fragilizado; fazia pouco mais de uma semana desde o incidente do Bevatron. — Estou dizendo que McFeyffe é um comunista disciplinado que utiliza o próprio cargo para proteger os interesses do Partido Comunista. Agora, se essa disciplina é interna ou externa...

Voltando-se abruptamente para McFeyffe, Edwards disse:

— O que tem a dizer sobre isso, Charley?

Sem levantar o olhar, McFeyffe respondeu:

— Eu diria que é evidentemente uma calúnia.

— Você reafirma que Hamilton está simplesmente tentando refutar a sua motivação?

— Exatamente. — McFeyffe ia declamando as frases com entonação mecânica. — Ele está tentando lançar dúvidas sobre a validade da minha motivação. Em vez de defender a esposa, ele me ataca.

O coronel Edwards voltou-se para Hamilton.

— Infelizmente, sou obrigado a concordar. É a sua esposa e não Charley McFeyffe que está sob suspeita. Tente se ater aos fatos pertinentes à defesa dela.

— Como deve ser evidente, não tenho condições nem a menor chance de provar que Marsha não é comunista. Mas posso demonstrar o motivo de McFeyffe ter levantado essas acusações contra ela. Posso mostrar o que ele está fazendo e as motivações reais desse circo todo. Olhe bem para o prestígio que ele tem; quem suspeitaria dele? Tem livre acesso a arquivos de segurança e pode acusar quem bem entender... É a posição ideal para um capanga do Partido Comunista. Ele pode perseguir quem o Partido quiser, qualquer pessoa que represente um empecilho. O Partido elimina sistematicamente os seus oponentes — disse Hamilton.

— Mas tudo isso é tão indireto. Faz muito sentido, mas cadê as provas? Como você quer provar que o Charley é comunista? Você mesmo disse que ele não é membro do Partido — observou Edwards.

— Não sou de uma agência de detetives. E nem da polícia. Não tenho como obter informações contra ele. Presumo que ele tenha algum contato com o Partido Comunista americano ou com organizações de fachada do Partido... Ele recebe as instruções de algum lugar. Se o FBI pudesse vigiá-lo...

— Então você não tem provas. Correto? — interrompeu Edwards, mascando o charuto.

— Não tenho. Nenhuma prova do que se passa na cabeça de Charley McFeyffe. Tanto quanto ele não tinha provas do que se passa na cabeça da minha esposa — respondeu Hamilton.

— Mas havia uma boa quantidade de material reprovável contra a sua esposa. Muitas petições assinadas; muitas idas a assembleias desses comunas. Você pode me mostrar uma petição assinada pelo Charley. Uma reunião de fachada a que ele tenha ido.

— Nenhum comunista de verdade iria se expor dessa maneira — afirmou Hamilton, percebendo, no mesmo instante, que o que dizia soava absurdo.

— Não podemos demitir Charley por causa de suposições. Até você deve estar vendo quanto essa acusação é fraca. Despedir Charley porque ele *não esteve* em reuniões de comunas? — O traço de um sorriso surgiu no rosto do coronel Edwards. — Me desculpe, Jack. Você não tem um argumento sólido.

— Eu sei — concordou Hamilton.

— Você sabe? Você *admite*? — Edwards ficou perplexo.

— É claro que admito. Nunca achei que tivesse. Minha intenção era apenas chamar a sua atenção para isso. Para ficar registrado — explicou Hamilton, sem transparecer emoção.

Aborrecido, com o corpo gordo afundado no assento, McFeyffe não disse nada. Seus dedos atarracados estavam unidos, tensos; concentrando-se neles, ele não olhava diretamente para Hamilton.

— Eu bem queria poder ajudar você. Mas, caramba, Jack. Segundo sua lógica, todos os americanos seriam classificados como risco à segurança — disse Edwards, incomodado.

— Você vai classificar todos assim de qualquer forma. Eu só queria que o método se estendesse também ao McFeyffe. É uma pena que só ele esteja imune.

— Acredito — disse Edwards, empertigando-se — que a integridade e o patriotismo de Charley McFeyffe estão acima de qualquer suspeita. Você sabe que esse homem lutou na Força Aérea durante a Segunda Guerra Mundial, não sabe? Que ele é católico devoto? Que ele é membro dos Veteranos das Guerras no Estrangeiro?

— E aposto que deve ter sido escoteiro. E deve decorar uma árvore todo Natal — concordou Hamilton.

— Está tentando me convencer de que católicos e veteranos são desleais?

— Não. Estou tentando dizer que um homem pode ser todas essas coisas e ainda assim ser um subversivo perigoso. E uma mulher pode assinar petições pela paz e comprar a revista *In Fact*, mas amar esse país até o último fio de cabelo.

— Acho que isso aqui é uma perda de tempo. Um monte de especulação sem pé nem cabeça — disse Edwards com frieza.

Arrastando a cadeira para trás, Hamilton ficou de pé.

— Obrigado por sua atenção, coronel.

— De nada. Queria poder fazer mais por você, rapaz. Mas entenda a minha situação — disse Edwards, constrangido.

— A culpa não é sua. Na verdade, de uma maneira meio ilógica, estou feliz que não leve a sério as minhas acusações. Afinal de contas, McFeyffe é inocente até que se prove o contrário — disse Hamilton.

A reunião chegara ao fim. Os diretores da California Maintenance começaram a sair para o corredor, contentes em retornar à rotina. A estenógrafa alinhada recolheu o taquígrafo, os cigarros e a bolsa dela. Com cuidado, McFeyffe deu uma olhada malévola para Hamilton, passou por ele dando uma trombada e sumiu.

Junto à porta, o coronel Edwards deteve Hamilton.

— O que você vai fazer? Vai tentar se arrumar ao norte da península? Tentar o Tillingford na EDA? Ele vai querer você, sabe. Ele e o seu pai eram muito amigos.

Ali, no mundo real, Hamilton ainda não falara com Guy Tillingford.

— Ele vai me querer em parte por isso, e em parte porque sou um excelente especialista em eletrônica — disse ele, em tom de reflexão.

Constrangido, Edwards começou a gaguejar:

— Sinto muito, rapaz. Não quis ofender; eu dizia apenas que...

— Entendi o que você quis dizer. — Hamilton deu de ombros, com cuidado para não repuxar sua costela rachada e bem enfaixada. Ele estranhava, na boca, os dois novos dentes da frente meio soltos, e na cabeça a área pelada sobre a orelha direita, onde levara dois pontos no couro cabeludo. O acidente que sofrera o havia transformado, de muitas formas, em um homem mais idoso.

— Não entrarei em contato com o Tillingford. Vou tentar a sorte sozinho — declarou ele.

Hesitante, Edwards perguntou:

— Você guarda algum rancor por nós?

— Não. Perdi esse emprego, mas não me importa. De certa forma, estou aliviado. Provavelmente teria continuado para sempre aqui, se isso não tivesse acontecido. Totalmente tranquilo em relação ao sistema de segurança, sem nem perceber que ele existia. Mas agora ele foi esfregado na minha cara e me vi obrigado a encarar a realidade, tive que acordar, gostando ou não.

— Ora, Jack...

— Minha vida sempre foi fácil. Minha família tinha uma boa situação e meu pai era muito conhecido no seu campo de atuação. Normalmente, gente como eu nunca sofre na mão de gente como McFeyffe. Mas os tempos estão mudando. Os McFeyffes estão nos caçando; estamos começando a bater de frente. Então já é tempo de notarmos que eles existem.

— Até aí tudo bem. Um discurso forte e digno. Mas de algum jeito você tem que ganhar a vida; vai ter que arranjar algum emprego para sustentar sua família. Sem acesso à informação confidencial você não vai projetar mísseis nem aqui, nem em lugar nenhum. Ninguém que tenha contrato com o governo vai arrumar emprego para você — disse Edwards.

— Talvez isso também seja bom. Ando meio cansado de fabricar bombas.

— Está entediado?

— Prefiro dizer que tive um despertar da consciência. Algumas das coisas que me aconteceram mudaram minha forma de pensar. Sacudiram minha rotina, por assim dizer.

— Ah, sim. O acidente — disse Edwards vagamente.

— Enxerguei muitos aspectos da realidade que antes não percebia. Ter passado por tudo aquilo mudou minha perspectiva. Talvez seja preciso algo assim para mudar velhos hábitos. Se for o caso, até faz com que a experiência tenha valido a pena.

Atrás dele, no corredor, ecoou o tac-tac cortante de saltos altos caminhando ritmadamente. Marsha, ofegante e radiante, chegou apressada e segurou o braço de Hamilton.

— Podemos ir — disse ela, ansiosa.

— E o mais importante já ficou estabelecido. Marsha estava dizendo a verdade; isso é a única coisa com que me importo. Sempre posso arrumar outro emprego, mas uma esposa não se encontra em qualquer canto — disse Hamilton ao coronel T. E. Edwards.

— O que você pensa em fazer? — insistiu Edwards, enquanto Hamilton e a esposa começavam a descer o corredor.

— Eu mando um cartão para você. Com o timbrado da empresa — disse Hamilton, olhando para trás.

— Querido, os caminhões já estão começando a chegar. Estão descarregando as coisas — disse Marsha, empolgada, enquanto desciam os degraus da California Maintenance Building e desembocavam na calçada de concreto.

— Ótimo. Vai ser um bom espetáculo para quando tentarmos amolecer aquela bruxa velha — respondeu Hamilton, satisfeito.

— Não fale assim. Que vergonha — censurou Marsha, aflita, apertando o braço dele.

Sorridente, Hamilton a ajudou a entrar no carro.

261

— De agora em diante, juro ser totalmente honesto com todas as pessoas e dizer exatamente o que estou pensando, fazer exatamente o que tenho vontade. A vida é curta demais para fazer qualquer outra coisa.

Exasperada, Marsha reclamou:

— Você e o Bill... Estou começando a me perguntar onde isso vai parar.

— Vamos ficar ricos. Escreva o que estou dizendo, querida. Você e Ninny vão comer muito creme e dormir em travesseiros de seda — declarou Hamilton, alegre, entrando com o carro na rodovia.

Meia hora depois, os dois estavam na elevação de um terreno acidentado, examinando com olho crítico o pequeno galpão de chapa de ferro ondulada que Hamilton e Laws tinham alugado. Havia equipamento empilhado em gigantes caixotes de compensado, e uma fileira de caminhões enormes trabalhava na plataforma de carga e descarga dos fundos.

— Um dia desses o que vai estar saindo dessa plataforma serão caixinhas lustrosas cheias de teclas e botões. Os caminhões vão estar carregando ao invés de descarregando — disse Hamilton, pensativo.

Andando a passos largos na direção deles, com o corpo esguio encolhido contra o vento forte de outono, estava Bill Laws, um cigarro apagado amassado entre os lábios finos e as mãos enterradas fundo nos bolsos.

— Bem, não é grande coisa, mas vai ser bem divertido. É possível que isso nos leve à falência, mas, até lá, vamos nos divertir à beça — disse ele com deboche.

— Jack acabou de dizer que íamos ficar ricos — disse Marsha, fingindo estar desapontada, lábios repuxados em um beicinho.

— Isso vem depois. Quando estivermos velhos e cansados demais para nos divertirmos — explicou Laws.

— Edith Pritchet já deu as caras? — indagou Hamilton.

— Ela está por aí. Vi o Cadillac dela estacionado na rua, uns números mais para frente — disse Laws com um gesto vago.

— Ele funciona?

— Ah, funciona. Funciona muito bem. *Naquele* mundo com certeza não estamos mais — assegurou ele.

Um menino, que não devia ter mais do que 11 anos, disparou na direção deles.

— O que vocês vão fabricar? Foguetes? — perguntou ele.

— Não. Fonógrafos. Para as pessoas poderem ouvir música. É a moda do momento — respondeu Hamilton.

— Puxa — disse o menino, impressionado. — Sabe, ano passado eu montei um receptor de um tubo, a pilha, com fone de ouvido.

— É um bom começo.

— E agora estou construindo um rádio TRF.

— Está bem. Talvez a gente contrate você. Presumindo, claro, que não precisemos imprimir nosso próprio dinheiro — disse Hamilton.

Escolhendo cuidadosamente onde pisar no terreno ainda sem qualquer espécie de jardinagem, veio Edith Pritchet. Ela estava embrulhada num amplo casaco de peles, e um chapéu elaborado repousava em seus cachos saturados de henna.

— Ora, pare de importunar o sr. Laws e o sr. Hamilton. Eles têm muito o que fazer — disse ela ao filho.

Amuado, David Pritchet bateu em retirada.

— Estávamos falando de equipamentos eletrônicos.

— Mas quantos equipamentos vocês compraram. Deve ter custado muito caro — disse a sra. Pritchet, desconfiada.

— Vamos precisar de tudo isso. Não estamos montando amplificadores com peças padrão; estamos projetando e fabricando nossos próprios componentes, dos condensadores aos transformadores. Bill tem os desenhos esquemáticos de um novo tipo de cartucho sem fricção. Deve fazer um enorme sucesso no mercado hi-fi, já que garante que a gravação não se desgaste nem um pouco — disse Hamilton.

— Seus degenerados. Atendendo os caprichos da classe ociosa — disse Marsha, bem-humorada.

— Acho que a música chegou para ficar. A questão é como tratamos dela. Operar uma aparelhagem de som está virando uma arte especializada. Esses aparelhos que estamos fabricando vão precisar de tanta técnica para serem operados quanto para serem construídos — disse Hamilton.

— Eu já posso até ver — disse Laws, sorridente. — Jovens esbeltos sentados no piso de seus apartamentos em North Beach, apertando e girando botões, desfrutando do ruído de trens de carga, nevascas, caminhões de ferro-velho e outras esquisitices gravadas — disse Laws, sorridente.

— Ainda tenho minhas dúvidas. Vocês dois me parecem tão... excêntricos — disse a sra. Pritchet, insegura.

— É uma área de trabalho excêntrica. Pior do que a moda. Pior do que organizar despedidas de solteiro. Mas as recompensas são incomensuráveis — informou Hamilton.

— Mas vocês têm certeza de que seu empreendimento é financeiramente viável? Não gosto de investir sem ter certeza de um retorno razoável — insistiu a sra. Pritchet.

— Sra. Pritchet, acredito ter escutado a senhora dizer que gostaria de ser patrona das artes — disse Hamilton, severo.

— Ah, sim — garantiu-lhe a sra. Pritchet —, não há nada mais vital para a sociedade do que o patrocínio permanente a atividades culturais. A vida sem a grandiosa herança artística criada por gerações de gênios inspirados...

— Então você está fazendo o certo. Trouxe o seu tutu ao lugar certo — disse Hamilton.

— O meu...

— Tutu, o saiote de bailarina. Enquanto mecenas das altas artes, você trouxe seu tutu ao lugar certo. Nosso negócio é a música; com nossos aparelhos, as massas vão poder ouvir música como nunca ouviram antes. A centenas de watts, sem distorção. A dezenas de milhares de ciclos perfeitos. Vai ser uma revolução cultural — disse Bill Laws.

Enlaçando a esposa com o braço, Hamilton a apertou contra si, entusiasmado.

— O que acha, querida?

— Ótimo. Mas cuidado; minhas queimaduras, esqueceu? — disse Marsha com um suspiro.

— Acha que seremos bem-sucedidos?

— Com toda certeza.

— Isso deve ser o suficiente para deixar qualquer um satisfeito, não é?— disse Hamilton à sra. Pritchet ao soltar a esposa.

Ainda desconfiada, Edith Pritchet remexeu na enorme bolsa à procura dos cheques.

— Bem, me parece uma boa causa.

— A causa é boa, sim — concordou Hamilton. — Por *causa* do seguinte: se não tivermos seu capital, não vamos ter como começar a operação.

De um forte estalo, a sra. Pritchet fechou a bolsa.

— Talvez seja melhor eu não me envolver nisso.

— Não preste atenção nele. Nenhum dos dois sabe o que está falando — disse Marsha rápido, pressurosa.

— Tudo bem — disse a sra. Pritchet, enfim convencida. Com grande cuidado e precisão, ela escreveu um cheque cobrindo as despesas iniciais. — Espero receber isso de volta. Nos termos do nosso contrato — disse ela com severidade ao entregar o cheque a Laws.

— E receberá — assegurou Laws. E imediatamente pulou de dor. Com a mão na canela, ele se dobrou, irritado, e esmigalhou com o dedão algo minúsculo, que se debatia.

— O que foi isso? — quis saber Hamilton.

— Uma lacrainha. Subiu pela minha meia e me mordeu. — Dando um sorriso incomodado, Laws acrescentou: — Só uma coincidência.

— *Esperamos* que você receba o seu dinheiro de volta — explicou Hamilton à sra. Pritchet, só por precaução. — Não podemos fazer promessas, é claro. Mas vamos dar o nosso melhor.

Ele ficou no aguardo, mas nada lhe mordeu nem picou.

— Graças a Deus — sussurrou Marsha, olhando o cheque de rabo de olho.

Seguindo alegre na direção do galpão de chapa de ferro ondulada, Bill Laws gritou:

— Estão esperando o quê? Ao trabalho!

Olho no céu

TÍTULO ORIGINAL:
Eye in the Sky

COPIDESQUE:
Stella Carneiro

REVISÃO:
Beatriz D'Oliveira
Luciane H. Gomide

ILUSTRAÇÃO DE CAPA:
Rafael Coutinho

CAPA E PROJETO GRÁFICO:
Giovanna Cianelli

DIREÇÃO EXECUTIVA:
Betty Fromer

DIREÇÃO EDITORIAL:
Adriano Fromer Piazzi

PUBLISHER:
Luara França

EDITORIAL:
Bárbara Reis
Caíque Gomes
Débora Dutra Vieira
Juliana Brandt

FINANCEIRO:
Helena Telesca

ARTE:
Pedro Fracchetta
Pietro Nascimento

COMUNICAÇÃO:
Giovanna de Lima Cunha
Júlia Forbes
Luciana Fracchetta
Yasmin Dias

COMERCIAL:
Giovani das Graças
Gustavo Mendonça
Lidiana Pessoa
Roberta Saraiva

DADOS INTERNACIONAIS DE CATALOGAÇÃO NA PUBLICAÇÃO (CIP) DE ACORDO COM ISBD

D547o   Dick, Philip K.
Olho no céu / Philip K. Dick ; traduzido por Simone Campos. - São Paulo : Aleph, 2023.
272 p. ; 14cm x 21cm.

Tradução de: Eye in the sky
ISBN: 978-85-7657-605-1

1. Literatura americana. 2. Ficção. I. Campos, Simone. II. Título.

2023-2410
CDD 813.0876
CDU 821.111(73)-3

ELABORADO POR ODILIO HILARIO MOREIRA JUNIOR - CRB-8/9949

ÍNDICES PARA CATÁLOGO SISTEMÁTICO:
1. Literatura americana : ficção 813.0876
2. Literatura americana : ficção 821.111(73)-3

COPYRIGHT © A. A. WYN, INC., 1957
COPYRIGHT RENOVADO © LAURA COELHO, CHRISTOPHER DICK E ISA DICK, 1985
COPYRIGHT © EDITORA ALEPH, 2023

TODOS OS DIREITOS RESERVADOS. PROIBIDA A REPRODUÇÃO, NO TODO OU EM PARTE, ATRAVÉS DE QUAISQUER MEIOS SEM A DEVIDA AUTORIZAÇÃO.

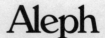

Rua Bento Freitas, 306 - Conj. 71 - São Paulo/SP
CEP 01220-000 • TEL 11 3743-3202
www.editoraaleph.com.br

A LEITURA CONTINUA NA ÓRBITA.

TIPOGRAFIA: Versailles - texto
Druk - entretítulos
PAPEL: Pólen Natural 70 g/m² - miolo
Cartão Supremo 250 g/m² - capa

IMPRESSÃO: Gráfica Paym
Novembro/2023